U0851350

绿山

著

长江出版社
CHANGJIANG PRESS

图书在版编目（CIP）数据

一枝 / 绿山著 . — 武汉 : 长江出版社 , 2022.12
ISBN 978-7-5492-8522-8

Ⅰ . ①一… Ⅱ . ①绿… Ⅲ . ①长篇小说－中国－当代
Ⅳ . ① I247.5

中国版本图书馆 CIP 数据核字（2022）第 181779 号

一枝 / 绿山 著

出　　版	长江出版社 （武汉市解放大道 1863 号 邮政编码：430010）
市场发行	长江出版社发行部
网　　址	http://www.cjpress.com.cn
责任编辑	陈　辉
策划编辑	鹿玖之
特约编辑	鹿玖之　李一球
封面设计	白砚川
印　　刷	艺通印刷（天津）有限公司
版　　次	2022 年 12 月第 1 版
印　　次	2024 年 3 月第 2 次印刷
开　　本	880mm × 1230mm　　1/32
印　　张	9.5
字　　数	262 千字
书　　号	ISBN 978-7-5492-8522-8
定　　价	49.80 元

版权所有，侵权必究。如有质量问题，请与本社联系退换。
电话：027-82926557（总编室）027-82926806（市场营销部）

谨以此书献给我的朋友们，
祝你们好，
祝你们快乐且不缺乏勇气。

——得山

One branch

目 录

contents

One branch

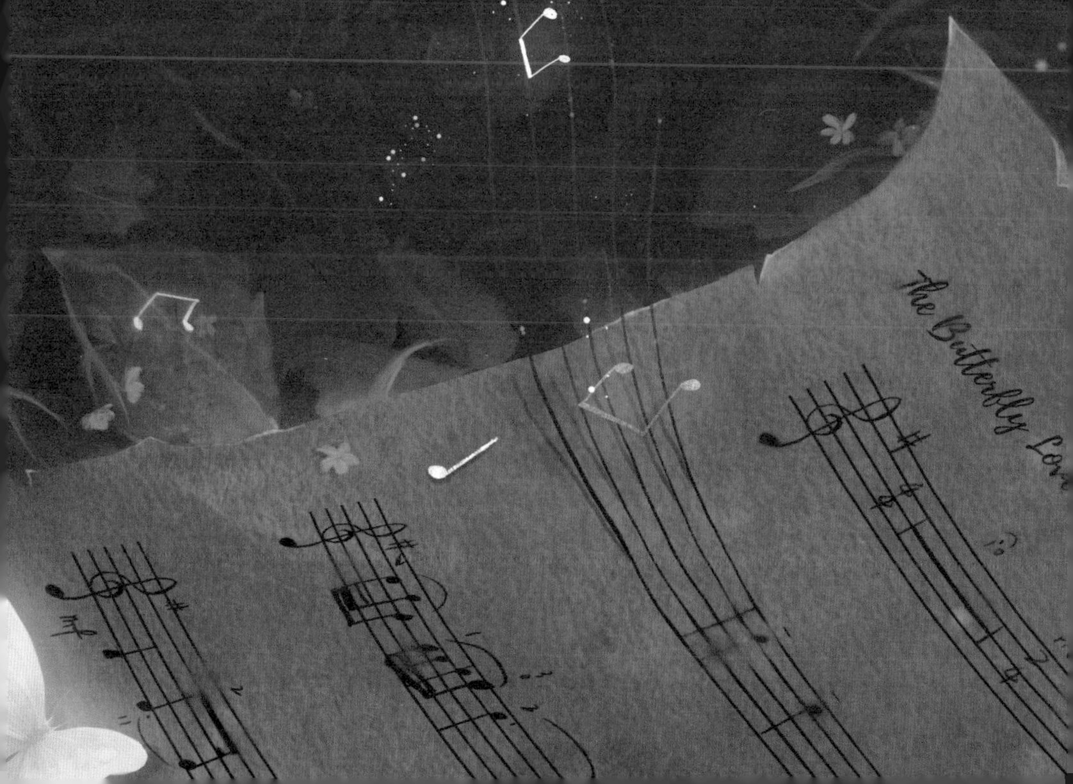

The Butterfly

天下熙攘，世间纷扰，
人群喧嚣，形色各异。
而众生平等，皆为俗人。

引子
退路

这一年日子巧，七夕和立秋撞到同一天。

离立秋还有几天，不知全城景况如何。宋野枝被困在这一方小天地里，已然嗅到丁点儿秋味从躁动的夏日里钻出来了。

立秋以后这座城市将开始多雨。

但雨似乎也同人一样等不及，今日和昨日都从半夜三点起就淅淅沥沥地下了个痛快。六点未停，七点渐小，八点时太阳东升。

宋野枝倚靠在二楼卧室的窗边抽烟，花香偶尔从窗口探进来，绕了几圈儿，被烟味压实了，似是嫌无趣，又悠悠地飘去别处。

他数着楼下花园里开的花，不由得入了神，烟灰留出一长截，禁不住风，断了碎了，滚落到松松垮垮的睡衣上。他顺其低头，伸手掸了掸，无果，便离开窗前，叼着烟去一楼客厅拿烟灰缸。

他绕了一圈儿，回到卧室，烟已经燃尽。白色睡衣接住零零星星的烟灰，脏了个尽兴。

他想笑，但脸又苦又僵，分不出力气扬起嘴角，只能在心里短促地浅笑一声——这副样子要是在从前，早该被训了。

勉强凝起来的笑意稍露个头就瞬时消逝了，犹如往一潭死水里投颗小石子激不起水花时，也是这样霎时无踪无影。

宋野枝捧着烟灰缸，不知接下来该做什么。他好端端地站着，脑袋却忽地一沉，袭来一阵眩晕感，眼中的世界扭曲得厉害，一晃眼，把阳光看成黑白色的。

他神色淡漠地承受着，在空荡荡的房间里呆立了一会儿，才挪步去书桌前坐下。精致的玻璃烟灰缸摆在他的左手前，里面躺着干干净净的一枚烟蒂。

他塌下肩，两只手叠在一起，垫着头趴在桌上，盯着烟蒂看了一会儿，伸出食指拨弄几下，轻声道："你看起来好可怜。"

他的气息微弱，声音嘶哑，是被烟熏的，也是太久没开过口的缘故。

宋野枝就着趴在桌上的姿势，两指之间夹着火柴盒，轻轻一磕，跌出一根火柴。他划燃火柴，准备再点一根烟。

"宋野枝，过来。"

他停住动作。

易青巍总喜欢连名带姓地唤他。

若是宋野枝犯错惹他恼火了，易青巍唤其名时便咬着尾音刻意拖长，声调低沉。不过多数时候易青巍心情好，会轻轻地收住"枝"字。

刚才，宋野枝听见他又这样叫自己，声音来自身后。

"不理人了？"声音再次响起。

宋野枝作痛的脑神经突然罢工，隐隐发麻，仿若蓄势待发，死寂的血液轰地沸腾了。他手臂上有青筋暴起，指间薄薄的火柴铁盒渐渐凹陷，现出一个圆形的坑。

他如一个旁观者，清晰地感受到自己的身体活过来，热起来，伴随着一阵猛烈的心跳、剧烈的头痛。

可他纹丝不动。

一个接一个的顾虑砸过来，疼得他不敢回头。

宋野枝独自和空气对峙半晌，全身沁出一层汗。他僵硬地站起身，转头，动作迟钝。

可惜，入眼的依旧是一桌一椅的房间。空荡荡的大片白色空间里，任凭光蔓延、覆灭。

“又是这样。”宋野枝最终对着虚空，悲恸、默然地流出泪来。

他抬起手，用袖口捂住眼睛，鼻音浓重，自言自语：“又是这样。”

正是暑假，陶勋照例住在爷爷家。

陶国生安排陶勋把躺椅挪到院里的树荫下，等躺下了，又催他去里屋拿蒲扇，顺手再给金鱼换水。

“小勋。”

又来。

刚回到电视机前的陶勋一听爷爷叫他就直哆嗦。他叹一口气，哀号道：“爷爷！看跳水女子三米板决赛呢！”

“去，给你小野叔抱几个西瓜送过去。”

方才还有气无力的陶勋登时从沙发上蹦起来，一阵风似的刮到门口。

“瓜在哪儿呢？要不再捎几个猪肉饺子？”

陶国生见他这样，端着腔调问：“就这么喜欢你小野叔啊？”

陶勋得意极了，摇头晃脑地回答：“您不懂。”

老爷子懒得理他那股劲儿，半闭着眼不理睬人了。

院里许多树熬不住那几场秋雨，一夜之间都成了枯枝，一眼望去，萧瑟颓败。

陶国生手中的蒲扇渐渐不摇了。

他昨晚睡得早，年纪大了不缺觉，总做梦。他梦见了易青巍——想来也奇怪，自他离世后三个月了，昨天竟是第一次梦见。

梦里，时间和空间都很错乱。

易青巍西装革履，是二十七岁的样子，一只手牵着才穿高中校服的宋野枝，一边揉着少年的头，一边笑着嘱咐陶国生以后好好照顾宋野枝。

易青巍明明说要走，却紧拉着宋野枝的手不肯放。

梦中的陶国生既想哭又想笑，应道："放心去，对你们我都是当亲生的。"

院里的门突然被大力踹开，陶国生手中的蒲扇应声落地。

远处，云层终于遮住太阳。

陶勋急促的脚步停在椅子跟前，手撑在膝盖上弯着腰吭哧喘气，他说："爷爷，小野叔的家里没人，我只在客厅的桌上找到一封信，要您亲启。"陶勋越说越胆战心惊，"他……他连防盗门都没关……刻意留着……不知道留几天了……"

"信呢？"陶国生的语气异常平静。

信被陶勋一直攥在手里，他跑了一路，信早已变得皱皱巴巴。陶国生接过，缓缓捋平，耐着性子捋了一遍又一遍。

纸终究是皱了。

他从躺椅上站起来走去书房，背影佝偻。

"没你的事了，回屋去吧，咱们国家好像夺金了。"

陶勋刚才跑得很快，真的太快了。他感觉脑子犹如一团乱麻，很久都喘不匀气，腿一软，"砰"的一声跪坐在地上。

"陶国生先生亲启。"

黄皮纸上，宋野枝的笔迹清秀飘逸，力透纸背。

"我最近越来越难以入睡，不知您晓不晓得昨夜下了三阵雨、前天夜里两阵、大前天夜里无雨的事。多雨会让桂花开得很好吗？今年您可以酿桂花酒了。

"时间是无形无感的，逝去也就逝去了。可五月十三日以后，我度过的时间就仿佛有了形状。是刀片，一刀一刀割裂我的神经。我经常在窗边看楼下的路人，他们轻松而悠闲地享受花香——我是人群中的异类。

"我去海边散心，哪片海还未确定，但肯定要漂亮的，也要安静的。

“祝愿您一切遂心、如意。”

信很短，很平淡，陶国生很快就看完了。

他顺着之前的折痕，把信纸叠起来，原封不动地放进了信封。

“陶国生先生亲启。”

陶国生望着信封，指腹在这一行字面上摩挲。

他已经很老了，老到爱妻入土，挚友白骨。他滚遍红尘，参透生死，可现在，还是衬着余晖，用枯瘦变形、皮肉松弛的手去遮脸上的泪。

天下熙攘，世间纷扰，人群喧嚣，形色各异。

而众生平等，皆为俗人。

第一章

南孩北调

一月初，寒冬。

北方的风比南方烈，干燥凛冽，吹得人头晕目眩。

北方的雪能逼得人撑伞，能打雪仗，能堆雪人。

宋野枝转了转脖子，又看到北方的屋顶不像南方的高且尖。雪在平整的屋顶积了厚实一层，存留一个冬天的痕迹。

鸟的智商也存在南北差异，北方的鸟不及南方的聪明。

宋野枝站在屋檐下，一动不动地看着眼前的傻鸟，如是想。

毛衣、棉衣、羽绒服、围巾、帽子……一样又一样全堆在身上，绷得他后颈到肩膀一片酸疼。

“嘎吱”一阵响，院里的门被人推开，灌进来一阵寒风。那架势跟恶犬脱了绳似的，在小院里乱窜，逮谁咬谁。

唯宋野枝被咬得尤其惨。

宋野枝听见由门边至跟前的脚步声，没理来人。他忍着骨头里的酸意，低了低下巴，把半张脸藏进围巾里，依旧盯着受了惊扑腾翅膀的鸟。

进了院门，易青巍低头收伞。再抬眼时，就见一个男孩儿在门前静静地站着，面前放着鸟笼。男孩儿看鸟，鸟也歪着头不明就里地看他。

一人一鸟奇怪地僵持不下。

这幅场面，在易青巍看来，是很新奇的。

他上前两步，站到人的正前方去，高大的身材把男孩子罩在他的阴影里。

他偏头问对方："大冷天的，干吗呢？"

男孩子眨了下眼睛，没有说话。

易青巍盯着他不放，几秒后，伸手拨了拨他的围巾，露出男孩儿的鼻梁和嘴唇。

"宋野枝，是吧？"他的声音里没什么情绪。

宋野枝心想这人还挺有意思，一个问句抛出来，不像探询，而是笃定。于是他抬头，正巧，风送来一片雪花，悠悠地落在他的睫毛上。

他见易青巍的第一眼，是不真切的。

他再眨眼，雪花抖落，然后融化在眼眶里，漾出冰冰凉凉的一股湿意。

这下宋野枝看清楚了。

宋野枝只是看他，半晌不说话。

易青巍不在意，环顾完四周，眼神重新落到他身上，说："来看看你爷爷，顺便带你去我家吃饭。"

外边风声太大，等人走到门前，宋英军才听到动静，赶紧唤卧室里打扫卫生的保姆去打开门，迎人进屋。

易青巍走在最后，前脚已经跨过门槛，停住，留着门侧过身，挑眉，似笑非笑地问："不进？"

宋野枝收回落在易青巍身上的视线，重新把脸藏进围巾里，瓮声瓮气地说道："不进。"

宋、易两家是几代人的交情了。

从宋英军和易伟功的父辈起便是邻居，宋英军从出生起就管易伟功叫"哥"。到了后来，两个人一起参军，一起闯枪林弹雨，是过命的交情。再到自己儿子这辈，宋俊结了婚，妻子怀上宋野枝时夫妇俩便南下经商，几年后生意有了规模，成了气候，把父母接到南方孝敬去了。

宋野枝的奶奶去年病逝，宋英军的身体越发不好，老人家打算回北方度晚年。宋野枝和父母不亲近，爷爷回来，他也跟着来了。

易伟功有三个孩子，两儿一女，易青巍差了大哥十几岁。哥哥从政，已经成家；姐姐经商，未婚无子。二人常常忙得几个月见不到人影。宋英军一家人昨晚才下飞机，最闲的易青巍第二天一早就被派来请人到家中一聚。

屋里热闹得很，宋野枝孤零零地在门外站着，不再盯鸟了，而是看着围巾的线头走神。

“嘎吱”一声，门又开了。

保姆探出头，轻声说：“小野，爷爷准你进来啦。”

“哦。”

宋野枝一边走一边脱衣服摘围巾，进了门没往客厅去，先急着开卧室的门，要去换一身轻便的衣服。

保姆把鸟笼提进屋放好，跟在他身后，快步上前拉他的手，嘴里念叨：“别脱了，等会儿还要出门呢，一脱一穿容易感冒，到时候又得吃药。”

“还——真要去吃饭啊？”

宋野枝不想去。天气太冷了，但他又不愿意穿太厚。

北方的冬天真会为难人。

“小野，过来给小叔叔打个招呼。才被罚站，礼貌和规矩就不记得了？”宋英军等半天没见人影，便发了话。

宋野枝应道：“等会儿……”

他还想说什么，但忍住了。

他慢吞吞地拉上衣服拉链，不情不愿地拖着脚步走过去。

易青巍坐在宋老对面，捧着盛满热茶的杯子暖手。

气温零下的天气毫不留情，人撑伞在外走一遭，手就被冻得毫无血色。然而刚进门的宋野枝匆匆看上一眼，只觉得易青巍那双手白净修长，被褐色木杯一衬托，白得像流光的玉。

易青巍早就想问了："刚才在门口是被罚站了？"

"昨晚回来的时候遇见一只羽毛漂亮、嗓子也好的鸟，我花点儿钱提回家，谁知道大早上起来一看，鸟笼空了。我想也不想都知道是这小子干的，他从小就爱扒我的鸟笼，见不得我养鸟。"宋英军轻哼一声，"罚他面壁半个小时。"

"飞了？我进来时才看到一只呢。"

宋英军好笑道："奇就奇在要放它走，它偏往屋里飞，藏到墙角不吱声。"

宋野枝走进客厅就见易青巍嘴角噙笑，不知在笑什么。

他敛了眼神微微弓腰，说："叔叔早。"

"你也早。"

这位叔叔还长得不显老。

宋英军敲了敲桌子，叫他过来端杯热水暖身子。宋野枝不喜欢喝热水，走近了不动，只说："烫嘴。"

"不烫让你喝它干什么？"宋英军捏了捏他的脸，"这脸跟放冰窖里的瓷器似的，快喝了。以后再开我的鸟笼子，照样收拾你。"

有外人在旁边看热闹，宋野枝并不想多说，垂着眼皮应答："哦。"

"饿吗？再喝几口就去易叔叔家吃饭。"

易夫人当年三十好几岁，意外有了易青巍，舍不得也不忍心拿掉，毅然决然地生了下来。所以易青巍年龄小辈分大，从小到大在称呼上面饱受折磨。

水面有茶叶漂动，易青巍轻轻地吹拂开，微抿了一口茶，润湿嘴唇，抽空去看他，漫不经心地问："你多大了？"

"十六……十七岁。"他回答道。

易叔叔垂死挣扎说道：“也差不了几岁，以后叫‘哥’。”

宋英军摇头道：“不行，辈分不能乱。”

宋野枝同他们不在一个点上，只想着一个问题：那……是差几岁啊？

“咱现在的年轻人不讲究这些。”易青巍放下杯子，朝宋野枝仰了仰下巴：“嗯？”

不知怎么的，对面站着的人又不说话，只是看着他，和之前在门口一个模样。

易青巍不躲不避，迎着宋野枝的目光。

忽然那人发话了，声音清越，只是带着南方人特有的、改不掉的、软绵绵的腔调：“你叫什么名字啊？我们这代年轻人一般都互相叫名字。”

没能等到易青巍反应过来，宋野枝就被宋老敲了一下后脑勺，假斥两句，又被赶着上了车。

易家不住院子了，住独栋别墅。

下了车，立刻出来一个阿姨搀着宋老进屋。宋野枝跟着易青巍绕到车的后备厢处，把礼品拎下来。

两个人一前一后，易青巍放慢脚步等他，说：“右手上的那个给我。”

宋野枝扫了一眼易青巍满满当当的两只手，说：“我提得动。”

“知道你提得动，害怕你提着东西，两步走摔了。”易青巍声音懒懒地故意嘲他，“踩过北方的雪地吗？”

宋野枝跺了两下脚：“穿过南方的防滑靴吗？”

他知道眼前这位是好意，接着补充：“两只手都提着东西，保持平衡。”

“是吗？”易青巍睨他一眼，弯腰靠近，从他的手指上拿过提绳，说，“那就两只手上的东西都给我。”

易青巍突然贴近又瞬间离开，宋野枝双手一空，有些不知所措。他愣怔几秒，僵硬地攥紧手心，拢住一丝暖意。

雪渐渐停了。

不知是错觉，还是北方一贯如此，天空阴沉沉的，地面明晃晃的，互相影响，却界线清晰。

宋野枝一步一步地跟在后面，专注地看着前边那人的背影。易青巍这天穿了一件及膝的灰色大衣，纽扣未系齐整，风从正面吹来，撩得衣摆翻飞。

宋野枝再次攥了攥手心。

北方的人和南方的也不一样啊，腿更长，鼻梁更高，轮廓更分明。

赵欢与原计划是躲在门后吓人，透过门缝看到小叔后面还跟着个男孩儿。她慢慢地挪到门前，站得很端正，学礼仪小姐，双手交叠贴在小腹处，微笑着鞠躬，矜持地开口："欢迎您回家。"

易青巍冷笑一声，把右手提的几个礼盒塞到她怀里，转而拍两下她的肩，说道："辛苦了。"

赵欢与抱着礼物，凑到宋野枝跟前。

"你好，你就是才从南方过来的那位吗？"

"你好。"宋野枝点头，顿了顿，伸手要去帮忙提她怀里的东西。

谁知赵欢与一转身子，躲开他的手，朝门里走去："没事，就几步路。"

等宋野枝换了鞋，被领去客厅的时候，宋英军和易伟功已经聊上了。他也叫易伟功"爷爷"，易老看起来精神不错。

有生之年老人能和昔日战友重聚，看各自儿孙承欢膝下，实为人生一大快事。

两位老人忆当年，三个小辈嗑瓜子。

赵欢与坐不住，捧着瓜子摊开到宋野枝面前，说："我叫赵欢与，是易青巍的朋友。你叫什么名字啊？”

没等宋野枝回答，赵欢与就被瓜子壳打了脸。

“易青巍？”

易青巍丢了一颗瓜子。

“朋友？”

易青巍又丢了一颗瓜子。

“长能耐了啊？”丢完瓜子后，易青巍低头挽了挽腕间的袖子，好心提醒道，“沈乐皆说他七点准时赶到，你准备一下吧，朋友。”

赵欢与听到“沈乐皆”这三个字就暴躁，易青巍知道她心里有火，偏生往里面灌油。

她“呸”了两声：“准备什么呀？就同归于尽吧。”

易青巍这会儿挺烦她的，转头看宋野枝坐在旁边一头雾水的样子，手指在虚空点了点人，给他理关系：“沈乐皆是从小和我一起长大的哥们儿，赵欢与是他的远房表妹，五服的，从小住在沈乐皆家里。”

哪是哥们儿？易青巍的父亲和沈乐皆的奶奶是亲姐弟！

赵欢与不想听易青巍说话了，拿了抱枕坐到宋野枝旁边，腿挨着腿，说：“哎，你叫啥名字？”

“宋野枝。”

“怎么写啊？”赵欢与摊平手心，示意宋野枝在上面比画。

这种行为过于亲密，宋野枝掩饰着丢了颗瓜子进嘴里，没有往她的手心写字的意思，认真地说：“‘上如标枝，民如野鹿’，各取一字，野枝。”

“嗯……拆开的话，我都听得懂。”赵欢与还对自己挺认可。

宋野枝随口说道：“荒郊野岭，枯枝败叶。行吗？这两个词要常用些。”

赵欢与睁大眼睛看着宋野枝：“我的……赵欢与……就是‘欢喜

与共’。”

宋野枝想了一下，点头：“嗯，很好听。”

沙发离茶几有些远，易青巍为他移了一把小椅子卡在二者中间摆下。椅子矮，显得他很小。

宋野枝前一刻还低着头玩果壳，下一秒犹犹豫豫地抬头。

“那个……哥哥，我想去一趟，卫生间。”

这声“哥哥”叫得礼貌又疏离，易青巍像在拥挤的人潮中恰巧被挑中，为人指路。挑他的人还仰着头望他，头顶的光全被他的瞳孔吸了去，眼睛里也像盛了一盏明灯。

宋英军耳尖，听到宋野枝当真唤人“哥哥”，紧皱眉头，说：“没大没小。”

易伟功倒是乐呵呵地喝了一口热茶，慈爱地笑：“怎么叫都行，年轻人，正经叫反而别扭。”

易青巍起身：“走，带你去。”

宋野枝又跟在他后面一步一步地走着。

“其实告诉我在哪儿就行。”

易青巍没回头，在前头自顾自地回答：“没事，就几步路。”

宋野枝觉得这句话有点儿耳熟。

“喏，左边那扇门。”

“谢谢——”其实宋野枝也拿不准该喊“哥”还是“叔”，干脆住了嘴。

宋野枝与他擦肩走过，关门的时候，听见易青巍开口：“易青巍，知道怎么写？青山，巍峨。”他说着停顿了一下，又留下一句话，“其实我们这代年轻人也偏好叫人的名字。”

易青巍回到客厅，赵欢与在那儿若有所思地嗑瓜子。

“干吗呢？想着待会儿怎么才不会被你哥揍？”

赵欢与完全不在意易青巍在说什么，轻咳了两声，板着脸说道：“荒郊野岭，枯枝败叶。行吗？这两个词要常用些。”学完她又摇头感叹，“我的妈呀……这也太酷了。”

易青巍扫了一眼隔桌聊得正热闹的二老，照着赵欢与的额头弹了一下。

“遇到你这种没文化的，人家那是迫不得已。”

赵欢与不依不饶地说道：“就问你是不是！”

进门时宋野枝就把外衣脱了，现时穿的是衬衣套卫衣。他个子一般高，奈何比例好，坐着时看起来小小的，站着倒是手脚修长。就这样一个人，一边揉肩一边从卫生间的走廊上走过来，干净、挺拔，像昨天看的杂志上的那棵稀有水杉。

“酷吗？我倒看他很乖。”易青巍扬着嘴角，语气惋惜，一捧一踩地气赵欢与，“不过比你好看是真的。”

宋野枝走到门口，看易青巍盯着自己说话，但没听全，一脸迷茫地问：“什么……是真的？”

英雄所见略同，“英雄”被踩了也不生气，她一脸灿烂地回答：“南方水土养人是真的！”

吃完晚饭已是晚上八点，沈乐皆没现身。赵欢与看起来挺开心的，更闹腾了，还考虑着要和宋野枝一起去他家玩，被易青巍拽住了。

最后是易青巍开车送爷儿俩回去。

宋英军喝多了，坐在后座上闭目养神。

“爷爷，头晕吗？”宋野枝系着安全带，扭着身子往后看。

“不晕。”等了半天，宋老说完这两个字以后就没了下文，估计是醉得厉害了。

宋野枝便又扭回身去。

车厢困住一团散不开的酒气，宋野枝问易青巍：“我能开窗吗？”

“开。”

“谢谢。”

易青巍看了他一眼。

风从窄小的缝涌进来，吹乱宋野枝额前的刘海。他稍坐直了些，风拂过鼻梁。

他一直很安静，转头看窗外的街景，眼神也很安静，不乱飘，久望着一个点不动。车速不慢，斑斓的光影投进来，交织在他的脸上，变化万千。

青黑色的夜幕，压住五光十色的灯牌，庇护陌生寒冷的城市。

宋野枝想起南方的夜。

他坐在车上望着远方，目光飞速地掠过一座座山。夜色下连绵的群山，像一头头弓背奔跑的黑色野兽。

野兽不在北方出没，北边一马平川。

“左转……还是右？我忘了。”

易青巍的声音将宋野枝拉回神，宋野枝坐直了身体，看看前边的路况，答：“左边。”

“好看吗？”

“嗯？”

“嗯？”易青巍笑，“你刚才已经看呆了。”

宋野枝也笑，笑容浅浅的，声音小了下来：“这边山很少。”

“那边很多？”

“嗯。”宋野枝伸出手指，在车窗上从头到尾画了一条波浪线，“全是。要不，我叫你小叔吧？”

“嗯？”

“我叫你小叔吧？”

“啊，可以啊，和赵欢与一个样。”

宋野枝点头，把手缩进袖子里，又侧头去看窗外风景了。

易青巍发现宋野枝的话很少，宋野枝不是局促也不是怕生，是性格天生沉静。他忙着搭建自己的世界，很少有主动和别人交流的欲望。

放在以往，这种孩子最招易青巍喜欢。

但是……

“我在想，”易青巍说，“如果你的父母没去南边，然后，你、我、沈乐皆、赵欢与，咱们一起长大。这样的话，你早早就知道该跟着赵欢与叫我‘小叔’，或许，会不会也能更爱说话一点儿？”

昏暗的车厢内很暖和，车子平稳地行驶着。

而宋野枝的眼神，再次被凝在车窗的某一个点上，不动了。

雪又开始下，纷纷扬扬，世界陷入静默的热闹中。

枕头下的手机突然振动，然后响铃，宋野枝从睡梦中惊醒。他皱着眉头翻了个身，把头埋进被子里，等着脑子清醒。

手机开始第二轮“叫醒服务”的时候，宋野枝猛地坐起，掀开窗帘的一角看外面，果不其然，一片雪白。他没管手机，自顾自地下了床，去卫生间洗漱。

他在镜子前侧了侧头，发现有一撮头发翘起，便拧开水龙头，手上沾了点儿水往下压。奈何发质硬，他压了几个回合后，成了半翘不翘的样子。

他的样子看起来更傻了。

宋野枝一抬臂，脱了上衣，决定干脆洗个澡。

闭眼抹洗发露的时候，宋野枝忽然记起昨夜做的梦，脑海中的影像再一跳，是方向盘上，易青巍骨节分明的手指在轻轻敲打。

这是易青巍等红灯时的小动作。

宋野枝仰着头太久没动，水不慎流进了鼻腔。

他双手抹了一把脸，快速转身扣上开关。他扯了一块干毛巾，乱揉了两下头发，再擦拭身上的水珠，动作渐渐慢下来，直至停下。

宋野枝抬头，镜中，每缕头发都已经乖顺地趴下了。他深吸一口气，又长呼一口气，出了卫生间。

镜面有白雾凝成，藏匿着几条细小纹路，仿佛既定的轨迹，等了许多年，终于有人在此刻呼气，将它以如此姿态，不偏不倚地钉在镜子上。

宋英军正在餐桌前看报纸，宋野枝拉开椅子挨着坐下。他从盘子里叼了个馒头，把右手中的手机递过去，说："爷爷，你儿子刚才打了两个电话过来。"

宋英军抖了抖报纸，翻了个面儿，说："把你的头发弄干，天气这么冷。"而后他才回正经话，"你爸打电话过来说什么了？"

"我没接呢。"宋野枝收回手机揣兜里，问道，"你起这么早头不疼啊？昨天喝那么多。"

"睡得头晕才早早起来。"宋老"啧"了一声，"赶紧吃完自己玩去，一起床就吵人。"

"人生地不熟的。"宋野枝挠了一下下巴，说，"还是在家看会儿书吧。"

宋野枝坐到书桌前，拿出数学书摊开，准备了两支笔，一红一黑。他翻开第一章，是看不懂的函数，往后看，发现这一整本书都在讲函数。

他顿时觉得前途渺茫，高二无望。

心如死灰的宋野枝站起来，走出书房，问道："数学抛弃了我，还有什么需要我吗？"

宋英军都懒得抬眼看他了，吩咐："去，外面围墙上那些乱七八糟的小广告需要你。"

“哦。”

“把围巾围上。”看宋野枝光溜着脖子往外走，宋老补了这样一句。

“嗒——”

巷道安静，脚边被砸的声响微小清脆。

宋野枝以为是风大拂沙，没搭理，谁知又是两声“嗒嗒”的声音响起。小石子敲在他臃肿的羽绒服上，又被弹开。

似有预感，他回头，见昨日见的那女孩儿笑意盈盈地站在不远处向他挥手。

“赵欢与，你怎么来了？”

赵欢与和宋野枝穿着同款臃肿的羽绒服，胸前挂着一部相机。她把宽大的帽子戴上了，显得脸很小。她走近他，说：“宋野枝，你还记得我的名字呢！”

宋野枝答：“你也记得我的。”

赵欢与笑了，而后问：“大冷天的，干吗呢？”

这句话也挺耳熟。

是不是所有一起长大的发小儿都能在不同时间、不同地点对同一对象说出同一句话？

宋野枝很好奇。

“撕小广告。”说着，他转身继续忙手上的活儿，“你先进家里去，只剩一点儿了，我马上回去。”

“我和你一起，我和宋爷爷待着都不知道聊什么。”赵欢与凑上去，和宋野枝并排站着，“得慢点儿撕，也不能太慢，还得均匀施力。到最后了，用力一扯，果断点儿，就可以完整地撕下来一张小广告。”

“谢谢。”宋野枝真诚地说。

“不用谢。”

眼看着宋野枝撕完小广告最后一角，赵欢与说："要不我带你出去玩？"

"啊？"

"小叔出门之前让我来带你去玩，他请客。"还没开始赵欢与就有点儿兴奋了，"走，今日第一站，带你驰骋北方的湖！"

早上十点钟，时间不早不晚，街边走动的人很少。他们穿过几条马路，再往前走，出了逼仄的街巷，入眼就是一片湖，结了冰，白茫茫的，岸边围了一圈儿的草像误入的客，很不和谐。

天然的冰场，是一个宽阔敞亮的世界。

有三两个小孩儿已经在冰面上玩闹。将几块木板拼成平板车，系上绳子，穿冰鞋的男孩儿攥着绳结在前拉，其余更小的小孩儿争抢着坐车上的位子。

"你会不会滑？那边有出租冰鞋的摊儿。"

宋野枝穿着轮滑鞋滑过水泥地，但冰刀鞋，别说试，连现实中观摩都是第一次。

他犹豫道："应该会。"

宋野枝坐在台阶上，脱了短靴换上冰鞋，颤巍巍地站起来，摇摇晃晃地迈了两步，适应后，便僵硬地滑了起来。

赵欢与憋笑地在后面紧跟着，方便他摔了之后去扶。

宋野枝有点儿放不开，一是穿太厚了施展不开，二是总怕磕碰着那几个小男孩儿。赵欢与加了点儿速，超过宋野枝时，顺手把他那羽绒服的连帽一拎，给他戴上了。她倒着滑，和他面对面，笑着说："专心点儿滑，我在你旁边呢，不会让你摔。"

宋野枝全身绷着劲儿保持平衡，百忙中抽出空抬头看她，只看得见女孩儿的眼睛弯成了月牙。他忍不住，也微抿着唇笑了。

“好。”

宋俊的第三通电话打来时，宋野枝已经由卡顿模式进化为流畅模式。他握着手机，微微蹙眉，跟蹲在远处对着天空拍照的赵欢与挥了挥手，滑到角落处接电话。

“喂？”

“喂，小野啊，吃饭了没？”

“吃了。”

“给你打了几个电话，你都不接。”

“什么事？”

“你打算什么时候回来？我给你订机票。”

风刮得更狠了，湖面空旷，避无可避。宋野枝蹲下来，蜷缩成一团。

“我不打算回去啊。”

宋俊生气道：“不打算回来了？你多大了，怎么还想一出是一出的？”

“我走之前就跟你说过。”

“那是我拗不过你，让你爷爷带你到那边玩几天，你还不回来了？你说了算吗？”

宋野枝一时无言。

沉默着抵抗，消极着坚决，是他无力的武器。

“允许你再陪爷爷两天，然后给我赶紧查机票，利索地打包回家，二十日之前我必须见到你的人。”

“不。”

“我明跟你说，你不可能留在那边，你现在这样，离了你老子，什么也做不成。”

宋野枝觉得有道理，点了点头，说：“嗯，那就做不成吧。”

“宋野枝，你吃错什么药了？是我……”

"她是不是没告诉过你？"宋野枝不想再和他进行无意义的纠缠，及时打断他的话，"学期快结束的时候，孙秀来过我学校找我。"他停了几秒，笑了，语气冷冷的，"孙秀，您认识吗？一个挺着大肚子的女人来看我，说好奇宋俊的儿子长什么样。临了，她还请我猜猜肚子里那位是男是女，以后会跟我有几分像。"

这回换对方无言。

宋野枝压抑住怒意，将其裹得紧紧的，不让它见一点儿光，轻声问："您觉得呢？是男孩儿还是女孩儿？爸爸？"

"小野，这件事我能解释。但现在，我们说的是，你不能不回来，你知道你在做什么吗？你正在草率地决定自己的人生轨迹！你才高二，这个节骨眼儿上，稍一偏差，就是拿你的后半生开玩笑。成龙入天，成蛇钻草，全在一念之间。你听爸爸的话，回来按爸爸铺好的路走，爸爸不会害了你！"

"是吗？"宋野枝的语气已经听不清冷热了，"爸爸，我的路尽量让我自己铺，铺成阳关道，铺成独木桥，总会走完，也免得不认路，半道出轨。那件事，您也别跟我解释，我今天是不得不提。"

"还有，爷爷的年纪已经很大了，您没时间陪他，我有，我来陪。您不要再……"他的声音顿了一秒，"不要再说了，不慈不孝的样子并不好看。"

说完，宋野枝立刻挂断电话。

他甚少表达自己的意见，尤其是在父母面前。刚才这一番话，由他把成年人的世界里的脏东西从不见天日的地方赤裸裸地拖出来晾晒。宋俊羞愧与否他不知道，倒是他自己，像经历了一场抽筋剥骨的酷刑，心痛，也空。

他感到有点儿恶心，想吐。

他在原地蹲了一会儿，正准备撑着膝盖站起时，发现赵欢与静静地站在他身后，不知站了多久。

她听到了他的话？又或许没有。

宋野枝不在乎。

他没有停滞，站直了身，转头看向赵欢与。

只见赵欢与举起相机，半弯下腰，看着镜头里的人，露出笑：“比花娇，比雪白。”

宋野枝感觉喉间的压迫感散去一些，正了正肩，来不及做表情，“咔嚓”一声，青葱少年被定格在冰天雪地间。

赵欢与低头赏成片，“啧”了一声，昂首对他说：“入了我的镜头就是入了我的眼，以后你要是真待在这儿不走了，我们罩你！”

赵欢与的帽子和围巾戴得很严实，让人看不见表情，声音倒是有一番澎湃激情。她的身后有一株梅花，树梢不负重荷，积雪滑落，枝头晃了晃，艳梅摇曳。

莫名地，宋野枝从虚妄中窥探到一丝真实。

“晚上跟我们一起出去吃饭，我到时候开车从公司过来接你和爸爸。”

易青巍直挺挺地躺在沙发上，双腿交叉，冷淡地摇了摇头：“不去。”

易槿弯着腰在玄关处换鞋，高跟鞋敲得叮当响：“李叔他小孙子的升学宴你就没去。这次他请了爸爸，也特地让带上你，跟他的小孙子多聊聊高中新学期的事。”

“不熟，不去。我一个大学生，他孙子读高中关我什么事啊？”

“你没上过高中啊？”

易青巍笑嘻嘻地说道：“姐，你不也上过吗？够聊了。”

易槿气得没话说，他已经长大了她又不能对他动手，只能双手叉腰干巴巴地威胁：“你不去就待家里给我把鞋全刷了，衣服也洗一通。”

“行。”易青巍拖长声音，翻身从沙发上起来。

易槿以为他答应要走，把他的鞋子从鞋柜里提出来备着，谁知道易青巍走到她跟前来问：“你的哪双鞋需要刷啊？”

“我就纳闷儿，爸是怎么把你请去宋叔家接人的啊？”

“那是我主动请缨。”

易槿想给他笑得吊儿郎当的脸上来两下，白他一眼：“越长大越招人烦。”

易青巍委屈道：“给你刷鞋还烦啊？”

下午三点，赵欢与从外面回来，李阿姨给开了门。她正脱衣脱鞋，就听见躺在沙发上看电视的易青巍的声音：“怎么还往我家跑，你哥还没判你的刑呢？”

赵欢与轻哼一声，没说话，准备去厨房热两杯牛奶，一路上较劲儿地把拖鞋踏得“乒乓”响。

“老爷子在楼上午休呢。”易青巍说。

赵欢与那边瞬间没声音了。

她端着牛奶出来时，易青巍已经盘腿坐着了，头仰靠在沙发上，眼睛半闭不闭地看着电视。

这部剧毫无吸引力。

赵欢与递过去一杯牛奶，也脱鞋上了沙发，学他盘腿，在旁边坐下。

“去没去找宋野枝玩？”他问，像老师查收作业。

赵欢与点头：“这不刚回来嘛。我们去玩冰了，我在他家吃了饭才回来的。”

她说着舔了一圈儿嘴上的白沫，还想说什么时，敲门声响了。她把杯子放易青巍手里，跳下沙发光着脚就去开门了。

“哥……好……好巧啊，在这儿遇到你。”赵欢与干巴巴地笑。

沈乐皆面无表情，把大衣和围巾丢给她就进了门。

赵欢与在心里“啧”了一声，把东西挂好了，回头见沈乐皆霸占了自己刚才的位子，还踢她的拖鞋，喝她的牛奶。

易青巍笑得可太开心了。

李阿姨听见动静，从房间里出来，问要不要给沈乐皆做点儿吃的东西。

“不用。李姨，我是吃了饭过来的，您歇着吧。”

沈乐皆喝完了剩的半杯牛奶，抿了抿唇，转头看向赵欢与，她站得离沙发挺远。

“过来把鞋穿上。”

“好的……”

说是表兄妹，其实赵欢与从小就住舅舅家，和沈乐皆一起长大，跟亲的没差别。沈乐皆越长大，话越少，脸上的表情越冷，当兄长的觉悟也越高。小学阶段过后，舅舅和舅妈实行放养制度，从此，赵欢与就归沈乐皆管了，被管得死死的。

“哥，开学我就好好学英语。”

赵欢与在她哥面前很㞞。

几天之前，期末考试成绩出来了，家长会开完了，赵欢与被沈乐皆训了。不知哪句话刺激到人，赵欢与一气之下夺门而出。门被她砸得震天响，她站在门外都被自己吓了一跳。醒了一会儿神她就来投奔小叔，还拜托易青巍打电话回家告知一声，非常㞞。

沈乐皆“嗯”了一声，问：“还有呢？”

“不再跟黄老师顶嘴。”

黄老师四十多岁，女的，教英语，特瞧不起英语差、数学好的学生。

沈乐皆：“还有。”

赵欢与：“杜绝早恋。”

听到这里，在一旁看热闹的易青巍出声了：“我的好妹妹，你在学校还处对象呢？”

杯子没了热气，沈乐皆倾身将其放到茶几上，玻璃制品磕出清脆的声响。他说：“男朋友还有情有义，家长来了也打死不分手。”

易青巍拣了个抱枕垫在腰下，斜倚着，好笑道：“可以啊，赵欢与，我们坐这儿的苗头都还没现呢，你就情根深种了。”

赵欢与睁大眼睛，也笑：“小叔，这就得划清界限了。临近放假那段时间，我哥陪女朋友吃饭，我三天里碰到四次。”

“你们兄妹俩还挺有出息。”易青巍凉凉地说，“只是没想到，闷声闷气连我也不告诉。”

赵欢与：“我也没想到。”

沈乐皆：“正处着，还没定下来。”

易青巍只道是误会，随意打趣几句而已，哪料到正主承认了。

“你……真在追？”

“嗯。”沈乐皆回易青巍的话，一双眼睛却盯着赵欢与。

“那人是谁啊？我认识吗？赵欢与，你看到的是不是跟大仙一个级别的美人？”易青巍问道。

沈乐皆抽了一张纸巾，食指微屈，端着赵欢与的下巴，拇指轻摁在嘴角，擦净刚才看见的未干的奶渍。

他叹了一口气：“成了再说吧。”

赵欢与乖乖让沈乐皆摆弄，自觉地接过用过的纸。她突然接上之前没继续的话头：“小叔，宋野枝不打算回去了！”

易青巍皱眉，收起半死不活的模样，坐直了：“不回去？可没见他父母跟着过来。”

赵欢与迟疑了一会儿，摇头说不知道什么情况，又说：“哎呀，总之宋野枝铁了心，从今往后就留在这儿！”

沈乐皆问宋野枝是哪位。

赵欢与想说就是昨天晚上来小叔家吃饭的那位，又想起沈乐皆昨晚食言，并没有到现场，于是不说话了。

易青巍眯了眯眼睛，说："就是宋叔的孙子，宋俊哥的小孩儿。他跟着他爷爷来北边了，我还以为就寒假来玩一阵呢。"

"他们走的时候他还没出生吧？"沈乐皆问。

"对……很久没见过。"易青巍接话。

赵欢与奇怪道："说得好像你见过一样。"

易青巍没理人。

男孩儿脸很白，瞳孔很黑，眉清目秀的，很乖巧礼貌。

将人在脑海里过了一遍后，易青巍勾唇道："挺有意思的一个孩子。"

赵欢与又激动了："我也觉得他特好玩，还特好看！宋叔叔当年要是不走，我就有一个超级帅的发小儿了。"

提到宋野枝，赵欢与一脸神采奕奕，哪见得着刚才认错服软的影子，看起来是真的很喜欢。沈乐皆和易青巍看赵欢与的眼神略复杂，怕她转而跟宋野枝搞对象。

宋老正给鸟笼里添水添食，听见院子里的门"嘎吱"响，让保姆倒出一壶热水备着。脚步近了，他就见宋野枝满身冷气地推开门，在院里就把自己剥了个干净，围巾和羽绒服全数搭在胳膊上，一进屋便麻利地将其扣在衣帽架上。

免不了被催去喝热水，宋野枝双手捧了杯子，嘴唇贴着杯口，蹭些热气敷衍了事。

"看着欢与上车的？"

"嗯，车走了我才回的。"宋野枝想起一路上的见闻，"我看这边好多人家养鸽子呢。"

宋老睨他一眼："怎么？你不是看不过我养鸟？"

"鸽子是放养的，没有笼子。"

"鸽子尾翎处一般还系用竹子削的哨儿，鸽子盘旋，哨鸣蓝天。"宋老放下沾水的木片，端上手边的茶品了两口，"鸽哨，玩剩下的。"

到这时，宋野枝才意识到爷爷也曾在脚下这片土地上生活几十年，不过中途逗留别地，最终还是归了故里。

他轻嘬一口热水，想到什么，眉眼舒展开来，说："以前不觉得，现在才知道，你说话和易爷爷、赵欢与他们一个调儿。"

"什么调儿？"

"就是这个调儿。"宋野枝笑开了，顿一下，接着说，"我爸也是，不过不明显。

"爷爷。"

听孙子的声音沉下来，宋老揉了一下他的脑袋，在他身旁坐下，问："怎么了？"

"我不想回去。"

宋老点头，奇怪地问道："你不是说过了吗？"

"我是认真的。"

"我也没当你是闹着玩儿啊。"

"你儿子当。"

宋老哼了一声，刚坐下没说几句话就起身，要去躺会儿睡午觉，悠悠地说："我还以为多大事情，他说了算吗？你自己拿主意，我给拍板。"

他又记起一件事，停下脚步，叫宋野枝留意好的饭庄，宋野枝应下了，但没问为什么。

"得回请你易爷爷再聚一聚，还得请沈家。"宋老自言自语，"老陶什么时候安顿好了来这边啊？他不在，好多事情不便，不然该请他们来家里的。”

连下了几场雪的天放晴，阳光闪耀，天空湛蓝，配上皑皑白雪，是冷峭的灿烂景致。鸽群扑腾着翅膀飞起来，果然有哨声，一阵短促一阵悠远，忽远忽近，像赋诗，也像作画。

冬天处处美好。

第二章
冒牌男友

保姆按例在清晨撕掉一张日历。挂在门边的那一沓纸，由旧换新。

临近春节，真正的新的一年马上来了。

厨房里已经开始准备午饭，赵欢与还把自己锁在房间里，一早上没踏出房门半步。

沈乐皆合上书，从书房里出来，去厨房晃悠了一圈儿，问："阿姨，中午吃什么？"

锅里的油热着，阿姨将姜蒜入锅，炒了两铲子后擦擦手，紧接着提起刀切料。正是忙的时候，她没空回头，嘴上应道："蒸了条鱼，再炒两道菜。"

"加个红烧肉？"沈乐皆说。

"知道啦，我准备了的。我看欢与最近几天不好好吃饭，今天给她做道爱吃的菜。"

"嗯。"沈乐皆扫了一眼卧室，抬脚走去，"阿姨，您忙。"

赵欢与在打电话，听见脚步声停在自己的房间门口，便噤了声，晾着在电话那头"喂喂喂"的周也善。

沈乐皆敲门，说："出来吃饭，早餐也不吃，你怎么回事？"

"我吃了。"赵欢与在床上趴着，脸冲着门喊。

"吃的什么？"

"饼干和牛奶。"

“你窝在卧室里一早上做什么？”

“学习。”赵欢与坐了起来，中气更足了，“你能不能别打扰我？菜好了再叫我。”

沈乐皆垂下目光，看到门上的海报翘起一角，伸出手使劲地按了按，说道：“赵欢与，你翅膀硬了。”

还没到这个程度，半硬不硬的，赵欢与这样想，没吭声。

聚精会神地听沈乐皆走回书房了她才松一口气，同时没再捂着听筒。

“别‘喂’了，唱歌呢你？”

“请人帮忙的是你，不说话的也是你，什么毛病呢你？”

赵欢与不耐烦得很：“行，行，行，我错了！大哥，对不起。所以你平时到底在哪家店买衣服啊？”

“你问这个做什么？要送我衣服吗？我说了只要保证把我的数学成绩搞及格就行了，不用那么多报酬。”

赵欢与冷笑道：“想法还挺多。”

“我的衣服都是我妈给买的，回头我帮你问问我妈。”

“得，不麻烦你了，我挑我顺眼的吧。”

周也善不死心地追问：“一个寒假就能帮我进前二十名，你有没有诓我啊？进不了怎么办？”

“周也善。”赵欢与正儿八经地叫他的名字，“你知道我为什么看中你，请你帮我这个忙吗？”

“我帅。”

架子瞬间被拆个干净，赵欢与重新趴在床上，说道：“进不了前二十名，我把头揪下来给你当球踢。”

周也善怪声怪气地叫了一声，说：“好一个血腥暴力的‘女朋友’，刺激死了。”

说起这件事，赵欢与不解地问道：“你怎么还附赠增值业务？打死不分手，我哥和我叔都夸你情深义重呢。”

“承蒙谬赞，第一次给人冒充男朋友，没控制好力度，下次会熟练一些。不过，我们算不算成功了？你哥被气死了吗？”

赵欢与没了声音。

算吗？家长会结束，那天回家的路上沈乐皆全程冷着脸，一个字没吐。到了家，他只挑着尊师重道的道理讲，没等他提早恋，赵欢与先急了眼摔门而去。后来她又被他丢在小叔家，冷处理几天，好不容易见着人了，这篇竟被轻描淡写地揭过去了。

他是被气狠了？

赵欢与也弄不明白，答道：“不知道，倒是没有死，可能疯了？”

周也善点头，夸她：“不过目的是达到了，在早恋这件事面前，考倒数第二名这种事已经不足挂齿。你对自己也挺狠。”

“谁的青葱岁月不早恋？但倒数我就不能忍受了。士可杀，不可辱。”

周也善点头附和。

赵欢与：“行，今天就到这儿。我吃饭去了，周五见。”

门外，阿姨开始摆碗筷，沈乐皆帮着盛饭，就地喊人：“赵欢与。”

门开了，人现身，却见她束起马尾，穿戴整齐，肩上还斜挎一个白色的包。

“你们吃吧，我去小叔家找他玩。”赵欢与一边走一边说，也不看人，径直走到门边开始穿鞋和外套。

“欢与，吃了再走吧，有你喜欢的红烧肉呢。”阿姨劝道。

“等等。”沈乐皆叫住人，“我先给他打一通电话。”

赵欢与停下动作，双手揣兜里，站着不动了。

沈乐皆也不动。

“你打呀。”

“去我的房间把我的手机拿来。”沈乐皆说。

“真是服了。”赵欢与嘀咕着，弯下腰把刚穿好的鞋脱了，踩上拖鞋，小跑进沈乐皆的卧室拿手机。

沈乐皆接过手机，按亮屏幕拨号时，皱了皱眉头。赵欢与站在他面前，看他盯着手机半天却不见接通电话，踮脚凑近看，看到的却是短信编辑的界面。

她哥之前从来不发短信，嫌浪费时间。

“你打不打啊？”

“先回条短信。”

“谁的短信？”

“你不认识。”

赵欢与等了两秒，掏出自己的手机，拨号，按免提。

沈乐皆还在按键盘，易青巍的声音已经从旁边的手机里传出来：“喂。”

“小叔，我哥有话跟你说。”赵欢与将自己的手机塞到沈乐皆手里，转身就走。

这次赵欢与没摔门，甚至没关，任风把门吹得“嘎吱”响，留一个潇洒的背影给屋内的两个人看。

“喂？说话。”这兄妹俩又在搞什么？

沈乐皆问：“你让赵欢与去找你玩了？”

“我没让她今天来。”

“易青巍。”

“嗯？”

“赵欢与，好像叛逆期到了。”

易青巍在自己家等了一小时没见人影，拨了赵欢与的电话，谁知接听的人是沈乐皆，声音低沉，情绪不高。

“赵欢与还没出门？”

沈乐皆“啪”的一声合上书，问：“她没去你那儿？”

等到这时，易青巍才意识到之前沈乐皆的那句话不无根据。

“这个世纪疯狂，没人性，腐败；您却一直清醒，温柔，一尘不染。”

宋野枝一动，手臂边的被子就敞开一角，冷空气见缝便钻。他翻了个身，变成仰躺，两只手臂拿出来，高举着书，放慢速度，把这句话又读了一遍。

门外有人敲门，很缓慢地敲了两声。宋野枝怕自己听错，坐起身，侧耳听，等来微弱的第三声。做饭的阿姨只在饭点来家里，爷爷吃过午饭后提着鸟去散步了。

他翻身下床，把书摊开，反扣在桌上。

“请问是谁？”

“我……”门外的人脱口而出，说了句废话，又加名字，“赵……”

赵欢与。

宋野枝辨出声音，“嘎吱”一声打开门。

赵欢与站在矮他几级台阶的地方，抬头愣愣地看着他，扯了一下嘴角，牵出一点儿笑：“我……”

她常常笑，即使不笑，脸上的表情也是灵动的，五官中，眼睛和嘴巴尤其显得活泼，不像此时，连头发丝都是蔫儿的。这样看，赵欢与的眼睛其实并不大，眉毛平直，少了古灵精怪的味儿。

“先来屋里。”宋野枝侧身让她进门，“外面冷。”

赵欢与走过小院，进了屋依然没缓过神来。她不想去小叔家是真的，但怎么就走到这儿来了？

宋野枝提了一双拖鞋放到她的脚边，说：“新的。”他再指了指旁边的架子，“外套脱了吧，挂那儿。”

赵欢与：“我……”

宋野枝刚才披了件羽绒服去开门，此时正在脱，见赵欢与说话，停下动作看着她。她好像犯了失语症，只会说“我”字。

宋野枝自觉地救场：“你……”

赵欢与：“嗯？”

“你吃过午饭了吗？”

赵欢与摇头，早餐也没吃过。

宋野枝挑出一个木杯，满上热水，让她捧在手里。

“做饭的阿姨不在，但中午剩了些菜，我可以再给你炒一盘。你想吃什么？”

赵欢与没想到他会做饭，还任她挑菜，看起来做得不错的样子。

她咽了咽口水，说：“红烧肉。”

宋野枝已经开始系围裙，闻言盯着她看，认真地建议：“番茄炒蛋吧。”

赵欢与有点儿想笑了，点头说：“谢谢。”

赵欢与在饭桌前坐下，执筷。宋野枝在她身旁也拉了一张椅子坐下，看书。方桌不大不小，摆上的三菜一汤占了一半空间。

赵欢与：“我不客气了。”

宋野枝抬头：“用餐愉快。”

赵欢与吃饭的习惯很好，不吧唧嘴，很少说话，前两次同桌吃饭时宋野枝就发现了，只是这天她的动作更慢条斯理。最开始的几分钟，宋野枝还时不时注意她的动静，看她虽吃得慢但也吃得多，才专心地看书。

宋野枝第一遍看书并不仔细，粗略地翻了几十页，才等到旁边人的搁筷。他一抬眼，见菜盘竟全空了，汤倒没怎么动。

“吃得好吗？”

“好。”赵欢与对着饭桌点头，又朝宋野枝点头，“很好吃，谢谢你。”

“不客气。”他合上书，作势要起身。

赵欢与：“别动。”

宋野枝：“嗯？”

赵欢与：“我来收拾，你去那边儿继续看吧。”

赵欢与已经把空盘、空碗摞在一起，一次性收完了桌上的东西。

宋野枝：“麻烦你了。”

赵欢与：“不碍事。”

宋野枝把两张椅子摆整齐，厨房里传来水声，他说：“碗可以放着，做饭的阿姨来了会洗。”

赵欢与：“没事……”

宋野枝说话时就拿了干毛巾，走近搭在她湿淋淋的手上，替她解了围裙，问：“想出去玩吗？”

赵欢与低头看那块毛巾，是纯黑色的，纯棉的质地。

她摇了摇头。

“那我们一起看书，你去书房挑一本。”

她第一次见纯黑色的毛巾，也第一次见人用书招待客人，第一次在生沈乐皆的气的时候笑出来。

赵欢与应邀来书房挑书，一进门就见书桌上摆着数学课本，杂乱地摊着几本笔记本和几支笔，显然是钻研过的架势。

她回头，宋野枝倚在门边等着她。

“你也喜欢数学？”

宋野枝捕捉到“也”这个关键字，眨了一下眼睛，感觉不太妙。

半小时后，宋野枝的电话再次响起。他面无表情地将手机递给赵欢与，赵欢与自然而然地接过。

听筒那头的人咋咋呼呼地说："我到了，你出来接我！"

赵欢与："好的。"

她起身，走之前还点了点目录，说："你先看看第一章，我先去接他。"

"嗯。"

没关系，主动和同龄人讨论总比被补课老师强押着学好，宋野枝这样宽慰自己。

赵欢与留了门，回来时不需要宋野枝再来开门。远远地，宋野枝听见谈话声，一个是赵欢与，另一个是个男孩儿。声音渐近，也渐渐清晰。

"我告诉过你是第三个巷口了。"

"没有，你只说贴着蓝色宣传单的电线杆。我信你，来了之后每根电线杆上都有蓝色宣传单！"

"那我说的也是第三张宣传单！"

"贴宣传单的累不累？两根电线杆离那么近，贴一张就够用了！"

二人吵不上两句就歪题。

"是挺闲的，那天宋野枝大冷天地在这墙边撕了一上午呢。"

其实没有一上午。

宋野枝搁下笔，起身去迎人。

"那挺惨的。"男孩儿的声调拐了个弯，比埋怨贴小广告的时候低了几度，"宋野枝是谁？"

就在门前了，宋野枝推了一把，让门大敞着。

"我。"

赵欢与冷得打哆嗦，几步跳进屋里，转头看周也善，催道："快进来呀，傻了？"

周也善回神，垂了垂眸，应道："滚，你……他……你才傻了。"

宋野枝关上门，弯腰往地上放了一双拖鞋，说："新的。"他又指了指架子，“外套可以挂那儿。”

周也善手扶柜子，左脚蹭右脚脱了右边的鞋，右脚蹭左脚脱了左边的鞋，问：“可以不脱外套吗？”

宋野枝看了他一眼，说：“可以。”

赵欢与拍了他一掌：“才发现你这么多事呢。”

周也善笑了两声，脱了羊羔毛外套，挂的时候顿了一下，挂在一件黑色长款羽绒服旁边。他再转身时，手里被塞了一杯热水。

“谢谢。”

“不用。”

宋野枝比周也善矮上一些，站得远，测不准是到脖子还是耳朵处，总之需抬眼看他——站得远，也不需抬太高。

宋野枝问周也善：“你要休息一会儿再开始吗？”

赵欢与绕到客厅拿了一个苹果啃上，进了书房，替他们答：“边休息边开始。”

三个人凑在一起坐，只能挑桌角位置。赵欢与在弯腰看题，考虑着要怎么给他们补课。宋野枝去饭厅搬两把椅子，周也善也跟过来搭把手。

“你叫什么名字？”

“我叫宋野枝。”

“这么巧……我叫周也善。”

“嗯，你好。”

宋野枝不知巧在哪里。

看周也善接过自己手中的另一把椅子，宋野枝道了一声谢。

周也善的鞋在脚上半拖不拖，走了两步被椅子腿碰掉了，他低头用脚扒拉鞋，笑了一声，说“别客气”。

周也善和赵欢与都让宋野枝坐中间。赵欢与还没敲定补习的方法，只说了大概思路，第一步就是摸清他们的基础。

周也善："我已经一年没及格过了。你呢？"

宋野枝："我偶尔过及格线。"

周也善："那你比我好。"

宋野枝："只是偶尔比你好。"

赵欢与惊呆了，停下咀嚼动作："你们不用分这么清，半斤和八两差不了多少。"

周也善撂笔："还没开始补呢就人身攻击，你快端正一下你的态度。"

宋野枝看向他，周也善马上回视，接住他的目光，说："我也想吃个苹果，可以吗？"

"可以。"宋野枝起身去客厅端果盘。

周也善翻了翻手中的书，目的鲜明地翻至扉页。这人的字端正又飞扬，形是端正形，迹是飞扬迹——宋野枝。

周也善捻着扉页那一页纸不放，来回翻。原来"野"不同"也"，难怪刚才他的表情有一瞬的不解。

既然不解，他为何不问？

赵欢与一把夺过书："你当它是扇子啊？"

"我热。"周也善放过那页纸，不咸不淡地轻哼了一声。

易青巍在卧室整理衣服，探头出去看了看，沈乐皆还在楼下客厅的沙发上打电话。易青巍无奈地叹了口气，退回到衣柜前，手指在一堆衣架中滑来滑去，徘徊半天，提了一件牛仔衣出来。

"好的，谢谢老师。"

易青巍下楼刚好听到这句话，等人挂了电话，问："怎么，你还打电话给她的班主任了？"

“嗯，要了那个男生的手机号码。”

“然后呢？”

说话间，沈乐皆已经将手机附在耳边：“然后拨通。”

易青巍给自己倒了杯水，去沈乐皆身边坐下，懒懒地靠在沙发上：“再然后呢？赵欢与不是不懂事的小孩儿了，我们这么大的时候比她出格多了，那时候也不见沈哥和嫂子管你这么宽。”

听筒里依旧是有规律的“嘟”声，沈乐皆淡淡地瞥他一眼：“你没有妹妹。”

“我有侄女儿。”

“不一样。”

“行吧，那我……”

“你好，我是沈乐皆，赵欢与的哥哥。请问，你是周也善吗？”

易青巍看沈乐皆一本正经地介绍自己的样子，最终笑出来，然后缓缓地摇了摇头。

沈乐皆话刚说完，电话就被挂断了。

易青巍憋着笑，说：“再打一个过去，看对方关没关机。”

沈乐皆脸色不悦。

易青巍拍了拍他的肩，站起身：“你慢慢忙，我先去学校了。”

“什么实验？要你亲自去。”

“亲自去看看才放心。”

三两句话的工夫，沈乐皆的手机铃声便响起。他低头看，是那位叫周也善的同学回拨了电话过来。

易青巍凑过来：“小子还挺有种，赵欢与眼光不错。”他从沈乐皆的手里抽出手机，按了免提，“听听。”

易青巍：“喂，你好。”

那边的人半天没说话。

易青巍："喂？"

对方停了几秒才出声，是男声，带着疑惑的语调："小叔？"

易青巍："呃……"

宋野枝被挂了电话，一脸茫然地盯着手机。周也善坐在椅子上，惊魂未定。赵欢与拄着脑袋，看着满页的三角函数公式发呆。

周也善："亏了。"

没人答他的话。

周也善："你也没提还要售后服务啊？"

赵欢与："是你的增值业务衍生的售后服务。"

周也善一想，也对，悔不当初。

宋野枝听着他们的这番对话，像听刚才的三角函数。

他站起身，端上空空如也的果盘，说："我再去洗一串葡萄。"

两个人愣愣地点头："好的。"

周也善："你哥他们什么时候到？"

赵欢与看了看表："二十分钟以内。"

周也善挠了挠头："幸好宋野枝在。"

赵欢与点头："不然跳进黄河也洗不清。"

周也善："欢与，我们今天就分手吧。"

赵欢与："好的，你早这样想该多好。"

周也善："没事，现在也不算晚。"

赵欢与："嗯。"

半晌，宋野枝去而复返，不仅洗了葡萄，还有苹果和梨。

"你们还吃吗？"

周也善摇了摇头："留给马上要来的……哥哥们吃吧。"

宋野枝"嗯"了一声，又把果盘放回客厅。他刚弯腰，便听见院外的敲门声。三个人对视一眼，宋野枝平静如常，周也善和赵欢与像两只被弓惊到的鸟。

赵欢与："我去开。"

门外，沈乐皆放下敲门的手，看身侧的人："你不是说要去实验室？"

易青巍穿得有些薄，腰背比平时更挺拔，反问："你记得来他家的路？"

门开了，赵欢与站在他们面前，神色淡淡地叫人："哥、小叔。"

沈乐皆看着她，没动，硬被身后的易青巍推着进了院子："赵欢与，快进来，怎么不披件外套就出来开门？"

宋野枝候在门口，叫了人，将两双拖鞋递到他们脚前："新的。"他又指了指架子，"外套脱了可以挂那儿。"

赵欢与跟在身后，一下午两小时不到，这已经是她第三遍听宋野枝说这一句话了，想了想，又开始有些想笑。

易青巍最后进门，脱了衣服，却发现落地挂衣架已经没了位置。这个院子这天的客人着实多了些，加上宋野枝的两三件方便出行的外衣全在架子上。

他好笑道："我这放哪儿？"

宋野枝去接易青巍的衣服："放我的卧室里。"

易青巍把衣服递给他。

宋野枝顿了顿脚步，想起什么，问："小叔，你们吃过饭了吗？"

易青巍看了一眼宋野枝，小孩儿还穿着一身睡衣，有几缕头发不规整，要翘不翘的。他笑了一下："你们吃过了？"

"吃过了。"

沈乐皆来到书房，赵欢与和周也善一低一高，并排站在他面前。他看着，心中气恼，往前一步，低头看桌面，除了几本书，其余全是果皮和果核。

“你们来书房是学习还是吃东西？”

周也善答：“一边吃，一边学。”

沈乐皆看向他，脸上没表情，眼神有些冷。

周也善被这样的眼神盯着，不自觉地站得更直：“哥哥，我和欢与已经分手了。”

宋野枝和易青巍走过来，恰巧听到周也善的话。易青巍没什么反应，心情不错的样子。宋野枝则一头雾水，他们之前在谈恋爱吗？

欢与？

沈乐皆的眼神更冷了：“她姓赵。”

赵欢与抬眼看沈乐皆一眼。

周也善了然：“赵欢与。”

“什么时候分的？”

周也善如实相告：“刚才。”

赵欢与暗自捂了捂额头，觉得自己的脑子一定被捶过，竟然找周也善帮忙。

沈乐皆在训人，易青巍不掺和，在房子里乱晃，从客厅到厨房，从厨房到饭厅。宋野枝看了三个人一眼，跟在了易青巍身后。

“小叔……乐皆哥怎么了？”

“他们早恋，被你乐皆哥发现了。”说这话时，易青巍还仰着脖子，看餐厅的吊顶，“他们怎么到你这儿来了？”

“赵欢与来给我补数学，周也善的数学也不好。”

易青巍点了点头，不欲多问，踱了几步，问：“这是你的卧室？”

“嗯。”

“我进了？”

宋野枝先他一步，为他推门，卧室的面目便全了，摆设很少，一桌一椅，一床一柜，一个挂衣架，简单又干净。床上的被子没叠，倒也不乱，平整随意地铺着。桌上有几本书，摊开的、闭合的。

挂衣架上只有两件牛仔外套，其中一件就是他的。

易青巍走近了，目光在桌上停留，用手指点了点其中一本：“弗朗索瓦丝·萨冈，”他歪了歪头，问宋野枝，“这本书，是你买的？”

宋野枝上前去看，与易青巍脚尖挨着脚尖，衣袖蹭着衣袖。

“不是，来的时候就在抽屉里。”

易青巍掀开书的硬壳封面，扉页一片空白。像拨弄琴键，又像早前在家时挑衣服，他用食指把整本书的页码掠过一遍。

他轻笑：“那就是我的了。”

宋野枝正看他的手指，听见此话，转头看向他的脸。

“有人问我讨要，寻不着，原来是落在你这儿。”易青巍转身，靠在桌角，腿斜伸着，和宋野枝面对面，说，“我在你家住过一段时间，就是这间房。那时候，你才到我的……”他比了比，“胸口？”

宋野枝看向他的胸口。

“不是现在的胸口，是我……”他又想了想，“十三岁时的胸口，你还不满八岁。”

宋野枝听他说话，总抓不到重点，或者说是总会抓到重点。

原来他们相差五岁还要多。

宋野枝：“听起来，你就像见过我。”

易青巍：“见过。”

宋野枝睁大了眼睛：“我不记得……”

易青巍：“那时候你不认识我。”

十三岁时的寒假，易青巍已经步入为中考奋斗的阶段。易焰给他报了个英语补习班，他每天都要去一趟，得在天寒地冻的天气里连续补一个月。他异常听话，乖乖地去了一次，回来后死活不愿再去，说路上太冷太滑，自己是跌一跤走一步才回的家。

易焰无视他的小把戏，说："嫌冷？那正好，你这个月去宋叔叔家住，凑巧宋俊哥前几天来了一趟。那儿离补习班近，几分钟就到，能让你少跌几次跤。"

"哥……"

"没关系，我已经跟你俊哥都说好了，他们刚好今天要回南边，你现在过去正好。"

"我一个人住？"

"给你找了个做饭的阿姨。"

"沈乐皆的英语也不太好。"易青巍颇为义气。

"我记得沈哥说乐皆今年是单科年级第一。"易焰想了想，"没看出来你志向挺远大，哥不用你考年级第一，不拖你其他科的后腿就行。"

易青巍："……"

车停在街口，再往前就进不去了。易青巍提着大包小包下了车，司机下车要帮他，他大手一挥，说："没事，您回去吧。"

他慢吞吞地往前走，路过巷口一根电线杆的时候，发现旁边站着一个小孩儿，裹得很严实，像要哭的样子。和他对上眼神后，小孩儿慌忙错开，这还不够，竟默默转了转身子，孤零零地面向墙壁。

易青巍把行李丢在脚边，蹲下身，笑问："你躲我做什么？

"你一个人？

"你爸爸妈妈呢？"

他问得慢，间隔时间长，耐心地等小孩儿回答。谁知小孩儿防备心很强，刚才不愿和路人对视可能是怕别人知道自己走丢了，辨不出来人是好是坏，不知该信该疑，便索性一个也不信。

易青巍继续说："哥哥不是坏人，看到那边的电话亭了吗？你打电话给家里人，让他们来接你，我不带你走。"

小孩儿终于肯看他一眼，再看一眼电话亭，却依旧没说话。

“我叫易青巍，读初三，来这边补英语……你知道英语是什么吗？”易青巍问，“我该叫你弟弟还是妹妹啊？”

这小孩儿裹得只剩一双眼睛，帽子、围巾、口罩、到脚跟的羽绒服、雪地靴，一样没缺，是个被照顾得很好的孩子。

不怪小孩儿如此，北风“呼呼”地响，易青巍在这里蹲几分钟都觉出冷意了。他站起来，想为小孩儿挡住迅猛的风。小孩儿以为他要走，拽住了他的袖子。

“我不知道爸爸的电话号码。”

易青巍又蹲下了，问：“你冷吗？”

小孩儿摇了摇头。

“那你知道你爸爸叫什么名字吗？”

小孩儿又陷入沉默，并不能完全信任易青巍，又不愿意他走了，只剩自己一个人。

易青巍没再问，甚至不敢随便动，不然小孩儿又以为他要走。

僵持许久后，小孩儿才说：“我爸爸叫宋俊。”

易青巍张圆了嘴，问：“他去哪儿了，怎么留你一个人在外边？”

“爸爸说有急事要办，走了。”

“妈妈呢？”

“在家。”

“你呢？”

“我出来追爸爸，但车太快了。”

“嗯，你叫什么名字，几岁了？”

“我叫宋野枝，七岁……八岁。”

“行，我正好要去你家，一起吧。”

幼小的宋野枝不动，定定地看着他，说：“你刚才说不会带我走。”

是哦。

易青巍退而求其次，问："那你跟我一起走到电话亭那儿呢？"

"哥，我在街口捡到一个小孩儿，今天是不是不用去补课了？"

那边的人骂了他一句不正经，易青巍才说："是宋俊哥的儿子……是吧？我记得他家是生了个儿子。他现在蹲在这儿不肯跟我走，你给宋俊哥打一通电话。"

易青巍挂了电话，看向小孩儿，说："我认识你爸爸。"

宋野枝听完了他的通话全程，信了一半，但没回答。

"你爸爸叫宋俊……"

"这是我告诉你的。"

"是，是，你听我说完。"易青巍发现宋野枝还拽着自己的袖子。

电话响起来，易焰念了一串座机号，易青巍重新拨过去。

"喂？……宋俊哥？……碰巧看见，一问居然对上了……"

易青巍讲着电话，衣袖被人攥得更紧了。他又说了两句，就把电话递给了宋野枝。

宋野枝接过电话，叫了一句"爸爸"，"嗯"了两声，就没了。

易青巍问："说完了？"

宋野枝的声音清脆得很："完了，走吧。"

他们到了家才发现宋野枝说金玟在家，是南方的家。宋俊来北方出差，家里没人照看孩子，才带着一起来了。送人的司机急坏了，收拾好一切，等到要出发，才发现孩子不见了。院里院外找了一圈儿后，他接到消息说被找到，才放下心来在门口候着。

一回来宋野枝就要被司机抱上车，分开时，易青巍低头看自己的袖口，皱皱巴巴的，不成样子。他抬头看去，坐在后座上的孩子自行摘了围巾、口罩和帽子，眼睛巴巴地看着他。见他看过来，宋野枝慌忙错开视线，像之前在电线杆旁一样——又有点儿不像。

易青巍走上去，掐了掐男孩儿小巧的下巴，凉凉的。

“口罩可以不戴，围巾要围上。”

易青巍替他将围巾绕了一圈儿又一圈儿，末了，还打了个松松垮垮的结。

“再见。”他说。

宋野枝没有说话，只是看着他。

男孩儿年纪还小，但已能看出来模样生得很好，尤其一双眼睛，清澈透亮，就算不言不语，也招人疼爱。

易青巍略微想了一会儿，说：“你和小时候有点儿一样，不喜欢和人交流，话少。”

宋野枝摇了摇头，否认：“不少。”

“但有一点和小时候不一样。”

“什么？”

“你小时候很黏人。”易青巍垂眸，看了看自己的袖口。

宋野枝小时候不记事，连来过这儿都忘了，此时听易青巍这样说，酝酿几秒才问：“你是……认错人了吧？”

易青巍随意翻了一页书，细看几眼，笑说：“大冬天陪你挨冻、捡你回家，过了几年长大了，不但不记得，还说我认错人，回头还在我的书上勾勾画画，你有没有良心？”

他脸上的笑意未散，盈在眼尾眉梢，目光投向那个没良心的人：“嗯？反省一下？”

宋野枝看向易青巍手指搁置的书页，自己确实勾画了几处。

周也善过来寻宋野枝，站在卧室门口，俩人一齐回头看他。

“哥哥好。”

易青巍手在身后合上书，说：“你好，我是赵欢与的小叔。”

周也善：“哦……叔叔好。”

易青巍：“训完了？”

周也善点头，又摇头：“不是训。”

易青巍：“赵欢与呢？”

周也善：“还在……”

易青巍：“行，我过去看看是不是训。”

宋野枝跟在他身后，易青巍突然想起什么，问身后的人：“明天行吗？带你去买几件新衣服。”

“啊？”

易青巍：“赵欢与没跟你说？”

宋野枝：“说什么？”

“哦，那她还真是被沈乐皆气狠了。”易青巍说，“我哥给我包了个红包，让我带你去买几套新衣服。”

宋野枝：“不用……”

易青巍：“过年都得穿新衣，今年我给你置办。”

周也善想起早上赵欢与打给自己的那通电话。

“没异议？那就明天，你在家等着我就行。”

撂下这句话，易青巍径直往书房去了。

周也善：“他是你……？”

宋野枝：“他是我和赵欢与的小叔。”

周也善脑子转得很快：“是你们三个的。”

宋野枝远远地看了一眼沈乐皆，再看一眼面前的周也善。

他很佩服周也善的勇气。

书房内的两个人正玩“谁先说话谁就输”的游戏，沈乐皆居高临下地看着赵欢与，赵欢与的头一低再低。易青巍挤了进去，也不调解，拉了一把椅子坐下，翻桌上的本子。

“这是谁的？”他问。

没人理他。

他戳了戳手边赵欢与的手臂：“问你呢。”

“我的。”

“自己都写错题，还好意思给别人讲？”

赵欢与弯腰去看，过了一会儿，淡淡地说：“没错。”

易青巍：“负号去哪儿了？”

“这儿。”赵欢与指了指旁边的一个小墨点儿。

“行了，行了。你出去告诉宋野枝，把衣服换了去我家吃晚饭。”易青巍接着说，“顺便问问你同学。”

得令，赵欢与不再是恹恹的模样，飞快地跨了出去。

“坐。”易青巍伸长了脚，一把椅子被推到沈乐皆旁边，“你招惹她了？”

沈乐皆捻了捻手指，想点一支烟：“我有病？”

易青巍：“那她为什么这样？”

门大开着，宋野枝只敲了敲门，扒着门框问：“小叔，我家做饭的阿姨马上来了。”

应该是赵欢与传了话。

易青巍：“请她做明天的早餐。”

宋野枝：“爷爷还没回来。”

“那同学也去的话，我送完你们再回来接宋叔。”易青巍上下打量了他一遍，问，“你穿睡裤出门？”

宋野枝转身就走："不是，没换完。"

沈乐皆思索无果，问："哪样？"

易青巍："不想跟你待在家里，不想跟你多说话。"

沈乐皆："因为我？"

比不知悔改更令人头痛的是不知错在何处。

易青巍为他可怜的小侄女叹了一口气。他起身，拍了拍沈乐皆的肩，什么话也没说，走出去时还关上了书房的门。

最后周也善自然不愿去，避之不及，提上书包就跑了，边跑边说道："宋野枝，很高兴认识你，下次还来你家玩。"

一行人在街角的小公园门口等宋英军，接上人后，浩浩荡荡地前往易青巍家。

车上，宋英军坐在副驾驶座上，看着车内的后视镜，说："没盯着你就不系围巾，穿的那是什么？薄薄一片儿。"

这是前些天升温的时候穿的，宋野枝拿出来就没放回衣柜里去了。

由沈乐皆开车，其余三个人挤在后座上。赵欢与偏了偏头，说："宋爷爷，小叔穿得也不厚啊，您怎么不说他？"

易青巍歪腿碰她："怎么还拉我下水呢？"

宋英军一看，还真是，两个崽子都穿着牛仔外套，颜色相近，一深一浅。他多看了两眼，说："还是欢与和乐皆乖。"

闻言，沈乐皆轻笑两下，赵欢与得意地哼了两声。

一行人到易家时，李姨已经在备菜。易伟功早早地布好了棋盘，只等人落座。

"有没有喜欢的菜？我给你们加。"李姨在厨房里喊。

平日最积极的赵欢与没应声，默默蹲着，上半身全趴在椅子上，拿着手机不知在瞎倒腾什么。沈乐皆看了她好几眼，然后去厨房寻了一圈儿，说："李姨，加道红烧肉吧。"

李姨笑了："可以，是欢与要的吧？再问问青巍和小野。"

恰巧易青巍进来，拿筷子夹了一块熟肉进嘴里："李姨，您会做芙蓉蛋吗？"

"会啊，那个可简单。"

"行，那就这个。"易青巍说完就走。

"哎——"李姨叫住人，"问问小野。"

易青巍走远了，头也没回地应："他说了，芙蓉蛋。"

路过赵欢与身旁，易青巍踢了踢她的拖鞋："怎么了？"

赵欢与看起来有气无力的："嗯……"

易青巍又踢了她两下："起来，我们四个人玩《大富翁》。"

赵欢与动了一下，仰头看着他："三个人。"

易青巍替沈乐皆争取机会："人多才好玩。"

赵欢与继续看手机。

易青巍毫不犹豫地改口："可以，三个人。"

赵欢与蹦起来："在哪儿玩？《大富翁》呢？"

"你放的我怎么知道？"易青巍已经率先上楼，"去书房还是客厅？"

赵欢与问："小野呢？"

"在书房。"

"那就去书房。"

三个人围坐在地上，赵欢与才分好"资产"，门就被沈乐皆打开。

易青巍："来玩游戏。"

宋野枝："乐皆哥，你要一起玩吗？赵欢与说这个游戏人多才好玩。"

这是她刚才动员他一起玩时说的话。

赵欢与："……"

宋野枝挪了挪位置，沈乐皆走过去也盘腿坐下。也就在这时，赵欢与突然站起来。两个人的动作无缝衔接，无缝到气氛尴尬。

沈乐皆叫了一声赵欢与的名字："你要干吗？"

——你不吃早餐，不吃午餐，不想和我待在一起，连小叔家也不去，跑去教男朋友做题，回家了也在和前男友发短信，现在坐也不愿和我坐在一起。我还未找你清账，你倒先朝我生起无名气。

——你要干吗？

赵欢与回答："喝水。"

没一会儿人回来了，沈乐皆首先紧盯着她的嘴唇，见是水润的，才放下心来，紧接着被塞了一个坐垫。他像刚回过神，低头看，果然每个人都备了坐垫。

易青巍伸长了腿，催促："快点儿，还玩不玩？"

第三局游戏四个人玩了很久，直到李姨上楼敲门还没人"破产"。四个人起身去吃饭，赵欢与意犹未尽，拖住沈乐皆的手臂："哥，哥，哥，别收，我们吃完饭接着来。"

吃饭时大人不让未成年人碰酒，两个小孩儿低头猛吃，搁筷时，其余人才进行到半程。他们提前下了桌，无事做，赵欢与"噔噔噔"上楼去看残留的游戏棋盘，可人数不够，只忍着心痒痒，又"噔噔噔"下楼，拿了一大瓶饮料，攥了两个酒杯，带着宋野枝去杂物间的小阳台上。

宋野枝犹疑地看向赵欢与。

赵欢与说："他们大人喝酒是最伤胃的。"

我们喝饮料。

杂物间摆了两张泛旧的躺椅，因着是冬天，还铺了棉被在上面。两个人各躺一张，仰面朝向紧闭的玻璃门，做出赏夜景的样子。

黑暗中，躺椅并排在一起，他们半蜷在各自的棉被里。赵欢与絮絮地同宋野枝讲自己小时候的趣事，多数关于易青巍和沈乐皆的，说到尽兴处，由宋野枝端着两杯饮料看她比画。

暖意催得人的脑袋昏昏沉沉，身侧的人许久没声音，宋野枝睁着眼看向窗外，一口一口地抿着饮料。

屋外风声呼啸，拍得玻璃门阵阵作响，他撑起身子去看。

“赵欢与。”他说，“下雪了。”

赵欢与不动，迷迷糊糊地应了一个“嗯”字。

他见过雪，但从未见过这么大的雪。

易青巍从卫生间里出来，撞上一个行色匆匆的人。他扶着来人的身子，问：“宋野枝，你急着干什么去？”

宋野枝拽住他，好似脚步匆匆就是为了寻他：“小叔，下雪了！”

下雪并不是什么稀罕事，但易青巍还是跟着宋野枝走到落地窗前，听到他问：“下这么大的雪在北方算寻常事吗？”

易青巍哄他：“难得一见。”

宋野枝：“好看吧？”

易青巍看他隐隐现出一脸骄傲的表情，生出一种“难不成这雪是你为我下的”的错觉。

宋野枝：“小叔，你还落了一本李太白集子在我的抽屉里，我昨天读到一句‘应是天仙狂醉，乱把白云揉碎’。我们在和李白赏同一场雪，是不是？”

易青巍：“李白赏的是晨雪。”

宋野枝看向他。

易青巍马上顺着他改口：“说不定我和他喝的还是同一味酒。”

宋野枝虽然没喝酒，举止正常，却像满嘴醉话。

宋野枝：“小叔，你想出去看吗？我们一起去。”

话是这么说，他却丝毫没有等人一起的意思，转眼就开了大门，留易青巍在后徒劳地说："穿好衣服再去。"

他当真是看雪，站在雪中一动不动。

地上的新雪好白好白，与天上的月亮无异。少年着薄衫，穿梭其间，沾染清辉和白絮，易青巍隔窗望他时，觉得他像雪，也像月亮。

第三章
没赠出的回礼

黄色窗帘，牡丹花纹，光从镂空的缝隙透进来，打在木质地板上，渐渐上移，停留在头顶的灯具上。

平躺在床上的宋野枝睁着眼发蒙，这样的吸顶灯他家也有一盏，用在他的卧室里，不像小叔家，用在客房里。被子沉甸甸的，他细细闻内里的棉絮，有一点儿潮的味道，是太久没人用的缘故。

宋野枝鲜少没有起床气，何况是在这股气味萦绕鼻间难以散去的情况下。

他躺到八点，然后起床，把换下来的睡衣叠好，放在床头。

昨晚易青巍说这是他高中时候的衣服，可现在同是高中生的宋野枝穿起来宽宽大大的。

换好衣服后，他又立在窗前观了一会儿雪。片刻后，有人来敲门。门没锁，敲门的人真的只是敲敲而已，敲了两下就径自开门进来。

整个假期，除了办正事，易青巍第一次起这么早，就是惦记着留宿的宋野枝。易青巍困得很，穿着睡衣，发丝凌乱，就站在门口，说："昨天晚上忘记安排你了，洗漱来我的房间，牙刷和毛巾在柜子里都有新的。"

宋野枝跟着他去了房间，进了房内的小洗漱间，易青巍上了床裹着被子继续睡。

冬日小雪，屋内静谧，这样一个清晨最适合赖床。

——静谧？

被子里的人猛地掀开被子下床来，见洗漱间里的宋野枝正小股放水，这还不够，盆沿特地被凑到水柱边上，彻底地掩住水流声。

不知他要接到何年何月。

易青巍垂眸看了他一眼：“让让，我拿牙刷。”

宋野枝默默地向右挪，看易青巍这架势，起床气的严重程度和自己差不了多少。

易青巍拿着牙刷，掂着牙膏，还腾得出手拧水龙头，水流立时变大，“哗啦啦”地响了个彻底。

两个人一前一后，站在镜子前。易青巍刷牙，宋野枝洗脸。

易青巍：“你洗完了再帮我接一盆。”

宋野枝：“行。”

易青巍：“我想撒尿。”

宋野枝挂毛巾的手一顿，随后他利索地拿上新牙刷：“我……出去刷。”

走之前他还不忘帮易青巍接水的事，拧了一下水龙头，只是全然不觉用力过猛，水流跟泄洪似的。

易青巍拿下毛巾擦嘴角的泡沫，目光却没离开镜子，盯着那背影笑了笑。

吃了早点，易青巍还记得昨天说的话，去枕头底下抽出一个红包来，两指夹着在宋野枝眼前晃了晃。宋野枝转头去看爷爷，被易青巍及时用手掌挡住了视线。

“你易焰叔说要先给你说抱歉，抽不出空，才让我代劳，赏不赏脸？”

话说到这份儿上了，他还能不去吗？

宋野枝当真脆生生地答：“赏。”

赵欢与免不了要凑这热闹，夺了易青巍的车钥匙解锁，先驾驶员一步上车，在后座上端坐着等人。

易青巍："你先说你去顶什么用？"

赵欢与扒着半降的车窗："不准我去还透露消息给我？亏我之前还大早上地替你咨询周也善！"

易青巍："来，让我听听你的咨询结果。"

赵欢与做叹息状，正要说话却舌头打结。她不知道什么时候沈乐皆也喜欢上凑这种热闹。

赵欢与问："你也去？"

沈乐皆坐在她身边，关上车门，不紧不慢地说道："早上？周也善？"

车刚巧发动，窗外的景真好，引得赵欢与忘我。

宋野枝坐在副驾驶座上，听着后座的动静，扭头问："赵欢与，你还困吗？"

赵欢与忙不迭地接话："不困了。"

易青巍盯着车外后视镜拨方向盘，嘴上却打趣："昨晚您直接昏睡在那椅子上。"

赵欢与说："我那会儿太困了。"

易青巍转移攻击目标："昨天晚上宋野枝的话可难得多。"

见战火往自己身上引，宋野枝认了，只是说："我的话本来就不少。"

赵欢与窃笑，小鸡啄米似的说"是，是，是"，又拍椅背，问："他都说什么了呀？"

易青巍："你问他。"

宋野枝往后仰靠，闭眼，说道："忘了。"

大雪天的街上也不减冷清，将近年关，大家都出门囤年货。在商场边上绕了一圈儿，找不到停车位，几个人在远处下车，走了一段路。

易青巍不像赵欢与，发愁去为人挑风格、挑款型。少年正青春，披破布也别有一番风味。才进店，不多时，易青巍手里已经提了几件衣服，等宋野枝一路慢悠悠地看过来，递给他说：“先试试这几件？”

宋野枝乖乖地接过衣服，被导购员带去更衣室。

更衣室门外有全身镜，平嵌进柜子里，不像平日见的歪七八扭的试衣镜。宋野枝满意地点点头，抬眼去看镜中的易青巍，征询意见。

两个人并立，宋野枝才到易青巍的肩膀处。

“黑色很衬你。”

“那就是还不错？”

赵欢与和沈乐皆逛了一会儿，走过来，不知他们动作这么快，都已经换上了。

一下子变成四个人并立，欣赏宋野枝的新衣服，得亏镜宽，容得下。

宋野枝等赵欢与的评价，她却半天不说话。他用新夹克的袖子碰了碰她，问：“不太好看吗？”

赵欢与摇头：“好看。”然后她傻傻地笑：“太不真实了，咱们四个竟然聚齐了，站在一起为你挑衣服。”

沈乐皆歪头看她，伸手捂她的额头：“傻话这么多，还没醒？”

易青巍笑，推宋野枝：“去，下一件。”然后他又推赵欢与：“去挑你喜欢的，我买单。”

下一件是象牙白的衬衫，宋野枝问导购员：“需要系扣吗？”

易青巍牵着他的领子，把他拉到镜前，说：“我来给你系。”

易青巍高，为他系领子处第一粒扣也需弓腰屈腿，从上往下，动作慢条斯理。木质的纽扣，亚麻质的衣料，修长骨感的手指，三者合一，看起来赏心悦目。

宋野枝的视线追着易青巍的手一路向下，到最低一颗，思及他弯腰辛苦，便上前一步，离他更近。

“好了。”

迎着店内的灯光看宋野枝还不够，易青巍又往镜中看，绕到人的身后，伸手为他折衣领。他解开第一颗纽扣，食指指腹隔着衣襟，从后颈到喉结，平稳缓慢地滑一遍，重新扣上。

“白色也衬你。”

宋野枝觉得都是一个样，对着镜子偏了偏头，又伸指挠了几下脖颈。

“怎么，面料刺人？”见状，易青巍掀一角衣领去看他挠的地方，白白嫩嫩的，不见发红。

宋野枝：“不是，很舒服。”

他又试了两三件，试过的衣服易青巍都说衬他，都让包好。

宋野枝数了数，五六个袋子，便说：“小叔，够了吧？”

易青巍却又提来一件铁灰色的牛仔衣：“再试这一件。”

宋野枝退开一步，留他站在镜子中央，直勾勾地盯着镜里明晃晃的他，说：“试来试去，没有一件有你身上的这件好看。”

易青巍这天穿的是第一次见时的那件大衣，闻言，他笑了：“想试我这件？”

青春年少，披破布确实别有一番风味，扮老成却难驾驭。

宋野枝摇头：“我二十二岁再穿。”

易青巍看他当真不想再买，已经开始一本正经地胡诌，便点头应下，不让他再试，直接请人打包了结账。

宋野枝：“……”

接下来几个人没有目的地逛街便轻松了，什么都看看，赵欢与看什么都想买。易青巍打了通电话回家里，问家中的年货办得怎么样。奇了，当惯少爷的人居然顾起家来，李姨也不客气，点了一后备厢的东西让他带回来。

在商场待了一天，最后连赵欢与都倦了，几个人打道回府。天色已晚，路过街边的店，张灯结彩，门口摆着两个福娃，裹着红彤彤的袄子，白绒衣领，金边刺绣，莲子银扣。

赵欢与又活过来，进店去问店家这衣服卖不卖，说要同宋野枝一起在除夕夜穿，拍鼠年第一张照。

可店是首饰店，福娃只是买来的摆设，扒了外衣剩两个光溜溜的塑料体，店家很为难。赵欢与转头看她哥，她哥转头看他小叔，他小叔转头看小侄子。

宋野枝："……"

易青巍："不是，问你想不想和赵欢与一起穿。"

宋野枝再看赵欢与，四个人看了一圈儿终于圆上了。

"还挺好看的。"

易青巍不提袄子的事了，踱去柜台前，问店家："您这儿有适合的银镯吗？给这两个小孩儿戴的。"

然后他又挑了一条项链给他姐。

最后赵欢与左手攥着三个首饰袋，近一万块钱的小东西，右手在喜庆暖和的袄子上流连，店家哭笑不得："您想要就拿去吧，这两个孩子白白净净的，又俊又俏，穿红色衣服，衬！"

赵欢与和宋野枝向店家道谢，沈乐皆和易青巍道了句"生意兴隆"，提着大包小包的东西继续往前走，找那被迫停远的车去了。

一上车，没几分钟，赵欢与和宋野枝都歪着头互靠着睡着了。到家时，易青巍和沈乐皆也没叫他们，卸后备厢的年货时轻拿轻放。东西卸完了，易青巍打开车门，单手撑着车顶往里看，两个小孩儿依然睡得很熟。

易青巍六岁那年生日，也是雪天，全家人围在一起看信，是宋英军寄来给易伟功的。信里写道：爱孙已出生，母子平安，起名"野枝"，素喜庄子逍遥之论，前些年却受了些不必要的苦，读来“上如标枝，民如野鹿”，觉妙极，各取一字。

后来易伟功当众提笔回信，其他人又围在一起看。易青巍和沈乐皆识字不多，便自己吃自己的面。

两个小孩儿一边吃面一边聊了起来。

易青巍：“宋野枝，他原本是要和我们一起长大的。”

沈乐皆：“他长得真快，嫂子走的时候还没显出肚子来呢。”

易青巍：“不是他快，是时间过得快，时间到了他就出生了，时间到了他就长大了。”

沈乐皆：“管他呢。”

易青巍：“不知道长得好不好看，之前还说要和赵欢与定娃娃亲呢。”

沈乐皆：“赵欢与才一岁多。”

易青巍：“宋野枝才出生。”

沈乐皆：“幸好金玟婶婶带他走了，要是他长得丑怎么办？赵欢与还不会说话，没法儿拒绝。”

雪是轻飘飘的，光是轻飘飘的，全部落在天地间，没有重量。模糊的回忆也是轻飘飘的，风一惊就散了。易青巍静静地看着眼前各自戴着帽子，头挨着头，不知今夕是何年的两个人，如之前赵欢与所说，太不真实了。

宋野枝又留宿一晚，这次洗漱不必小心翼翼害怕扰人清梦，因为他去敲门时，已经“人去床空”。坐到饭桌边他才听说易青巍和沈乐皆都早早出门去学校办事情了。

用过早餐，宋英军便说这天真得走了，易伟功留人：“再玩几天，今天我们可以去找片湖凿冰冬钓。”

宋英军："改天我拿上鱼竿来找你，今天不行，老陶今天该到了。"

知道他家中有事，易伟功也不再留。倒是赵欢与，耐不住寂寞，帮宋野枝提了两袋衣服，与他一道走出门，站在门口朝易伟功摆手："放心，我会照顾好他们的。"

易伟功摆手让她去："臭丫头，记得告诉你哥一声。"

师弟、师妹最近在做一个课题，请易青巍来帮忙指导，昨天他仓促地拒了，心里过意不去，这天早早地过来学校里。

"叔，快来小野家，救命！！！"

做实验的时候手机提示有信息，易青巍通常是不理的。等他脱了手套拿出手机，距接收这条消息已过去半个小时。

看到末尾那三个感叹号，易青巍的心跳就漏了几拍。

他一个电话回过去，匆匆忙忙地往外走，甚至跑起来，师妹在身后喊："师兄！衣服还没脱！"

可易青巍哪儿顾得上这些，雪白的袖子上还有刚才不小心沾到的动物尸体的血迹，他越看越心慌。万幸，电话很快被接起。

"喂！小叔！"赵欢与的语气很激动，但没有哭腔。易青巍便知情况没那么糟。

"怎么回事？"

"小野他爸爸来了！要把他带走！你快来救他！"

易青巍慢下脚步，呼了一口气，靠在墙边，单手解开白大褂，说："赵欢与，我还以为出人命了。"

赵欢与回忆了一下自己的措辞，的确是有点儿歧义，但在她看来，强行把宋野枝带走，这无异于强行抢夺人命。

易青巍："现在怎么样了？"

赵欢与："小野一句话也不肯说，宋俊叔都差点儿动手打他了。"

谁会舍得打他？

“你宋爷爷呢？”

赵欢与：“护着呢，宋野枝这才没被打，不然巴掌都伸出来了。”

易青巍最后叮嘱：“你安安静静地站旁边，别瞎掺和。”

这边赵欢与挂断电话进屋，没几瞬，宋俊的电话响起。赵欢与见宋俊才说几句话就看了自己一眼，便猜了个全，碰了碰宋野枝的胳膊，悄声说：“是小叔打的电话。”

他们本来是接陶国生，谁知道宋俊也跟着一道来了。宋俊下飞机气都没喘匀，要不是宋英军拦着，估计在机场就逮着宋野枝坐上返航的班机了。

宋俊这次铁了心要把人带回南方，恰巧，宋野枝铁了心要留在北方。他不害怕，只是觉得累。宋俊逼他说不愿跟自己回去的原因，无非就是知道以他的性格他是不会把孙秀的事当着爷爷的面说出来的。

他立场坚定，却一言不发，成了一个无理取闹的任性小孩儿。

最后宋俊问：“行吧，在哪个饭馆？”

宋俊挂了电话，脸上还有笑意，食指点了点赵欢与的额头，说：“丫头长大了，我当年走的时候你还在嘬奶嘴，今儿都学会搬救兵了。”

赵欢与吐了吐舌，顺着杆子爬：“宋俊叔，就让小野留这儿吧，我们都会……”

没说完，突然被宋野枝握住手腕，赵欢与知道他的意思，轻轻叹了口气就没声音了。

宋俊看了自己儿子一眼，心情复杂，回头说：“爸，小巍订了饭馆。”

宋英军：“你去啊，我们这才吃了早饭。”

赵欢与举手：“我和小野与您一起去！”

宋野枝看她，赵欢与歪头过来说：“你不在小叔怎么给你说情啊？”

易青巍没想到宋野枝愿意跟着一起来，有些惊讶。只是宋野枝状态不好，整个人情绪低迷。易青巍揉他的头，揽他的肩，男孩儿没给反应，沉默不语。

饭快吃完了，易青巍还没提过宋野枝的事，倒是宋俊忍不住，说已经订了两张票，两小时后的航班，怕赶不上，再吃两口就得走。

易青巍顿住夹菜的动作，去看坐在对面的宋野枝。他说了一句“胃犯恶心”拒绝吃饭后，就没说过话，或者就没动过，只埋头盯着自己的鞋尖发呆。

易青巍：“小野一起去吗？”

宋俊点了一支烟，将打火机拍在桌上，说：“去。”然后他觑儿子一眼，继续道，“我这一趟就是专门来接他的。”

易青巍在和宋俊说话，却目不转睛地看着宋野枝，点点头，没再多说。

两个人又聊了几句，聊到易青巍以后的生涯愿景，他一边回宋俊的话一边拿了个干净的小碗，盛了半碗芙蓉蛋递给宋野枝，说：“尝尝看和李姨的手艺比怎么样，好吃的话我们以后常来。”

以后常来。

宋野枝终于肯赏他一个眼神，他见宋野枝的眼眶早就红了一圈儿，眼神里有固执，有不甘，有无奈，还有意味不明、不易察觉的委屈。

宋俊也听见他的话，弹了弹烟灰：“我就知道你小子，接风洗尘是幌子，就是小欢与搬来的救兵。”

易青巍笑了：“不算救兵，我也不想让他走。”

宋俊：“不是想不想，是能不能啊。小巍，他们不懂事，你也跟着瞎闹。”说罢宋俊拍了拍他的背，“跟我走的时候没两样，模样是大小伙子了，却还是少年心性。”

易青巍：“小野是有自己的主意的孩子。”

宋俊："还说呢，第一遭这么不听话。"

易青巍又笑："不是坏事。"

宋俊："这还不是坏事？毁了自己都不知道！"

"哥，你这就言重了。"易青巍自己尝了一口芙蓉蛋。

宋俊哼了一声："放着那边的省重点高中不读，非要来北方，我又不在这边，他怎么搞？"

"说来说去是学校的事？"易青巍说，"其实听他说准备留下来的时候，我就替他问过，四中那边有名额，到时候三月他去入学考试就行。"

宋俊："四中？"

易青巍："是，到时候他和欢与一所学校，两个人还能互相照顾。两个孩子放一块儿管，也省心。他在这儿您也放心，学习和生活都会给他最好的。"

他接着说："小野年纪还小，不论选择哪一条路，只要往前，都能走上康庄大道。所以，依我看，最要紧的还是他喜欢与否。"

宋俊还要说什么，易青巍赶紧按住他的胳膊："哎……哥，不能耍赖啊，学校的事可是解决了的。"

宋俊被气笑了："还耍赖，你当这事是在玩游戏啊？"

"行，行，行，我刚才说的那番话您好好权衡，反正小野留在这儿是百利无害的，更重要的是他乐意。"易青巍伸了伸腿，继续说，"顶多，您那张多余的机票弟弟给报销成不成？"

宋俊拍了一掌他那不安分的腿，又点了支烟，看看儿子，再看看面前那一碗没动的菜。

易青巍看他有所松动，又加了一句："而且，宋叔年纪这么大了，一个人来这边……你们忙，没时间，但是难得小野有这份孝心。"

要命的就在这里，老的小的宋俊都劝不住。

宋俊良久无话，眉头紧皱，吐了一口烟："他……"

宋俊放在桌上的手机振动，随后响铃。他表情不耐烦地接起："什么事？怎么现在生？预产期不是还有两个星期吗？"

那边的人说了什么，宋俊的眉头还是没松开，只是语气软下来："我马上过去，你照看好她。"

他站起来，起得急，动作大，带倒了椅子，却头也没回地看着宋野枝，粗声说："现在走，东西也不用收了，到时候叫陶叔寄过来。"

宋野枝轻轻地吸了一口气，咽下喉间翻涌的呕吐感，甚至不敢抬头去看宋俊，怕自己下一秒就吐出来。

他说："爸，你们放过我吧。"

他看到宋俊存的那个手机号码的备注，可能自己的父亲对这个女人的身份也很矛盾，不知如何称呼，叫名字呢，又显得生硬，所以是个简洁的大写字母"S"。

时间过得好快，孩子都快要出生了，卡在年尾，属猪。

他在一瞬间想了很多无关紧要的事，又问："您想好给他起什么名字了吗？"

宋俊走上前，宽厚的手按在儿子的头上："小野……"

宋野枝偏头，突然站起来，跑向包间内的卫生间。荒谬感是催吐剂，他已经在尽力忍，但实在是很抱歉。

易青巍站在宋野枝旁边，一只手扶着他的额头，另一只手一下一下地顺着他的背。吐过一轮，宋野枝依然弯腰埋着头，一只手撑着膝盖，一只手紧紧地扒着易青巍的手腕，指节的粉润颜色褪尽，泛出青白，止不住地发抖。

易青巍问："还想吐吗？"

宋野枝摇头——他没有东西可吐了。

易青巍："漱口。"

“小叔……我腿软。”

赵欢与一直站在门边守着，听他这样说，去抬了张矮凳过来。

易青巍问：“这是吃了什么不该吃的东西？”

赵欢与在一旁小声地说：“他走了。”

她清楚其中原委，不肯再唤“宋俊叔”。

最后，等宋野枝舒服些了，他们才动身回家。走之前他尝了一口凉了的芙蓉蛋，说：“李姨做的比较好吃。”

易青巍忘不了他发红的眼眶，伸手把他的半边脸虚虚地捧进掌心，指腹摩挲冰凉单薄的眼皮，说：“嗯，是差点儿味道。”

宋野枝最近对数学提起了一点儿兴趣，赵欢与教他把函数转化成图形，数形结合的思想让他获得解密的成就感，再用成就感去堆砌学习的动力。

宋英军在摆弄鱼竿，说：“真不和我一起去？”

“真的。”宋野枝看一眼窗外左摇右晃的树，低头翻数学书的书页，说，“风大，您也别去了吧。”

“我和易爷爷钓，你跟着去画画也行啊，别整天待在家里，学傻了。”

宋野枝想，冰天雪地的去坐在两位爷爷旁边画画，也并不会显得很聪明。

“没有画具，之前的没带过来。”

说起这个，宋英军想起一件事：“我听你易爷爷说小姑准备送你一套画具。”

小姑是说易槿。

宋野枝看不下去书了，软软地趴在桌上，腕间的银镯敲在木桌上“叮当”响。他叹一口气，说道：“又来，上次小叔的礼还没回呢。”

宋英军将一切准备好了，要出门，说："送你就收着，那是人家疼你，图你那回礼吗？"

然后门一关，人走了。

宋野枝知道爷爷是嫌自己与易家生疏客套，这倒是老人家多虑了。他薄薄的指甲沿着银镯的纹路滑了一遍，路过青色的血管，再往上，延伸到亚麻衬衣的走线。

他思考的是：人家疼我，所以我到底该怎么疼回去呢？

他脑子里想着事，手里拿着笔不自觉地在纸上画起线条，线条不自觉形成面，面不自觉立体，渐渐现出一个人形轮廓……

宋野枝及时停笔，又开始在那堆线条上画正弦函数和余弦函数的图像。

余弦函数没结尾就撂笔，宋野枝剥了颗巧克力含着，晃去卧室拿书。

一本李白合集，一本萨冈合集，一本《诗经》，书页舒展但泛黄，书脊干净但质软，三本都是旧书，规整地躺在抽屉里。

宋野枝把舌尖的巧克力卷到牙上咬碎，浓郁的香味瞬间溢满口腔和鼻间。他找了个空的硬盒，抽屉里的书被原样地移到盒内。而后他在行李箱前蹲了一会儿，还是决定把最后一袋巧克力一并放入盒里。

"过来，帮我搅一下这个。"

易槿有两天的假，此时在家做烘焙。自己的兴趣爱好她还使唤别人，易青巍问可不可以拒绝。

易槿回道："你还可以不吃。"

易青巍走过去，问："搅多久？"

易槿在旁边调奶油，眼也不抬一下，喝住易青巍："洗手，穿围裙，搅到我说停。"

易青巍挑了一条颜色不那么粉嫩的围裙，表情平静地系上，熟练地开始搅拌。

“你这次记得放盐了吗？”

易槿：“帮我加点儿。”

易青巍笑了笑，放了两勺盐。

易槿停下动作，顿了两秒，问：“是不是有人敲门？”

易青巍放下搅拌器去开门，以为是买菜回来的李姨，没想到是宋野枝。

宋野枝将帽子、围巾和口罩都戴全了，易青巍全靠那双眼睛认出他，小孩儿怀里还抱着个大盒子。

易青巍把人拉进来，接过那有些重量的盒子和书包，转而去探他的手，问：“这拿的是什么？围巾都戴了，怎么不戴手套？”

“忘了。”宋野枝盯着他草绿色的围裙问，“小叔，你干吗呢？”

“帮你小姑做泡芙。”

易槿已经调好了奶油，正做着搅拌的任务，从厨房里探出半个身子来。

“小野？怎么来了，外面冷不冷啊？”

宋野枝脱下羽绒服，掸了掸少许落雪，说：“不冷，但是有小雪。”他看着新奇，扒过去看，“小姑，要我帮忙吗？”

“快完事了，你等着吃就成。”易槿换了一只手搅拌，“宋叔是不是和我爸钓鱼去了？”

宋野枝点头：“我在家无聊，就把小叔落在我那儿的书给他送过来。”

“他怎么还落书在你那儿了？”

“小叔以前住的时候忘带回了。”

“哦……他是住过一段时间。”

易青巍在那边拆盒子，拆完了笑出声来，捧着盒子来找人，举着那袋巧克力问：“还书就还书，这是什么？”

宋野枝：“是专门从国外带回来的，好吃。”送都送了，他还又问了一句，“你喜欢吃巧克力吗？”

易青巍：“还行吧，不馋。”

宋野枝：“那你试试这个，试了就喜欢上了。”

易槿左手开始泛酸，右手的酸劲儿还没缓过来，没手可换了，便叫人：“易青巍，来。”

易青巍欲解围裙的手僵在半空，转道去剥巧克力的糖纸，塞了一颗进嘴里，听话地接过搅拌器。易槿手上沾了面粉，宋野枝紧接着也为易槿剥了一颗巧克力。

被易青巍看到了，“苦力”发话：“我还要一颗。”

哪怕宋野枝很喜欢吃巧克力，也从没有这么高频率地往嘴里送过，易青巍这么个吃法还叫不馋啊？

宋野枝朝他嘴里送去一颗。

“是不是很好吃？”他歪着身子问，眼睛亮晶晶的。

“不错。”易青巍低着头，宋野枝看不见他的眼睛。

一旁的易槿空出手来，打开盒盖，巧克力袋安然地立在一小摞书上。她认了一下袋上的一串英文，说：“小巍还在高中的时候，小姑娘就送他这些当礼物，也是书加巧克力，连巧克力牌子都一样。不过小野这一套就是少了一支钢笔，那姑娘送的钢笔……”

易青巍奇道：“多少年了，你怎么记这么清楚？”

易槿：“你第一次拿礼物回家，我当然记得。”

“你记错了吧？我从不用钢笔。”

“是吗？那我就不知道了。反正那时候，小野，你不知道，你小叔那时候啊……”

“行，行，行，姐，姐，打住，打住。”

易青巍的记性没他姐好，哪个女孩儿记不清，哪本书也记不清，钢笔去哪儿了更记不清，他只想着再搅两分钟就完事了。

易槿把奶油装好，交代道："把拌好的面粉倒在这个里面，像我上次教你的一样，照样烤三十分钟，然后加奶油。"

说完她往外走，被易青巍叫住："哎，你干吗去？"

"洗个澡，然后化妆。"易槿折回来，"成品只准吃一半，剩下的我要带走。"

看样子她是要去约会。

易青巍才知道她在休息日烘焙并不是什么兴趣爱好，而是爱情的力量使然。他转头看宋野枝，小孩儿正站在厨房门口盯着架子上的书包出神，愁眉不展。

"怎么了，看你书包不爽啊？"

"小叔……"宋野枝隐隐地叹了口气。

易青巍屏息等着："嗯？"

"要我帮忙吗？"

"来吧。"易青巍把手里的裱花袋递给他，"很简单。"

宋野枝攥着袋子，观察了一下裱花嘴："嗯……"

他不知道自己拿裱花袋的姿势有多僵硬，像刚从土里拔出个萝卜不知从哪儿下嘴。

"我带着你。"易青巍说。

"裱花嘴，就是银色这个，朝下。"易青巍靠过来，站在他的侧后方，手把手地教他。

宋野枝入学时期没有经历过被人手把手教写字，只看老师这样教过班上的同学。他那时小，但隐约认为这种方式并不好，写出的字不是顶尖好，也不是吊尾烂，不上不下，没有灵魂。

不过，或许烘焙和写字不能做类比，毕竟此时手下的泡芙，一个个的形状都很完美。

“哎！”易青巍短促地轻呼一声，左手从后面绕过宋野枝，抵住了正往下滑的托盘。宋野枝随着他的动作跟跄了一步。

易青巍拿托盘的那只手臂顺势一收，把人虚虚地扶住。

“差点儿就要被揍。”易青巍松开他。

宋野枝跟着松一口气：“好险。”

易青巍听他这句学舌觉得好笑，想知道他说的险，险在何处，然后也就真的笑出来：“真的很简单，多做就好了，接下来交给你。”

宋野枝：“可以。”

在易青巍的指导下，宋野枝将泡芙安全地送入烤箱，出箱后挤入奶油，大功告成。易槿使唤易青巍，易青巍使唤宋野枝，不仅不愧疚，还很欣慰，后继有人。

易青巍挑了个卖相最好的泡芙，一把抢过宋野枝手里最难看的，说：“吃这个。”

宋野枝提醒他：“好看的给小姑带走。”

易青巍才不管那些，将泡芙往前递了些：“吃这个。”

宋野枝想说什么，没说成，被易青巍硬捏着下巴，把泡芙塞进嘴里了。他的嘴巴小，只吃得进一半。

易青巍问道：“味道怎么样？”

易青巍的手没拿开，宋野枝口齿不清地应着：“先放手……让我吃啊……”

易青巍也想放开，但这样的宋野枝太可爱了，稳重清冷的气质没了，变成了七八岁时揪着他的袖口不放的小孩儿样。

易青巍左手掐他的下巴，右手去拿他嘴里咬着的泡芙，露在外面的一半被取下来，用里面的奶油糊了一下他的下巴，弄完就撒手跑了。

宋野枝想直呼他的大名，又不太敢，只好叫：“小叔！”

他这样一点儿气势都没有。

易青巍在楼梯的台阶上笑得更欢了。

宋野枝大步走过去，易青巍也不跑了，坐在台阶上捂着肚子说“下次不弄你了”。见宋野枝步子不停，就快到跟前，他立刻把那一半泡芙吃进自己嘴里，双手摊开做投降状。

宋野枝愣了，这算什么投降方式?

宋野枝没话找话说：“我的下巴不同意。”

易青巍手长脚长，加上宋野枝站的位置比他矮几级台阶，他坐着伸手揩小孩儿的下巴，一大半奶油转移了到自己手上。

“说吧，糊我哪儿？”

宋野枝脑子不清醒地说道：“吃了吧，怪浪费的。”

易青巍：“……”

不等他站起来，宋野枝转身就跑。可怜的孩子糊里糊涂地变成被攻击的一方，被易青巍力压。二人跑了几个回合，弄得全脸都是奶油。

易槿打扮好，从房间里出来，看厨房到客厅一路乱糟糟的，于是问他们的岁数加起来成年了没。她进厨房一看，托盘里，一半泡芙整齐干净完好无损，另一半一片狼藉惨不忍睹。

她不知该夸还是该骂。

她提着打着蝴蝶结的糕点盒准备出门的时候，宋野枝正坐在餐桌旁，被易青巍盯着咽奶油。

宋野枝从没费心给人挑过礼物，于是跟着导购员的引导往各列柜台走。得知他怀中的盒子里装的刚好是要归还收礼人的书时，导购员建议他包一支钢笔，刚好配套。

宋野枝一边回忆当时的情形，一边从素描本上撕下一截空白纸，自上而下写了一列字——二月一日，赠予易青巍。

他又在角落添上委屈而端正的蝇头小楷：失败。

兴许自己遇到的导购员和当年小叔的高中同学遇到的是同一位——他把字条平整地贴在钢笔礼盒上，再将礼盒放进挂锁的箱子里，毫无逻辑地想。

箱子落锁，不知归处的情绪得到归处。

第四章

新年后入学

赵欢与的假期真的很无聊，她三天两头就背着书包往宋野枝家跑，偶尔还带上周也善。他们大多数时间在学习，偶尔一起坐在沙发上看电影，碟片常常由周也善提供。

周也善和宋野枝在数学方面进步很大，像捧着一团乱糟糟的毛线，被人领着从一片凌乱中找到线头后，就自然而然地跟着线走了。

易青巍为宋野枝在四中疏通了关系，也不是硬塞人，宋野枝开学得单独考试，测试水平。由此，宋野枝比周也善更努力一些。

赵欢与看他苦钻数学的劲头，忧心忡忡地说："小野，要不要也看一下英语和理科综合？我们学校这几科出卷也很难。"

周也善在旁边拍桌："你英语考试不是翘了吗？刚好拿试卷来给他试试手。"

赵欢与凉凉地说："正好，你化学不也翘了吗？明天也给带过来。"

宋野枝："……"

等到宋野枝把两张试卷都做完后——

周也善："……"

赵欢与："……"

宋野枝点了点赵欢与手中的练习册，问："我可以继续做数学题了吗？"

赵欢与："做吧。"

而宋野枝再一次见到易青巍，已经是大半个月后，除夕那天。

“爷爷，这样贴正吗？”

宋野枝站得很高，在给各个屋贴对联，转头发现宋英军又忙着逗鸟去了。他无奈，重复道：“爷爷，这样贴正不正啊？”

“啊？往左一点儿合适。”声音年轻清朗，还有笑的意味。

早上十一点就有来客，把梯子上的宋野枝吓了一跳。他神情呆呆地问：“小叔……你没开车来啊？”

易青巍站在阳光里，仰着头看他：“车进不来，停在巷口了。往左移一点儿，贴完赶紧下来。”

宋英军叫他进屋倒茶喝，易青巍推拒，说：“我爸叫我来接您过去吃午饭，车就在巷口了，除夕夜也在我家过。”

宋英军：“你家的阿姨不是放假了吗？这边老陶从昨天就开始忙里忙外的，全部准备好了，叫你爸过来我家，还有小槿和小焰，年在我这儿过。”

宋野枝以为双方还要商量几回合，哪知易青巍禁不住一点儿劝，当下应下来，说马上回去接他们过来，爽朗的反应逗乐了宋英军。

“路上小心。”见易青巍的眼神扫过来，宋野枝说。

“你也小心点儿，我看着都心惊肉跳的。”易青巍指了指他脚下的梯子。

再来时就很热闹了，两辆车，易伟功一大家人，沈建业一大家人，除了易焰一家去了妻子父母家过年，其余老小全齐了。

大人们都相互寒暄着进了屋，宋野枝却被易青巍抓来门口的车边站着，看他打开后备厢。

易青巍指着一个大袋子，看样子软绵绵的，问他：“猜这是什么？”

宋野枝想了一下，该不会是……？

“那两件红袄子。”

“这个呢？”易青巍指向另一个。

“小姑送我的画具。”

易青巍不乐意了：“是不是我爸泄露的？”

宋野枝乖乖地点头。

易青巍：“……”

“好，这个。”易青巍绕到前座，拿出一个长条盒子，深蓝色绒面，大小适中。

宋野枝盯了半晌，他不确定，大可说不知道，却莫名地想要说出口，错了也不在乎，他鼓足勇气，说：“钢笔。”

易青巍没话说了，问：“这回是谁泄露的？”

他猜对了。

宋野枝笑，露出小尖牙，说：“这回是心有灵犀。”

易青巍把礼盒塞到他怀里，说：“新年礼物，新的一年，学业有成。”

自从上回被押着吃了许多奶油，这次见面，宋野枝觉得易青巍变了。

宋野枝低头看着钢笔盒子，嘀咕道：“该不会是把高中同学送的翻出来送我了吧？”

易青巍听清了，大手掐着他的肩膀，凑近叫他再说一遍。

宋野枝赶紧抬头，提高音量，一脸正经地说道：“没有，新的一年我好好学习，不会辜负你的笔。”

易青巍确实是变了，更亲近，更随意，生动而鲜活，存在他的感官里。

易槿和符恪都系上围裙在厨房里给老陶帮忙，三位老人拿零碎的吃食垫了肚子就提着鸟笼出门了，说晚饭前回来。宋野枝和赵欢与搬了小板凳，拿了一袋蒜坐在院里，晒着太阳干活儿。

宋野枝大开着腿，胳膊肘撑在膝盖上，听赵欢与说话，手上剥得倒挺认真。

“黄菊是（6）班的班主任，也是英语老师。你知道我为什么不去考英语吗？就是她！我……”

宋野枝拦了她一下。

“丢反了，剥好的放在红色袋子里。”

宋野枝给她把蒜挑出来放对位置。

赵欢与继续说道：“我偏偏就数学考一百五十分，英语考零分，气死她。”

易青巍双手插在兜里踱出来，整个家就他和沈家父子最清闲。

“你那样气得死谁啊？”他踢了踢袋子，“你们在这儿干吗呢？”

二月的太阳不热，只晃眼睛。宋野枝没抬头，只说：“小姑叫我们剥蒜，说待会儿要用。”

易青巍：“一顿饭用一袋蒜？就知道瞎使唤人。”

厨房正敞开门散油烟味儿，易槿半挽着袖子站在门口，说：“易青巍，过来，还有一袋子葱，坐那儿一道给我剥了。”

宋野枝和赵欢与在背后闷笑。

符恪正在炖汤，将外边的动静听了个全，说：“青巍，给我把沈乐皆也叫过来，我看他闲得慌。”

赵欢与举手：“舅妈，我去叫！我哥和舅舅在看电视！”

“那把你舅舅也叫过来。”符恪叫住她，“让他过来把这只鸡处理了。”

老陶说：“我一会儿弄，别让他来脏手了。”

易槿笑着帮腔：“没事，陶叔，我哥一年到头也就这几天能进会儿厨房。”

就这样，一家子劳动力都被两个女人使唤来使唤去，刷锅洗碗、杀鸡烧肉、剥蒜择葱的，什么都没落下。

沈乐皆和易青巍把大圆桌从屋里抬到院子中间，后边跟着抬椅子的宋野枝和赵欢与，沈锦云在两棵树之间拉彩灯。

年夜饭在天黑时摆上了。

宋野枝和赵欢与吃着吃着，阵地转移到客厅的电视机前，《春节联欢晚会》上演员正在唱歌。

赵欢与只看到后面伴舞的人："这个后空翻……腿好直哦……"

宋野枝："你还要卤鸡翅吗？"

赵欢与点点头，宋野枝正准备起身，易青巍端着两个盘子进屋来，正是两盘卤鸡翅。

"躲里面来干吗？"易青巍顺势坐到他们中间。

赵欢与往右挪，腾出更多空间："你不也进来了？"

她伸手去拿鸡翅，被易青巍绕开了，他说："嫂子让你出去夹菜。"

"我只想吃鸡翅。"

易青巍："自己去，这是我和宋野枝的。"

赵欢与看了他几秒，起身，气势十足地说："好！小叔，你想吃什么？"

易青巍迟疑地看着她，但毫不客气地提要求："糖醋排骨。"

赵欢与又问："小野想吃什么？"

宋野枝："我碗里的菜够……"

赵欢与："选一个。"

宋野枝把"多了"两个字咽下去，说："鱼汤。"

赵欢与风风火火地出门去，又风风火火地进门来，端着一碗鱼汤和一碗辣子鸡块，再没有其他的，又挤到两个人中间去。

易青巍隔着赵欢与从宋野枝的碗里夹一块排骨放进嘴里，觑她一眼，说："幼稚死了。"

客厅的人渐渐多起来，最后大家都坐下来聚在一起看《春节联欢晚会》了。宋野枝和赵欢与坐在地上，隔电视机最近。他往后看，环视一圈儿，问："老陶叔呢？"

宋英军看了看表，说："去收拾床铺和客房了。"

易伟功抬一下鼻梁上的眼镜，问现在屏幕上的人是谁。

赵欢与朗声说出演员的名字。

沈建业说："他右边那个搭档呢？"

赵欢与睁圆了眼睛："姥爷，我们认识十六年了，我才知道您连他们都不知道！"

没等沈建业教训人，她自己先笑场了，盘着腿笑得前仰后合，然后突然坐直了身子，拍宋野枝的大腿，严肃地说道："小野，我们的袄子。"

宋野枝："……"

客厅里热闹极了，小品演到高潮，观众喝彩声如雷鸣，易槿和符恪聊天都要凑近了用手掌挡着说。一片烟雾缭绕中，只有易青巍看到宋野枝的卧室缓缓地开了一道缝，看他小心翼翼地探出头，和自己对上眼神，再无声地唤自己。

易青巍关上门，耳边立刻清净得和门外是两个世界。

"怎么了？"

宋野枝脱了外衣，露出红袄子，转身背对着易青巍，侧头说："后面这腰间还有两颗扣子，我怎么也扣不上。小叔，你帮帮我。"

易青巍拉着扣子把他牵引到光亮处，不拉不要紧，一拉，底下白皙的皮肉一览无余。

"你里面没穿件衣服？"

宋野枝低着头在摆弄前边的纽扣，答："啊，太紧了，里面再穿衣服就穿不上外边的了。"

易青巍："不扎人啊？"

宋野枝："不扎。"

易青巍已经亲自上手试，指腹捻着里面的布料，问：“这还叫不扎？成筛子了你是不是还笑着问我需不需要滤面粉啊？”

宋野枝是请他来扣纽扣的，现在他二话不说开始给人解纽扣，说：“先找件贴身的衣服穿上。”

宋野枝急了，忙抓紧他的手：“小叔，这扣子很难扣的，真不怎么扎，穿上拍完照就脱了嘛。”

易青巍问：“这衣服是不是女款的，怎么这么紧？”

“不是，那福娃本来就不大。”宋野枝把易青巍刚解开的纽扣给扣上，“小叔，后面。”

宋野枝比赵欢与高几厘米，赵欢与穿这衣服应该正好。

易青巍扫了一眼紧紧束在衣服里的细腰，懒懒地笑着斥道：“赵欢与惯会折腾人。”

电视机里的主持人在倒计时，镜头一转，是全球各地的华侨祝贺新年好，零点一到，鞭炮、烟花响彻胡同。

“陶叔，您站好，我来，我来。”

宋野枝上前去调相机，把它放在花架上，也倒计时：“十、九、八……”

赵欢与激动得很，跳着叫他：“快，快！快过来。”

数到“五”时，宋野枝朝他们跑去。

二月十九日零点零三分，宋野枝穿着红袄子，站在亮堂堂的灯下，站在响当当的爆竹声中，得到人生中第一张家族大合照。他跑向舒适而稳妥的生活圈，平静地被满足着。

“我要和小姑一起睡！”

符恪摸了摸赵欢与的头：“宝贝，你也只能和小姑睡。”

八个房间，八张床。

北房的三间不变，其余沈建业和易伟功两位老人一人一间，沈锦云和符恪一间，沈乐皆和易青巍一间，易槿和赵欢与一间。

符恪安排好，敲定后便催大家去洗漱。赵欢与数学满分不是白考的，经济头脑讲究资源利用最大化，她建议："哥和小叔可以选一个人和小野睡，这样大家的空间可以更宽敞。"

哦，除了宋野枝。

易青巍笑意盈盈，沈乐皆一言不发，宋野枝觉得如果自己再慢点儿表态，也将一个晚上一言不发。

"小叔，和我睡。"没有"请"字，也不妨碍祈使句的发挥。

易青巍困得很，打了个哈欠就轻车熟路地朝宋野枝的房间走去。

"大家晚安。"

主人很周到，领着大家挑盆挑毛巾，将各种洗漱用具找周全了宋野枝才最后一个上床。房里的人为他留了灯，他蹑手蹑脚地走进屋关上门，易青巍果然已经把头埋在被子里睡得不省人事了。

易青巍不仅为他留灯，还为他留出靠墙的一半床位。宋野枝关灯，钻进被窝，易青巍迷迷糊糊地醒了。

"红袄脱了？"他刚才真的睡着了，所以嗓子哑得很，声音比平时低沉几倍。

宋野枝侧躺着，和他面对面，小声地说话，怕把他扰得更清醒："脱了的。"

易青巍偏偏不领情："去把灯打开。"

宋野枝："啊？"

易青巍："去啊。"

话是这么说，但他把头往被子里埋得更深了些，声音更轻了，闷闷的："我看看你离筛子还差多远，听话。"

宋野枝凑近了，不肯大声说话，又怕隔着被子对方听不见："我看过了，好好的，也不痒。"

“后背也看过了？我怕布料不好……”易青巍困极了，停顿半天，才又说，“细皮嫩肉的再过敏了。”

宋野枝心想折腾来折腾去别把人真的彻底折腾醒了，便麻利地下床开灯，麻利地脱睡衣，露出后背，催道：“看看。”

易青巍天天跑五公里锻炼出的毅力就在这儿展现了，极强的意志力支撑着他微微抬起头，微微睁开眼睛，入眼是一片白皙的背，没有红疹也没有小疙瘩。

“嗯……”他倒回枕头上，“合格。”

宋野枝重新钻进被子里，和先前一个姿势，盯了易青巍半晌，等远处那场烟花彻底灭声了，才用更低的声音说：“小叔，晚安。”

宋野枝昨晚睡得并不好，这是他记事后第一次和人同床而眠。易青巍睡觉很安静，他早上睁眼时看易青巍还是昨晚闭眼前的姿势。

他这天又没有起床气，真是奇怪。

但不知易青巍会不会有，所以即使他早早就醒了，看了一眼时间后，也不敢乱动。

易青巍下半张脸全埋在被子里，只露出一双眼睛，被子还浅浅地擦着下眼睑，碎发和睫毛混在一起。

宋野枝像等待昨晚的烟花一样，等待日出。

不知过了多久，易青巍翻了个身，变成仰躺，鼻梁和下巴全部解放出来，宋野枝还是一动不动地默默观察他。

“宋野枝。”他开口了，嗓子没打开，尾音轻得像没有，“你还要盯着我看多久？”

宋野枝立刻合眼，想了想，易青巍的眼皮都没动过，宋野枝又慢慢睁开眼。这时，易青巍已经转过头来看着他了。

眼睛在五官里可真重要，睁眼和闭眼，在一张脸上大有不同。

“小叔，要起床吗？”

易青巍看着他不说话，宋野枝也没再说话。

屋外有人起床了，宋野枝猜是爷爷和小姑，他分辨得出他们的脚步声。

易青巍突然伸过手来，摁在他的眉毛上，问：“你知道自己的眉毛上还藏了一颗痣吗？浅浅的。”

宋野枝的眼睛睁得更大，双眼皮褶愈深。

“我爷爷说这叫‘草里藏珠’，人会聪颖又幸运。”

易青巍淡淡地“哦”了一声，说：“老爷子安慰你呢，你也信啊？”

宋野枝缩头，躲开他的手，说：“起不起床啊？躺得我头疼。”

易青巍说道：“醒了就自己穿衣呗，是谁睁着眼睛一动不动啊？二傻子似的，还吓我一跳。”

“我怕吵醒你。”宋野枝想了想，又问，“小叔，你知不知道你自己有起床气？”

易青巍好像又有些困了，重新闭上眼，说：“知道，很严重。我凶你了？”

“嗯。”

易青巍不以为然：“又不见你害怕。”

宋野枝看他是要睡回笼觉的姿态，但听动静连赵欢与都起床了，便说：“小叔，起床吧。”

易青巍闷闷地说：“你先，我等会儿。”

宋野枝问：“等什么？”

易青巍闭着眼，准确地捂住宋野枝的嘴，这似乎能解释他刚才没睁过眼也知道宋野枝盯着他看的事，但又拿什么来解释他能准确地捂住宋野枝的嘴的事呢？

“听话。”

宋野枝穿好衣服后，掀开一角窗帘，趴过去看，抿了抿嘴唇。

这天是阴天，没有日出。

大年初一那天，午饭过后，大人们排排而坐，各自手里都攥着双份红包。独留赵欢与和宋野枝站着，然后两个人从排头的易青巍、沈乐皆面前，走到排尾的宋英军、易伟功面前。

两个人拿走压岁钱，一一谢过，一起说“恭喜发财，万事如意，健康平安”。

宋野枝没见过这等场面，只觉隆重有趣，眼下都初十了，还记忆犹新。

赵欢与花钱一向大手大脚，何况摇身一变成富婆，现在就拎着大包小包的东西来敲宋野枝家的门，顺手带上周也善。

宋野枝翻出似药的盒子，问：“这是什么？”

赵欢与在挑零食，百忙之中抬头看过来：“哦，钙片。是小叔让我带的，那儿还有牛奶。你才比我小一岁，但和我差不多高，他说他有点儿担心。”

周也善在一旁笑，靠近宋野枝，两个人虚虚相贴，以手掌做尺一比，宋野枝的头顶才到他的嘴唇。

他不正经地说道：“什么味儿的洗发露？好香啊。”

宋野枝推开他，说：“姜味。”又转向赵欢与：“你多高？”

赵欢与：“一米六八。”

宋野枝：“五厘米也是高啊，我怎么就和你差不离了？”

“这个年纪的男孩子不显高嘛。”赵欢与眉一挑，掀起衣角露出腰，“也可能是我腿长显高？来比比。”

周也善说了句人话：“个人差异嘛，你可能还不到发育的时候，别着急。”他凑近了些，专注地盯着宋野枝的下巴，“你看，胡楂没长，声也没变，还早呢。”

“我变过声了。”

周也善吓一跳，夸张地说道：“那你这音色……变之前是什么雌雄莫辨的声音？”

宋野枝没理人，摸了摸下巴就要去做题。

周也善拉住他：“干吗？今天的活动是看电影。”

赵欢与上前一步，刚吃完零食，油腻腻的手拽开周也善的手：“干吗？明天就开学了，你也做，开学有摸底测试。”

周也善做题前去洗了一下手，然后才晓得，赵欢与不看电影，是因为她的寒假作业还没写完。

宋野枝被分配帮她抄写概念，不动脑，很轻松，问：“你的英语作业做完了？”

赵欢与：“没打算做哦。”

宋野枝：“……”

赵欢与：“明天早上我来找你，一起吃早餐然后一起出门。”

宋野枝：“好。”

赵欢与拍脑袋：“今晚我在这儿睡，明天就不用跑来跑去地瞎折腾了。”

宋野枝：“好。”

宋野枝埋头写得认真，安静了一会儿，状似不经意地问：“小叔……什么时候给我找的学校啊？”

“彼日冰嬉，尔谓不欲归，吾转而告之，不知其……”

“啊！”周也善崩溃地大喊一声，抢走赵欢与笔下正在抄的文言文，“我来！我来帮你抄！行了吧？！”

赵欢与耸了耸肩膀，呵呵地笑，转着笔放松手腕：“我也不知道小叔是什么时候给舅舅打的电话，但应该是我说了之后没几天。”

她的舅舅，就是沈锦云。

周也善做了个“暂停”的手势。

赵欢与做了个“请”的手势。

周也善问：“你表哥的爸爸，是你舅舅？”

“是。”赵欢与歪着身子，斜眼看他，“有什么问题？”

周也善：“那你表哥的小叔，为啥还是你小叔？不应该是小舅？”

赵欢与：“我哥叫什么我叫什么咯，又改不过来了。”

周也善点头，做了个“继续”的手势。

赵欢与嘬着吸管，一边看眼前的数学试卷一边说：“不过我舅舅当时还挺惊讶的，我小叔从来就不爱管家里的事，这次竟然揽了，还揽了他最不屑做的事。”

宋野枝这次猜到了，最不屑的，恐怕是人际关系这一套。

“小叔中考的目标就是进四中，但他小学和初中时都是吊儿郎当的样子，到了初三才有了点儿紧迫感，开始立大志，不过佛脚再粗，他也只进了实验中学。其实那时候他进四中就是我舅舅一句话的事，但他硬是没点这个头。”

赵欢与看宋野枝情绪不高，回想了一下自己说的话，慌忙补道：“你这个性质和小叔不一样的啊，你是转校，不是借读。明天你好好考，还能是我们学校成绩中上等的学生呢。”

周也善问：“你小叔……不，你舅舅安排好了吗？宋野枝是不是在（6）班？”

赵欢与嘴下“咕噜”几声，酸奶没了：“当然，同校不同班有什么意义？”她撑着下巴，“便宜黄菊了，我们小野一去，她的英语年级第一名就有人顶上了。”

周也善搭腔：“太好了，我正看英语课代表不顺眼，小野去，把她给我换下来。”

赵欢与惊道：“大哥，全班人都知道她欣赏你呢！”

周也善：“那全班人知不知道她卡我的作业特别严？！”

赵欢与幸灾乐祸地说：“特权。”

周也善：“爱谁谁，我不要。”

赵欢与：“小野上任，给你友情的特权，独一份儿。”

“东船西舫悄无言，唯见江心秋月白。”

周也善写至“见”字，手下一抖，“竖弯钩”画成直直的一捺，止不住，出了框界。

他皱着眉头说：“李兴成什么毛病啊？《琵琶行》不考还让我们抄。”

赵欢与接道：“老夏也不遑多让，居然出了本集合专题。”

三个人里就宋野枝把作业当回事，抄到重点时还不忘拿起红笔标注一番。

深夜来得悄无声息，大家都各自睡下后，宋野枝放下画笔时已是半夜一点多。他用湿布擦手，站在画架前端详这幅成品，尽量客观地去判断优劣。

宋野枝正聚精会神时，响起敲门声，惊得他身子一颤。他走去开门，暗自庆幸自己已经搁笔。

赵欢与抱着枕头站在门口，问：“小野，我可以和你一起睡吗？”

宋野枝：“……”

宋野枝：“你说呢？”

不怪赵欢与，西房就她一个人睡。大半夜有发情的流浪猫在叫春，一声一声就像婴儿在哭，听得人心里发毛。风声太大，像要破门而入，她给自己打了半小时的气才下床。

“我有点儿害怕。”

赵欢与裹着外衣蹲在桌前打座机电话，宋野枝在旁边陪着她，结果她没说两句话那边的人就把电话挂了。

宋野枝："乐皆哥怎么说？"

赵欢与也把电话撂了："我哥让我等着，他来接我。"

沈乐皆来得很快，下车一看，睡衣外面披了一件大衣，从眼眶里的红血丝也可见他是上一秒还在被窝里，下一秒就被硬拉出来的。

赵欢与脆生生地叫"哥"，沈乐皆没应，让她快上车，走之前嘱咐道："小野早点儿睡，明天早上——"

赵欢与及时接上："七点。"

沈乐皆："我们七点到这儿，接你一起走。"

宋野枝："好，谢谢乐皆哥。"

赵欢与坐在车里招手："明天留着肚子，今日无缘同寝，明日我们同餐！"

车已经发动了，沈乐皆瞪了她一眼。

院里的灯亮了又熄，归于寂静。

宋野枝回到房间，没睡，走到画架前，握着毛笔犹豫不决。比起作画，他是不擅长写字的。他最终没有下笔，想着还是哪日请爷爷来添，比他写的好。

做礼送人，他试图做到完美。

第二日，在去教师办公室的路上，宋野枝心下一片木然。

一些树，一些草，一些石雕，一些楼，一些西装，一些校服，一根旗杆，就是千篇一律的一所学校。

一个年级的学生都在教室里准备考试，只有宋野枝坐在教师办公室的沙发上，听沈乐皆和黄菊聊天。

沙发对面的窗户，已经有树枝探进来。宋野枝盯着抽出的那点儿芽走神，想着黄菊也不是太过一板一眼，又想起忘记带钢笔了。

沈乐皆先站起身来，同黄菊最后一次握手："黄老师，两个孩子就麻烦您多费心了。”

黄菊带宋野枝去考场，黑色锃亮的高跟鞋踏在光滑的地板上，突兀而规律地响着。宽大干净的窗户内的学生们，像声控灯群，一个个闻声抬头，待高跟鞋声远去，又一个个低下头。

“已经开考半个小时了，可以吗？”黄菊慢下脚步，与他并肩。

宋野枝说：“没关系。”

第一天早上考两科，语文和英语，中间有四十分钟的休息时间。但在十分钟内，那些个“声控灯”已经把新来的转学生谈论了一遍。赵欢与一个班一个班地顺着问，在高二（9）班的教室里找到了宋野枝。

他一个人坐在座位上，看着手机若有所思。

赵欢与走过去，把矿泉水放在他的脚边，问：“怎么了？”

宋野枝按了返回键，把手机重新放回书包里，说：“小叔让我放学在校门口找他的车。”

“嗯？他要来接你啊？正常啊，你第一天上学。”接着，赵欢与看了看手表，“他昨天上夜班，十点多，也该下班了。”

宋野枝拉拉链的动作停了。

新学期不仅有转学生，在大家还没开始写作文的时候，转学生还提前交卷了。宋野枝脚步轻快，不声不响，但还是如来时那样，被迫接受了一番注目礼。

原来他们属性多样，不只是“声控”，宋野枝这样想。

宋野枝出了校门，抬着眼四处看，一边寻车，一边找易青巍留言里提的咖啡店。

“一杯拿铁，带走，谢谢。”

他刚报到，没有校服，白衣黑裤，妥帖又清爽，站在咖啡店前，引过路人侧目。

“您的咖啡。”

“谢谢。”

宋野枝朝不远处那辆黑色的车走去，伸手开副驾驶座的门，竟然没锁。车内，驾驶座的座椅被放平，易青巍戴着墨镜，身上搭了条墨蓝色的毯子，正在补觉。

宋野枝停住了，站在车外叫他：“小叔。”

见得不到回应，宋野枝上了车，关门，把热咖啡从包装袋里拿出来，插上吸管。他再抬头，易青巍依旧睡得很安稳。

宋野枝看他几秒，放下了手里的咖啡。

他凑近了，食指微屈，要去试易青巍的气息：“小叔，您别是猝死了吧？听说当医生确实很累。”

不等他探到气息，手腕就被人轻轻地拽住。

易青巍问：“您不能盼我点儿好？”

宋野枝被握住右手，就用左手去替他摘墨镜，看他一脸疲惫，说：“小叔，一会儿要补觉，喝了咖啡睡不着。”

宋野枝被捏住手腕，就像被捏住命脉，声音也变得又轻又柔。

易青巍松开了他，调直座椅，去捧咖啡。吸管是白搭的，他揭开咖啡杯盖，两口就喝下去小半杯，直起身来才发现，校门口还清静得很。

易青巍问：“你习惯提前交卷？”

宋野枝没有提前交卷的习惯，但同样从没有人会早早地在考场外候着他，所以他也没养成让人久等的习惯。

但他不打算说，只说道：“这次英语题很简单，我已经检查过两遍了。”

咖啡喝了一半，话也说了几个来回，易青巍清醒了不少。

“有没有见到班主任？”

宋野枝点头：“乐皆哥领我去见了。”

“你乐皆哥还算靠谱。”

“不等赵欢与啊？”

易青巍发动引擎，说：“她哥一会儿来接她。”

宋野枝点点头，看向中间的半杯咖啡：“不喝了吗？”

易青巍摇头：“不喜欢喝，要不是怕疲劳驾驶……安全带。”

宋野枝将手伸向侧后方去摸索安全带，几下之后没摸到，准备转身去看。易青巍却快他一步，身子朝他压过来。

“我来。”

宋野枝的五感一向敏锐，此时此刻尤其是。宋野枝嗅到他颈侧的香味，看到他耳郭纤细交错的青色血管。一切都是浅浅的，淡淡的，却又好像异常清晰，且不可避免。宋野枝徐徐地吸了一口气。

易青巍替他扣上安全带，问他怎么了。

宋野枝皱眉：“小叔，你喷香水了？”

“狗鼻子？”易青巍说，“昨天喷的，现在早淡了。”

“淡得刚刚好。”宋野枝转过头，看着他。

果然，距离远了，香味没了，青色脉络也没了，他至多看得见右脸那一个小小的梨窝。

“去我家吗？陶叔一定早做好饭了。”

“行。”

在等红绿灯时，易青巍打了个哈欠，转过头和宋野枝说话时，眼里水光潋滟，问：“感觉怎么样？”

宋野枝耸耸肩，说：“还好啊。”

易青巍“嗞”了一声，问：“那怎么一点儿开心劲儿没有呢？”

“哪有……”

回到家里到了饭桌边还没人问宋野枝的考试情况，他自己也不提，倒是说四中的绿化做得不错，楼道间挂满书画，草坪上的雕像逼真，总的来说很有人文气息。

宋英军被他这姿态逗笑："怎么了，您是领导去视察呢？"他转念问："青巍是不是四中毕业的来着？"

易青巍熬了通宵，刚才又喝了咖啡，胃口并不是很好，正有一下没一下地夹菜。

"没有，差了几分，后来去的实验中学。"

唠这个，宋野枝就想起了赵欢与说他女朋友没断过的事儿。宋野枝替他盛了一碗热汤，问："小叔，你现在有没有女朋友啊？"

话题跳跃太快，宋英军都没跟上。但易青巍几乎毫秒间就洞悉了赵欢与嘴巴没边儿的事实。

"什么现在有没有？大学四年都没有。"

宋野枝点点头，重新整筷吃饭："那就是以前有。"

"以前有。"易青巍懒懒地笑着，"叔，可别告诉我爸啊。"

宋英军："那我可保证不了。"

喝了热汤，刚夹的肉转眼就吃不下了，易青巍夹给宋野枝，说："这点别学你小叔，什么时候有姑娘追你了，不喜欢要懂得拒绝。"

合着他把锅甩给了"不懂得拒绝"。

宋野枝把肉夹回去："小叔，你多吃点儿。"

当下宋野枝就学会了拒绝的精髓。

下午的数学三点开考，吃过饭也才一点不到。易青巍进了房间，脱了衣服，爬进宋野枝的被窝儿，还敞了一角，说："进来一起睡，一会儿起床送你。"

宋野枝正在整理书桌上的资料，瞥了他一眼，说："你睡吧，我一般不午休。"

随后宋野枝拿着《红楼梦》准备去书房，被易青巍叫住："那你记得叫我。"

"好。"

关了卧室的门，宋野枝还听见易青巍说："情情爱爱你看得懂吗？多看看《三国演义》和《水浒传》。"

最后宋野枝没当人形闹钟，到时间就收拾东西自己走了，走到巷口坐上出租车，二十分钟就到学校门口。他又提前交了试卷，但性质不同于英语，数学题不会做就是不会做，再待多久也做不出来。

来回三趟，宋野枝已经记熟了路，出了考场看天大亮着，便决定走路回家。正好是下班晚高峰，脚比车轮也慢不了多少。

他慢慢悠悠地到了家，老陶叔正在做饭，进到客厅，爷爷一个人坐在沙发上看京剧。他放下书包踱过去，问："小叔还没醒呢？"

宋英军点头："正好，你去叫他起床吃饭，可能他还得上晚班呢。"

宋野枝最不愿接这种扰人清梦的差事，自己也有起床气，能感同身受。

"小叔的起床气比我还严重，您去他不敢发火。"

宋英军奇道："比你严重？那更得你去了。"

易青巍还是一贯的姿势，侧身蜷着，被子拉得老高，这次连眼睛都看不见了。宋野枝在门口观察了一会儿才走近，蹲在床前，轻声喊："小叔。"

他把被子往下压，带着寒气的食指拨开碎发，点在易青巍光洁的额头上，再喊："小叔。"

他继续喊："小叔啊。"

易青巍应该是醒了，只是不愿搭理他。

宋野枝突然将食指撤了，说："小叔，我要迟到了。"

易青巍的睫毛颤了几下，接着他睁开眼，眼神清明，不见睡意，只是声音依旧又低又哑："得亏我是醒的，你这种叫法谁能醒啊？还迟到，现在都六点半了，你是赶不上《新闻联播》了吧？”

宋野枝攥着食指，差点儿把掌心都焐热了：“也算是吧。”

易青巍无论何时、无论何地，总要赖会儿床，依旧裹着被子跟宋野枝说话：“中午怎么不叫我？”

宋野枝说：“我打车去还要快些。”

“数学难吗？”

宋野枝很诚实地回答：“几何那部分很简单，其他的好多不会做。”

易青巍替他担心：“这么偏科是怎么考全班前三名的啊？”

宋野枝很无所谓地说道：“排在我前面的第一名和第二名也偏科。”

易青巍：“……”

“你今天还是夜班吗？”

“嗯。”

陶国生将菜都上齐了，宋英军喊道：“吃饭聊行不行？”

因为赖床，时间变得很紧，易青巍吃完饭放下碗就到门口穿衣服，准备走。宋英军在旁边说道：“看，赖吧，急急忙忙的。”

宋野枝扒着碗里的饭，默默抬着眼注视他，看了一会儿，问：“小叔，明天你还来接我吗？”

易青巍对着窗玻璃打领带，说：“怎么不来？”临走前，他又说，“走了啊，你们慢慢吃。”

宋英军：“路上开慢点儿，注意安全。”

谁知他去而复返，叫老陶：“陶叔，忘了说，今天的芙蓉蛋有点儿咸。”

第五章
冷不冷

后来几个星期，易青巍只要排到夜班，就没进过自己家的门。早上下班去四中门口接人，接着就回胡同院儿。

宋英军心疼侄子，说宋野枝已经认路就别接了，夜班辛苦，他让易青巍下了班直接来家里吃饭，能多睡一会儿是一会儿。

易青巍不听，只道顺路。

宋英军说："在接送这件事情上，宋野枝从小到大就没让人费过心，从来是开学第一天领他认过路，之后就硬是不准大人再接送了。"

易青巍笑道："这么回事啊，他乐意让我接，那就更得接了。"

他一如既往地躺在驾驶座上守着四中门口，偶尔还替没空的沈乐皆捎上赵欢与。

四月一日，西方愚人节。

宋野枝、赵欢与和周也善随着人潮走出校门，数学课代表和纪律委员一左一右地在宋野枝耳边商量着下午整蛊老师的事，打算联合（7）班的班长一起，重制一张课表，把下午的课换成体育课，让老师面对空无一人的教室思考人生。

赵欢与手舞足蹈，周也善捧腹大笑。宋野枝夹他们中间，谁发言就朝谁看，转来转去，像朵迎阳的向日葵。

易青巍坐在车里往外看，看到的就是这么一个景象。

等两个人上了车，他问他们刚才在聊什么，赵欢与又重述了一遍。

易青巍听完，提议："还可以和你们楼上的（11）班换一下班牌。"

赵欢与点头："这个主意也挺好！"

接着她发信息和周也善分享。

易青巍磨蹭着不开车，说："我有礼物送你们。"

宋野枝在副驾驶座上歪了歪脑袋，问："什么礼物？"

赵欢与不信："得了，才聊完愚人节呢。"

大家都饿着，易青巍没工夫故弄玄虚。只见他把掌心摊开，两把钥匙闪着金光。

宋野枝拨了拨："什么啊？"

易青巍指了指不远处的楼房："3 栋 601，三室两厅，一厨两卫。"

赵欢与惊呼："小叔，你买的啊？"

易青巍那股炫耀劲儿没了："租都费劲，还买。"

"马上带你们过去看，以后中午就近去那儿休息，明年……不是，下学期你们高三了，可能周末都在那儿常住。"

楼房离得不远，在医院和学校的中间点上，五六分钟的脚程。

房子在最高楼，客厅和卧室的采光很好，开放式厨房，主卧带卫生间。易青巍应该提前请过家政，屋里整洁敞亮，赵欢与开心得在粉色床上打滚。

"顶楼还有个花圃，房东说随便用。"

餐桌上随意摆着一幅画，是装裱好的。宋野枝扫了一眼，光影处理得很好，结构上佳，只是色彩中规中矩，少了点儿灵气，但总归比庸俗之流出彩些。

"小叔，这画是你买的吗？"

易青巍走近，又拿起画端看一番："不是，是美院的同学送的。她抱怨毕业设计毫无头绪，结果倒是有空为我画一幅。"

"送你的，当礼物送的吗？"

“算是吧。”易青巍想起什么，“你那套画具记得吗？就我姐托我问她，是她给你挑的。”

难怪很专业。

宋野枝看着画中的山，绿色的山，几乎瞬时就懂了——

青巍。

他转念想起自己卧室那幅还未题字的画，真是白日见鬼。

易青巍用胳膊肘推他：“宋俊哥说四岁就让你学画画了，看这幅怎么样？”

“非常好——”他放下画，说，“立意尤其好。”

说完宋野枝就转身走开，说饿了，建议出去吃一顿庆祝，他想吃大街那家店的鱼很久了。

都说文人相轻，同样是拿笔搞创作的，画画的艺术人似乎不存在这种说法呢。易青巍跟在他身后这样想。

愚人节这天下午，（6）班不仅换了班牌，把人也换了。一堆人被年级主任从他们自己给自己开设的体育课上赶回来，在周也善等人的怂恿下，（6）班的同学去了（11）班的教室，（11）班的同学去了（7）班的教室，搞了个连环套。

各个科任老师走上讲台翻开书，发现不对劲，自我怀疑老半天。底下有个人绷不住，笑出声，整个教室的人就全破了功，哄堂大笑。

三个班主任知道这事后哭笑不得，同学们也没供出领头的是哪伙人，但法偏偏要责众，三个班主任向学校请愿承包了一个月的厕所清洁工作，三个班的学生轮流进行。

第一天就从（6）班开始。

纪律委员带头“划水”，拿着扫把在宋野枝脚边瞎转。

“小野，你清明节要回去吗？”

宋野枝抵住周也善乱晃的扫把，问：“回哪儿？”

“赵欢与不是说你家在南方吗？”

周也善不提，宋野枝都快忘了。

“不去，其实我家是这里的。”

周也善上下扫视他一遍，直指他那一百七十三厘米的个子，说道：“不像啊。”

宋野枝：“……”

周也善嘻嘻地笑：“那会出去玩吗？踏青什么的。”

“还没安排。”

周也善连水也不屑划了，一屁股坐在花坛边的木椅上，拄着扫把的棍儿，说：“我应该要跟着家里人去扫墓。”

宋野枝直起身来：“多磕几个响头，把几场大的考试都求一求。”

周也善看着他笑，知道他在还击身高的事，便不出声。

宋野枝补充道：“黄菊真能忍。”

周也善的嘴咧得更大了。

清明时节阳光和煦，早晨九点，宋野枝睁着眼趴在床上。

昨晚被子加厚，他早上梦中转醒时，身上出了一层薄汗。他突然意识到，来到北方第三个月，每天洗澡的习惯已经不知不觉没了。

院里的“翠凤凰”在叽叽喳喳地叫，是有人来了。

易青巍转着车钥匙进了屋，跟宋英军问了声好，环顾客厅，问：“还没起呢？”

宋英军哼了一声，说：“你这小叔整天不教点儿好，这不，学你赖床。”

宋野枝可不乐意，一骨碌爬起来，下了床披件外衣走出卧室：“我早醒了。”

易青巍揉了一把他的头发，原先乱糟糟的一团反而被理顺不少。

他催宋野枝："快点儿洗漱去，然后上车走了，你小姑都没你拖拉。"

易青巍和沈乐皆在放假前夕商量清明假期带两个孩子去山里玩，山上的饭庄酒店不去，只想图新鲜，去野炊，去露营。

易槿听了一耳朵，说正好，她也想带她朋友一起去，便凑了个六人行。易槿打算把易焰的那辆越野车哄到手，开上山。

易槿开车，她的朋友坐副驾驶座。是个姑娘，看起来比易槿小几岁，因为和其他人是初次见面，她有些拘谨。易槿介绍道："我的大学同学，李乃域。"

赵欢与插了一嘴："可是姐姐，你看起来比我小姑小好几岁呢。"

李乃域看了易槿一眼，说："其实大学里我是她的学妹。"

赵欢与："你也是学金融的吗？"

李乃域点点头，赵欢与又问："姐姐有没有男朋友啊？"

不等李乃域回答，赵欢与就被易槿拍了一巴掌："去叫你哥快点儿！"她又警告赵欢与，"自己玩去，别老缠着小李。"

进了山，车子越往深处开，气温越低。正在认植物的宋野枝和赵欢与关了窗，把注意力收回来听他们闲聊。

宋野枝和易青巍挨着坐。他之前紧贴着车窗看花儿，加上易青巍霸道，所以留给他的只有小小一点儿空间。易青巍见他们不再讨论忍冬和钩吻的相似度，稍稍把腿收回来，多分出一点儿空间，让宋野枝坐正。

他将掌心覆在宋野枝的手背上，说："冷不冷？后边有羽绒服。"

宋野枝摇头："不冷。"

小孩儿的手确实不冰。易青巍用指腹摩挲了几下，问："你涂护手霜了？"

"昨天老陶叔给抹的，天气太干了，他来这边手上总是起皮，给自己抹多了就匀给我。"宋野枝自己揉了一把，问，"很明显吗？"

易青巍牵起他的右手递给赵欢与，说：“来，摸摸，滑滑嫩嫩的，跟剥了壳的鸡蛋似的。”

宋野枝闻言，手像鱼似的滑溜着挣脱了。

一行人嬉嬉闹闹，没多久到了坐落在半山腰的饭庄。找个位置停好车，他们就把帐篷、睡袋等必需品和准备野炊的食物分配到各个人的背包里，然后开始爬山。

赵欢与冲在队伍最前头，斗志昂扬的是她，后劲不足的也是她。宋野枝脸不红气不喘地翻出牵引绳，让她拽着另一头，两个人一前一后地走。

沈乐皆慢下来，站在树边等拉拉扯扯的那两个小朋友。他接过宋野枝手里的绳子，说：“去前面吧，你背的东西也不轻，别到时候两个人都摔一个坑里了。”

易青巍站在不远处的高坡上往下观望，喊道：“宋野枝！上来！”

宋野枝没几分钟就追上了易青巍，带点儿喘地问：“小叔，什么事啊？”

易青巍从背包侧边抽出一瓶药，把宋野枝拉近了，挡着他的眼睛，给他全身上下喷了一通：“防蚊虫的。”

他摸了摸宋野枝的耳后：“晚了一步，这里被咬了，痒吗？”

宋野枝说：“没感觉。”说完他又加了一句，“你摸才痒。”

易青巍把药塞进他的背包里，让他记得时不时喷一喷。

下午四点的时候登顶，他们找了一块空地放置东西，女生搭烧烤架，男生捡柴。

“小叔，看，这儿有一个大坑。”

易青巍放下手上的木头，闻声走过去查看。坑不大，但有点儿深，快有一人高。

没看几眼坑，他把宋野枝手里的柴接过来放到地上，搓了搓宋野枝的两只手。木头刺都被捋干净了，被树枝刮出的红痕自然就清晰可见。

血印子，他没见出血。

“疼吗？”

不疼，微痒，宋野枝在心里说。

易青巍：“才这会儿工夫就搞了两道细口子。”

宋野枝：“没注意……”

易青巍使劲按了按那两条印子周边的皮肤，嘱咐：“去找小姑要点儿水洗洗。”他指了指坑，“回来就负责给这地方做个安全标记，别弄柴了。”

宋野枝垂眼，盯着自己的手，似是出神，迟钝地点头：“好。”

钻进睡袋时，衣服里的手机振动了一下，宋野枝没管，整整齐齐地躺下后，手机又振了一下。他腾出手，把手机掏出来看，是两条短信。

易青巍弓腰进来帐篷里，看宋野枝已经躺好了，问：“冷吗？”

宋野枝摇头：“不冷。”

他的视线重新移到手机屏幕上。

“以后多和妈妈联系，好吗？”

宋野枝翻了个身，面露疑惑之色，再点开上一条。

“我和你爸爸三月份办了离婚。”

她为什么要分成两条发呢？宋野枝想。

这还是他来这里后，金玟第一次主动找他说话，宋野枝又想。

他被判给宋俊了吧？

又或许他们连法院都没上，大家心平气和地坐下来协议，房子归谁，股份归谁，宋野枝归谁，然后一拍两散。

屏幕灭了，宋野枝按亮。又灭，他又按亮。那行字都快被他读烂了，读到他甚至不认识“妈妈”两个字了。

易青巍又问：“冷？”

宋野枝勾选这两条信息，想删除。

“您确认要删除？”

宋野枝看着屏幕上显示的这句话，突然觉出些冷来，说：“现在有点儿。”

“手一直发抖。”易青巍动了动，说，“过来，和我一个睡袋。”

宋野枝把手机丢在一边，爬过去和易青巍挤到一起。

“小叔，你今天有没有喷香水？”

易青巍说：“喷了也被烤肉味儿熏得差不多了。”

宋野枝想要求证，仰着脸，就这样凑了上去。

易青巍捏宋野枝的后颈：“闻什么呢？”

“你很喜欢这种香吗？喷的总是它。”

“好闻啊，你觉得如何？”易青巍用掌心拍了一下他的后脑勺，警告道，“下次别突击我的脖子这块儿，差点儿揍你。”

人的五感，嗅觉的记忆最长久，但宋野枝怕出纰漏，要找到这种香，买下来送给易青巍。

投其所好，这也是他的心意。

宋野枝又伸出手指在他的颈侧挠了挠，动作轻柔，不含调皮的意味，只像是闲来无事地作弄人。他说：“那得习惯啊，脖子成软肋可怎么行？”

“谁没事嗅我的脖子？”

“我？”

“也就你。”

一旦得到温暖，就恢复知觉，丝丝柔柔的痛意漫无边际地涌了出来。

他们早就离婚了，金玟只是这天想起宋野枝来，告知一声。她比宋俊好，宋俊到现在还没想起他来呢。

孙秀和宋俊的孩子刚足月不久，他第一次当父亲没合格，就抹去，用新的一次机会来上心。

分开好，大家就可以寻找各自的快乐。

宋野枝还是忍不住，说白天喝了太多可乐，想尿尿。

“别走远，树林边上就行了。”易青巍侧身看了一眼，“穿上外套再出去。”

“不用，马上就回来。”

“三分钟不回来就揍你。”

“五分钟。”宋野枝和他讨价还价。

柴火没灭，能燃一晚上，火光下，白天做的标志牌很显眼。两根一米多的木棍支着一块边角不齐的泡沫板，板上用稀黄泥写了几个大字：此处大坑，请勿靠近。

他们还在其中一根棍子上系了红布，迎风看，跟迷你版红旗一样。

宋野枝立在木棍旁边，没解裤腰带，只对着树林做深呼吸。一个接一个，深呼吸越做越短，越做越急，他呼出最后一口气，眼泪也跟着落了下来。

泪水流在面颊上，被风一吹，就失去热意，一旦逃出眼眶，被冻上，滑落的速度就变平缓了。

宋野枝从来不用手指和手背擦眼泪，越擦越脏。他用袖子，按在眼眶上，把将落不落的也吸干净。他咳两声清好了嗓子，掩去异样后，抬脚离开。

好巧不巧，第一脚就踩在被水稀释的那一摊黄泥上，一滑，右脚失了力，宋野枝整个人往前扑，顺着坡滚进了树林里。

他当时就说，让赵欢与往那儿少掺点儿水。

易青巍找到人，已经是半小时以后的事了。

五分钟就是五分钟，五分钟过后不见人进来，易青巍便喊了几声，没听见回应，才起身来看是怎么一回事。

他在树林边上走了一圈儿，在坑旁边看到了那一长串反光的泥。

易青巍立刻回帐篷拿上宋野枝的羽绒服，弯腰那一瞬间，铺开的羽绒服上的手机屏幕亮起来，有一条新留言。

他边走边解锁手机，映入眼帘的不是新信息，而是——您确认要删除吗？

一片黑暗中，宋野枝满身泥垢。额头处一阵热一阵凉，他伸手去碰，沾得一手黏湿，两指一捻，立即干了，随后飘来淡淡的血腥味。他又嫌又怕，手往泥地上抹了几下后，尝试站起来，右脚应该是被崴伤了，着不了一点儿力。

他抱着树干晕了片刻，才咬咬牙，手脚并用地向上爬。

这天晚上有月亮，光却被棵棵参天的树接住了，漏不下来一分半点儿。他不知爬了多长的路，突然被头顶的强光晃到了眼睛。那一刻，他彻底卸了力，才觉精疲力竭，安心地仰躺下来，大喊："小叔——"

宋野枝被羽绒服裹着，任易青巍弯腰半跪着为他拣头发上的叶和泥。

"冷不冷？"

"现在不冷。"

"怕不怕？"

"现在不怕。"

这两个回答烫着了易青巍的心窝，他低叹一句："这么乖啊。"

"怕也没关系。"易青巍把人拦腰抱起来，说，"小叔带你回去。"

二人走到帐篷前，柴火没灭，能燃一晚上。

夜会结束的，黑暗是有尽头的。

宋野枝想，亲人也是讲究缘分的，幸好宋俊和金玟及时醒悟，不再虚有其表地互相捆绑，总算放他一马。

周也善拿着书走过来，把宋野枝的同桌洪景元赶走了，慢慢地坐下来。

“你的脚怎么了？”

宋野枝在做老师课堂上留的题，头也没抬地答：“爬山摔了。”

周也善凑近看，抚上他额角正结痂的伤，问：“怎么摔的？都破相了。”

其实左手伤得最重，往下滚的时候，他第一反应是用手护着头，接着就是以左手护着右手。所以现在他右手还能写字，左手只能垂着，抬起来都费劲。

“从坡上滚下去，滚着滚着被一棵树截住了。”宋野枝侧了侧头，“别摸了，别影响人家结痂。”

周也善乐了：“你还挺替‘人家’着想。”

上课铃响了，周也善没走，宋野枝看了他一眼。

周也善：“怎么了？我连课本都带来了。洪景元坐我的座位不行啊？”

宋野枝笑了笑：“行啊，洪景元都没意见。”

周也善奇怪：“你笑什么？”

宋野枝听了一个八卦，趁黄菊还没进教室，概括道：“我替洪景元高兴。他想和李欣芮坐在一起，现在你过来，正好成全了他。”

周也善伸长了腿，往后仰，背全靠在椅子上，说：“那你也替我高兴高兴，我不仅成全他，也成全自己。”

宋野枝问：“你有这么讨厌李欣芮吗？”

周也善说：“我不讨厌她。洪景元想挨着李欣芮坐，我想挨着你坐。以后我都坐这儿，行不行？”

这时黄菊进来了，教室里瞬间鸦雀无声。

宋野枝右手掩嘴，轻声回完最后一句话：“你坐这儿行，但把他们和我们排一起不行。”

周也善看着宋野枝的侧脸，瞧他的天真和诚恳的神色，没再搭腔。

黄菊火眼金睛，一眼发现位子的变动，但没找宋野枝的碴儿，反而叫道：“周也善。”

“到。”

“你该坐在哪儿？”

周也善嬉皮笑脸地说：“老师，宋野枝受伤了，我坐过来照顾他。”

“还挺乐于助人，洪景元呢？他照顾不了？”

周也善转头看了看满脸通红的洪景元，说：“他……他得问课代表题目，英语太差了也没法。”

黄菊叹了口气，警告地看了周也善一眼，便开始上课。

每天洗澡的习惯改了，宋野枝倒养成了个午休的习惯。

他做了个梦，梦到自己站在河边，河水慢慢地涨上来，水面上有柳叶，向自己漂过来，在脚边划来划去。水漫过脚踝时，他醒了，迷迷糊糊地睁眼，看到易青巍坐在床尾，正替自己搽药。

易青巍是宋野枝见过的搽药时下手最轻的医生。

宋野枝身上有不少擦伤和瘀青，易青巍给他扭伤的脚上完药，在小腿和膝盖上也搽了些，然后是腰腹。

易青巍轻轻地掀开被子，再掀开宋野枝的薄衣，棉签刚碰到皮肤，眼下的腰就狠狠地缩了一下。他以为对方是疼的，手下动作更轻。

他最后想看看宋野枝额角的伤恢复得怎么样，会不会留疤，一抬眼就见宋野枝睁着眼，眼神里锁着不浓不淡的睡意，不知道看了自己多久。

“什么时候醒的？”

宋野枝想起点儿什么，蒙眬的睡眼清明起来，说：“下次别突击我的腰这块儿，差点儿揍你。”

易青巍看着他的腰，点头，眼神平静，语气颇有威胁的意味：“等你的伤好了。”

宋野枝从不写日记，过去的日子便过去了，他从不回头看——无事可纪念，回头没有意义。

他负了一身伤，躺在床上，右脚和左手钻心地疼，膝盖和腰上蚂蚁爬似的痒。

这份疼和痒是宋野枝十几年来头一次在皮肉上遭罪，要不了命，改变了他对待逝去的时间莫名其妙的冷硬态度。

那天晚上，宋野枝翻出学校奖励的笔记本，简明扼要地写起了日记。

“宋俊和金玟离婚。

“不慎摔下山坡，一身伤。

“小叔……”

笔尖停下几秒，他把“小叔”二字画掉。小叔有很多，易青巍只有一个。再顿几秒，他索性把那页纸撕了，重新写。

“他们离婚。

“摔下山坡。

“易青巍，于四月四日，十二个小时之内询问我四遍‘冷不冷’。树救我一命，他也救我一命。夜深，天黑，风寒，树林里有很多怪异声响，我确实不怕，疼是真疼——但是，疼也没关系。”

隔天去学校，下午上课前，座位上竖着一副拐杖，宋野枝看向教室后排的周也善。周也善笑眯眯地说：“请笑纳。”

宋野枝拿起拐杖，目瞪口呆：“谢谢啊，真及时，再晚几天送，我都好了。”

周也善：“哪能啊？伤筋动骨一百天。也好，不然我都不知道过节了给你送点儿什么礼物。”

赵欢与听见这话，相隔两条过道，都“千里迢迢”地来送他一脚。

这节是班会课，班主任还没进教室，就目睹赵欢与殴打周也善。

黄菊先入为主了，也不知道寒假里双方家长有没有给孩子做通思想工作，眼下“血腥暴力”的场面她看着都像是打情骂俏。

“都坐好了，当上课铃是摆设吗？”

“下个月的五四青年节，学校有晚会，我希望我们班上的同学都踊跃报名，有才艺的呢，别藏着掖着，得积极表现自己。”

周也善象征性地举了一下手，发言：“老师，可以给大家表演倒立吗？”

黄菊：“这个项目可以留到下下个月的六一儿童节，看有没有机会。”

宋野枝再次感叹，黄老师真的很能忍啊。

周也善闲不住，问宋野枝会不会弹吉他。

宋野枝摇头。

周也善又问：“那你会什么？”

“小提琴。”

周也善：“会到什么程度？你学了多久？”

黄菊拿着笔写了几个名字，扫视一圈儿，问：“还有同学吗？”

宋野枝：“六岁开始学……学了十年了。”

周也善双手一拍，叫了一声“好”，再次象征性地举手：“老师，宋野枝说他要报小提琴独奏呢！”

话音刚落地，赵欢与带头鼓掌。

两个人这一唱一和的，又成功吸引了黄菊的注意力。

“翠凤凰”的眼睛滴溜溜地转，灰白色的眼皮垂下来又抬上去，时不时用尖喙转头去啄自己的羽毛。它是很爱叫的，宋英军就是看中它音色亮，唱起来热闹，但它面对宋野枝从来不叫。

现时就是这样。

宋野枝又把鸟笼门打开了，它伸头试探了一会儿，才知道走出笼子。

出来后它只顾着低头啄地，发出“嗒嗒”的声音。

宋野枝：“傻鸟。”

陶国生路过院子看见了，说：“怎么把鸟弄出来了？飞了我看你怎么交代。”

宋野枝“喊”了一声，说：“要是它知道飞走，当初就不用害我面壁了。”他转了转头，仰面告状，“陶叔，你不知道吧？你没来的时候，我爷爷罚我在一月的天气里站了半个小时。”

陶国生：“哦，那还是北风救了你，往常都是两个小时打底。”

宋英军闻声从里屋出来，捡起横躺在地上的拐杖，说：“脚好利索了？又给我开笼子。你小叔让你接电话。”

宋野枝慢慢悠悠地站起来，往屋里走，边走边说：“我看这‘翠凤凰’就当小鸡散养吧，它飞也不飞，往院里一放还挺好看的。”

宋英军纳闷了：“谁准你起的这名字啊，翠凤凰？难听死了。”

宋野枝：“哪只鸟不想当凤凰啊？我替它实现理想。”

易青巍轻咳了一声，现代科技处理过的声音像裹了一层薄塑料，从听筒里传过来，等有心人细细剔除那一点儿失真性。

“什么理想？”

“没什么。小叔，找我什么事啊？”

“赵欢与说，晚会表演你报了小提琴独奏。”

“那是周也善起哄，不算数的。”宋野枝说，“我正想着明天找黄老师把名字去掉。”

展现自我是一门苦差事，惹人注目，也惹人非议。

“我连琴店都给你联系好了。”

他即使不演出，也是要去买琴的。

“四日那天我也刚好有空，可以去看现场。”

既然买了琴，上台演出，宋野枝也不是一定不愿意。

易青巍："再考虑一下？"

座机的电话线绕啊绕，被打了个结，再也绕不动。

宋野枝松手，问："那你有没有时间陪我去买琴？"

几天后，宋野枝和周也善顺着纸上的地址千辛万苦地找到琴行时，证明易青巍是没有空的。

琴行不大，有零星几个学生样的人在挑吉他，其中一个店员在给他们介绍。宋野枝和周也善走过去，跟着听了一会儿。

店小，但卖的都是好货，价格自然很高，那几个学生一直犹豫不决。看他们一时半会儿结束不了，宋野枝和周也善先去小提琴那块区域看了几眼。

不一会儿便有人来问："您好，请问是需要挑小提琴吗？"

宋野枝："您好，我确实需要买小提琴。请问，王行赫先生在吗？"

"先生？"那小姑娘想了想自己老板平时那吊儿郎当的模样，不太担得起"先生"的文雅气质，"老板今天刚好来了店里，说要等人，现在在那个房间。"

不等话音落地，房间里的人掀帘而出。木质的圆珠子受了力，在空中摇摇晃晃，撞在一起，"哗啦"一片响，好不清脆，也算琴行里的一种乐器了。

"你找我？"

王行赫发型普通，但宋野枝莫名觉得他是按照某个男歌手的样子剪的，又可能他自己也觉得普通，所以染成了栗色。好在他白、瘦，且不矮，勉强驾驭住了不普通的发色。

"你好，我小叔让我来'行立琴行'找王行赫。"

"我就是王行赫。你小叔是哪位？"

"易青巍。"

王行赫睁圆了眼睛，愣了几秒，笑出来。他一笑，不好相与的气质消失殆尽，学生气全显露出来："易青巍说的是你啊？"

"我叫宋野枝。"宋野枝拉了拉周也善，"他叫周也善，是我的同学。"

"他什么时候多了个侄子？"王行赫招了招手，那小姑娘就去倒水了，"不同姓？"

宋野枝："不是亲的。"

他们也不是表的。

"脚怎么了？"王行赫指了指他的拐杖。

"前不久摔的。"

王行赫给他们递上水，说："行，你先看看喜欢哪把。我去给你叔回个电话，他让我在你来了以后给他个消息。"

"好。"

人走了，周也善小口地喝着热水，站在宋野枝旁边一起看琴，说："这个人全程忍不住地笑，也不知道在笑什么。"

易青巍刚跟着老师查完病房，得空坐下来喝杯水，王行赫的电话就过来了。

"喂？他到你那儿了？"

"易青巍，你……"王行赫卡壳了。

易青巍："我怎么了？"

"一口一句'家里小朋友'，说人要挑琴，说让我必须来店里亲自给人拿最好的。家里小朋友，我以为是你的女朋友，结果是你的小侄子？"

易青巍："你看到了，不是小朋友吗？谁家女朋友叫'小朋友'？王行赫，你是有病吧？"

"见你这样千叮咛万嘱咐的，我还以为有情况。"王行赫哈哈地笑，

“也是哦，女朋友就没见你这么上心了。”

易青巍懒得听他掰扯：“人到了就行，滚去伺候好。”

王行赫这次走出来，掀帘的动作幅度都小了些。

“怎么样，有没有喜欢的？”

宋野枝正弯腰摸琴弦，转头看向他：“这儿……只有工厂琴吗？我想问……有没有手工的？”

这人还真是个识货的。

王行赫让他们跟着自己进房间：“你叔前几天给我打电话的时候，我就去给你找了一把。城里数一数二的制琴师做的，一年就出那么一两把琴。”

他打开琴盒：“怎么样？”

宋野枝端详了半天，周也善问他如何，他说很好，比他原先那把都要好。

他轻轻地合上琴盒，问：“这把琴多少钱？”

宋野枝是向宋英军要了卡来的，谁知王行赫摆了摆手，说：“送你了。”

他还包上肩垫和松香这些配件，递给宋野枝，说：“过个一年半载需要维护、抛光什么的，来找我。”

宋野枝从书包里拿出卡来，被王行赫推回去了。

“我和易青巍这么多年感情，拿钱就糟蹋了。”他指了指门口，“喏，看见那车了？你叔送我的，我也眼不眨地就收了。就一把琴，我这儿多得很，拿走，拿走。上车，送你们。”

周也善陪宋野枝并肩走在后面，小声地说：“怎么不给我分配这么个小叔？”他想了想，又说，“怎么不给我分配这么个高中同学？”

宋野枝：“帮我拿一下琴，谢谢。”

周也善：“……”

宋野枝："我系鞋带。"

周也善垂眼看他，自言自语："算了吧，这个也不错。"

三个人到了门口，才刚拉开车门，就听见一阵急促的高跟鞋声音，未见其人，先闻其声。

"王行赫！"

王行赫看了看后视镜，下车来，揶揄道："还真说来就来了。"

四月的天寒气未散，风迎面袭来，人也是一阵哆嗦。来人却光腿穿齐膝短裙，披了一件驼色风衣。

"易青巍的女朋友在哪儿？"

宋野枝："……"

周也善："……"

王行赫拍了拍宋野枝的肩，脸上又是那种知道宋野枝其实是易青巍的侄子后的笑容："来，我给你介绍一下，这位，易青巍家的小朋友，宋野枝。这位，小朋友的同学，周也善。"

他又拍了拍那女生的肩："这位，于施莹，我们三个是高中同学。"

于施莹狐疑地看着王行赫，眼神在问：说好的女朋友呢？

"你好，易青巍是我小叔。"

出了洋相，于施莹有点儿尴尬地笑："你好。"

王行赫："行了，我送他们回家，你……哪儿热哪儿待着去吧。"

于施莹把包丢上副驾驶座，说："麻烦送我回家，谢谢。"

路上，王行赫还在调侃："穿不惯高跟鞋和小短裙就别穿，走起路来歪七扭八的，不如不穿。"

于施莹问："你见情敌穿大褂和裤衩儿啊？"

宋野枝和周也善坐在后座上，好像知道了什么不得了的事。

宋野枝看向窗外，街道上的树迅速后退。他摸着兜里的手机背面，磨到微微发热，终于把头转回来，问："姐姐，你是学画画的吗？"

于施莹转过头来看着他，笑着说："是呀，你怎么知道？"

宋野枝点了点头："我小叔提起过你。"

于施莹的眼睛顿时亮了："他提起过我什么？"

宋野枝："他说送我的那套画具是他托美院的同学买的。"

还有美院同学把毕业设计放一边，紧要的是先送他一幅画。

于施莹："对，对，原来是给你买的呀？你也是学画画的？"

宋野枝："是的，谢谢你，画具很专业，也很好用。"

王行赫插嘴道："于施莹，我觉得你努力错了方向，不如去当易青巍的侄女儿。"

"闭嘴，好好开你的车！"

宋野枝重新看向窗外，这条路上的人行道没有树。

他一忍再忍，差点儿失礼地问出口：姐姐，画是你送的，香水也是吗？

第六章
送饭

在忽冷忽热的四月感冒，是极容易的；在医院常驻的医生想感冒早点儿好得断根，是极不容易的。

办公室里有几张办公桌，并在一起，组成很多办公位。宋野枝顺着一位医生手指的方向看过去，靠窗那一个工位桌上杂乱，很多纸张横七竖八地放着，两盆绿色仙人掌待在一堆白色资料里，扎眼得很。

“谢谢。”

“易青巍应该马上过来了。”

“好的，谢谢。”宋野枝微微点头，再次说。

他掐在饭点来，易青巍还在手术室里。

他手上提着饭盒悬在空中，桌上找不到可放东西的干净地方。

宋野枝转身，将饭盒放在窗台处，回头看散了一桌的资料，可能乱中有序？他将其理成规整的一摞，搁在了桌头的资料架上。

养仙人掌的是细沙，刺是软的。

脚步声止在门口，易青巍的声音响起来：“这是哪家的田螺小子？”

白大褂是能形成气场的，尤其披在打了领带的白色衬衣外，披在年轻挺拔的身骨上，更胜一筹，有一种朝气蓬勃的威严感，吸引人看一眼，还想再看一眼，去辨到底是意气风发好，还是不怒自威好。

“小叔，陶叔说你病了，得吃点儿好东西，不然总拖着好不了。”

其实宋野枝觉得菜没多好，好的是鱼汤，熬多久就被人在锅边守了多久。

易青巍把白大褂脱了坐下来，慢条斯理地解开袖子的纽扣，一一打开饭盒盖子。宋野枝在旁边撑着下巴看他，脱去了威严，只剩朝气。

他的语气凉凉的："小叔，难怪你会感冒。"

易青巍把两支筷子竖着，在桌上一敲，知道他什么意思："行，请你去那边给我把外套拿来。"

宋野枝起身，易青巍低头看他的脚，问是不是好全了，又问额头呢，有没有留疤？再问琴挑得怎么样，练得还顺手吗？

问起来易青巍才知道，自己这几天确实忙狠了，对孩子不管不顾的，便赶紧塞了一口肉末茄子犒劳自己。

宋野枝和他邻座，看着他吃，易青巍分了一半鱼汤递给他。

宋野枝摇头拒绝了，让他自己喝，再添了一句："得喝完。"

"我看看额头那伤，会不会留疤。"

宋野枝把前面的碎发掀起来露出额头，凑过去。易青巍自己挡了光线，手指搁在宋野枝的脸上，把他的头拨过来转过去，看完了还用指腹按在那个明显比其他地方白一度的痕迹上，跟奖励它似的。

"还行。"

宋野枝缓缓把手放下来，甩两下头，把头发理顺了。

肢体接触确实可以拉近人与人之间的心理距离，多一次触碰就多一分亲近，为下一次接触打下良好基础，由此越来越近。

宋野枝反思，抵触接触，这是自己以前交际低效的主因。

"琴呢？"

"琴是店里最好的，拿回来之后每天都在练。"

"你很讨厌练琴的话就不练了，那个什么晚会我们也不去了。"

宋野枝也不撑下巴了，直起身来："不讨厌啊。"

"那为什么坐半天没个笑脸，整个人蔫着。"

宋野枝对自己的低落情绪毫无察觉，自然对低落的原因毫无头绪，也跟着易青巍思考来龙去脉。直到这顿饭接近尾声他也一无所获，只是快见底的饭盒催促他问出了想问的话。

“小叔，你是不是要谈恋爱了？”

易青巍差点儿给呛住。

“谈什么？”

“你不是不会拒绝人嘛，那么人家一表白、二追求，你就点点头开始谈恋爱了啊。”

“嗯。”易青巍点头，“和谁谈？”

“于施莹姐姐啊。”

易青巍正眼瞧他，想了一会儿，问：“我没告诉过你她的名字吧？”

“啊，是王行赫哥哥告诉的。”宋野枝说，“那天我去店里，他们之前以为我是你的女朋友……小叔，你慢点儿吃。”

易青巍终于给呛住了。

王行赫这人怎么什么都给孩子说？

“然后于施莹姐姐就来店里了——穿着高跟鞋和短裙。”

“她一个画画的去琴行做什么？”

宋野枝心想自己也是画画的，不过现在不重要。

“她说是见情敌。”宋野枝给他推理，“她说的情敌呢，就是你的女朋友。既然你的女朋友是她的情敌，那她不就是喜欢你？”

于施莹、王行赫和易青巍同窗三年，是班上出了名的“铁三角”，大学几年没断过联系，到现在关系依旧铁。他把于施莹当朋友，于施莹对他更是没表过“喜欢”的态，甚至大多数时候和王行赫更亲近些。

王行赫一直是他们之间的桥梁，是“铁三角”的螺丝钉，没有他，三角就是散架的。

宋野枝问：“你不知道她喜欢你啊？那……那你把我刚才说的话

忘了。”

宋野枝捂住他的耳朵：“于施莹姐姐表白前，你就当什么也不知道。”

易青巍拉他坐好：“好，你也当不知道，也别告诉赵欢与，不然我就把你们灭口。”

宋野枝：“哦……周也善也知道。”

“赵欢与都没说，你跟周也善说了？”易青巍奇道，“你和周也善现在关系这么好啊？”

“不是，周也善那天和我一起去的琴行。”宋野枝想了想，“不过确实好，他很照顾我，还送我拐杖。”

易青巍暗暗嫌他没出息，一副拐杖就把他收买了？

“明天还给我送饭吗？”

宋野枝已经在收拾空饭盒了：“为什么不？”

周末很快结束，几天之后，青年节的晚会如期而来。

从早上开始，后台就热闹起来，下午更嘈杂。换衣的、化妆的、临场练习的，人挤人，不留意的话转身就撞上。

宋野枝从家里到学校，然后直接去了后台，赵欢与在那儿等他。

某一刻，后台无端静了下来。在场的人眼神都凝在来人身上。赵欢与顺着众人的视线看过去，在心里喊了一句“我的天”，上前把宋野枝拽到角落的座位上。

她把宋野枝的领结摆正，又从上到下看了一遍，这人浑身上下，连衣服褶皱也透着一股精致劲儿。他换一身衣服，就是换一副骨头，温和的养眼变成凌厉的好看，直击人心。

她说：“幸好没听你那穿校服的馊主意，谢谢周也善的审美，晚会结束了就请他吃大餐。”

宋野枝：“但校服确实比西装宽松。”

赵欢与："……"

宋野枝的节目被安排在晚会开场，随着时间临近，观众席渐渐坐满了人。四个主持人已经开始过最后一遍稿。

赵欢与往外边看了一眼，说："我去看看小叔他们来了没，你在这儿等我啊。"

宋野枝要和她一起去，被制止了。

"你穿着这一身衣服就别到处晃了。"

赵欢与在第二排中央找到了易青巍和王行赫，周也善居然也和他们坐在一起。

"小叔。"她招了招手，走近了惊呼，"二窦，你今天怎么来了？！"

前几年，王行赫对一个姓窦的男歌手近乎痴迷，因此对音乐很上心，在大学里组了乐队，誓要成为第二个他。赵欢与当时被王行赫絮叨得受不了，于是给他起了个"二窦"的绰号，其他人都嫌难听，就她一个人这样叫。

王行赫给她让出位子来，回："来售后调研的。"

"你怎么把头发弄成这个颜色了？"

"好看吗？"

赵欢与还没评价，易青巍先拦住了："好不好看你也弄不了。"

"嘁。"

赵欢与坐下，隔着两个人，对边上的周也善说："你挑的那套衣服……"她竖起大拇指，"小野当时进后台，所有人那眼神，绝了。"

周也善知道，早在服装店更衣室外等他的时候，就知道了。

众人调侃了一会儿，观众席的大灯"啪"的一声灭了，舞台灯光随即亮起。主持人走上台，抑扬顿挫地背完主持稿，大家鼓了几阵掌，最后女主持人报幕："接下来请欣赏，小提琴独奏曲——《爱的礼赞》，演奏者——高二年级（6）班，宋野枝。"

他的节目被安排作开场。

偌大的礼堂内，只剩一束光柱亮着，打在一身米白色西装的宋野枝身上。他缓缓走到舞台中央站定，右手提弓，左手持琴，向舞台下鞠了一躬。

宋野枝出场时引起了一片喧哗，鞠躬时观众的情绪更是高涨，掌声雷动。

易青巍看着台上的人，掌声也像是醒了。

他们来得早，挑了全场最佳观演位置。在他们正对面，身着一身白衣的宋野枝站在白色的灯光里，站得笔直，头微低，双眸藏在投下的阴影中，只有鼻梁和下巴显露，仿佛镀了一层光。

赵欢与没说假话，易青巍想。

宋野枝几乎是一眼就发现了易青巍，全场热烈的掌声中有他的一份儿。但他是冷静的，看向自己的眼神也是冷静的，不像其他三个人，为自己笑着、欢呼着。

宋野枝看着他，确定那眼神不只平静，还藏有零星的笑意和欣赏，才持弓开始表演这一夜的第一支曲。

曲目是赵欢与定的，他也很乐意拉这一首。教了他快十年的小提琴老师，去年在她的四十岁生日当天结婚。她的婚礼上，他和一众师兄、师姐就为老师合奏了这一曲《爱的礼赞》当作新婚贺礼。

悠扬的琴声响起，清亮空灵，犹如一缕缕清流从古井里源源不断地钻出来，流淌在厅内，淌进每个人的耳朵，牵扯他们的呼吸。宋野枝是爱琴的，声一响，他就全身心投入，全神贯注地运弓，忘我地晃头摆腰。

这也方便别人心无旁骛地观赏他。

练小提琴很难，练小提琴的孩子自然也是极苦的。易青巍剥离自我，看着台上的人，心想：也许别的小孩儿吃糖的时候，他在练琴；过家家的时候，他在练琴；听父母读童话的时候，他在练琴。

所以那天闲聊易青巍才得知，原来宋野枝不知道阿尔卑斯是硬糖，没读过海的女儿用嗓音换双腿的故事，不懂跳格子的规则，就连那次玩《大富翁》，都是他自己一边读游戏说明一边听赵欢与教的。

小时候错过的，长大后不愿无济于事地弥补，他也就听之任之，一直错过。

他也不为错过而难过，不嫌枯燥无味的练习无趣。

他日复一日、年复一年地锤炼，得以此刻全场过半的人起立为其鼓掌。

一曲毕，他优雅绅士地谢幕。

易青巍也为他缓缓起立。台上的人是优雅的，同小提琴一样优雅，鸣唱时惊为天人，噤声时温润如玉。

就像现在，表演结束，未等下台，他就看向他们，忍不住扬起嘴角，笑得清澈爽朗。

初见他，易青巍说错失见证他的成长很遗憾。那遗憾，是真切的。

他们提前离席，去侧门等宋野枝拿上琴盒，然后去聚餐。

王行赫得先去把车开出停车场，停到校门口，让赵欢与给他带路。

“二窦，什么脑子？”

王行赫：“来的时候没想着记路。”

赵欢与：“不，我要在这儿等小野。”

王行赫：“快点儿的。”

周也善站出来：“我去吧，正好我知道车停在哪个车位。”

王行赫跟在周也善后面，回头幽怨地看向赵欢与。赵欢与瞧见了，追了上去。

“哎哟，得了，咱们三个一起，一起行吧？”

宋野枝被后台的人拉着聊了好一会儿，终于脱身出来，外面的天已经黑尽了。易青巍在侧门站着，什么也没做，双手插在兜里，望着后台的方向等人。

他表演的兴奋劲儿明显还没下去，嘴上没有呈现出来，全在眼睛里。

“小叔，好吗？”宋野枝问。

“好得很。”

宋野枝的锁骨发红，过了那么半天还没消下去，大拇指更是红得厉害，光线差，不注意看就像见了血。

“疼不疼？”易青巍问。

“不疼。”

宋野枝根本就是被下了咒——他放弃还礼这件事。他决定以后再也不送易青巍礼物，什么日子都不送，一份也不送。

但他每周五放学时，还是会绕路去商场，寻到香水柜台，一款一款地闻。如果找不到，他当长见识；找到了，就买回去锁在箱子里。

这周五回家，他照样浑身香得熏人，野猫见了都退避三舍，“翠凤凰”闻了在笼子里上蹿下跳。

走进客厅，也熏着易青巍了，宋野枝才明白“翠凤凰”不是为自己叫的。

“小叔，你怎么来了？今天不是晚班吗？”

“是。好久不见你，来看看你，不行？”

“行。”宋野枝说，“但昨天中午不是才看过？”

易青巍让他站近点儿，问他是不是买香水了，还失手喷了很多。

嗅觉是五感中记忆最长久的，短时间内也最容易变麻木。他感觉不到自己有多香，胡乱说是同桌喷的，失手的是同桌，味道沾他身上了。

“你的同桌是谁啊？小小年纪还挺讲究。”

“洪……最近是周也善。”

“周也善？”易青巍整个人懒懒地陷进沙发里，一条长腿支在地上，目光落在天花板上，说，“正好，看看桌上那套邮票。”

桌上有一个礼品袋，宋野枝走过去，没拆。

邮票？

“我听赵欢与说周也善从小就有集邮的习惯，你拎去给他。他送你一套西装，你送他一套邮票，比其他东西诚心。”

所以易青巍这天来这儿是专门送这个礼的？

宋野枝不知道该说什么，小叔自己应得的还礼还没收到呢，就上赶着来替他还礼。

易青巍说要在沙发上躺一会儿，让宋野枝一个小时后叫他起来去上班。

“不吃饭了？”

“去医院食堂吃。”

宋野枝站在原地待了一会儿，然后从餐桌边抬了一把椅子，坐到沙发边上，轻声说：“小叔，我给你按一会儿头，解乏的。”

易青巍不知道宋野枝还会这个。

“我奶奶以前经常头疼，我就去找书学过，又去找按摩店师傅问过。我一按，奶奶就说我的手比药灵——我已经很久没给人按过了，今天你来试试？”

易青巍闭上眼，说：“那就有劳了？”

“小叔，明天想吃什么？陶叔给做，我给送。”

易青巍不禁笑起来：“我的感冒已经好了。”

“那就好啊。”宋野枝歪头去看他，他仍旧闭着眼，“感冒好了肚子就不会饿了？”

宋野枝临时决定：“每个双休日，我都给你送饭，好不好？”

易青巍倏地睁眼，困意酝出红血丝，酿出他平时眼睛里难以得见的柔软的脆弱感。那脆弱感对上宋野枝的一脸诚意，诚意中掺着些怜惜之意。

易青巍恍惚，自己恐怕是读错了。

“怎么呢？”他问。

宋野枝不答，只说：“好不好？”

哪个人会说不好？

宋野枝一直按，清凉的指尖按到发热，不顾手酸，也不遗余力地按。

双方谁也没叫停。

易青巍喜欢且享受，小孩儿一心为他，有力又不打紧地付出。

将睡未睡时，易青巍想，宋野枝懂事了，不再跟他说“谢谢”的客套话。

“此诚危急存亡之秋也。”

是，五月中旬，期中考试的成绩快要出了。其实成绩在考完后对答案时就出了，不过没人敢细算，哪怕细算了，也犹在祈祷老师红笔留情，多给几分，自己多前进几名。

宋野枝这次可以比上次月考高二十分左右，主因是这张数学试卷的几何题比例大一些，由此他考进前十名的可能性也大一些。

以上是赵欢与和周也善共同分析的结果。

近六月的太阳有些不饶人的意思了。下午体育课上，老师让同学们自行组队练习排球，赵欢与和周也善抱着球坐在大树下躲太阳。宋野枝一个人在太阳底下练习，脸被晒得通红，额前碎发染了汗水。

“过来——休息会儿——”赵欢与喊道。

宋野枝细细地喘气，把球丢向树荫处，人也走过去。

周也善叉开双腿，直直地抻着。他微眯着眼，时不时往球场外围看。见宋野枝越走越近，他歪着头说：“看那边。”

宋野枝没立刻坐下，接过赵欢与递来的水，一边拧瓶盖一边看过去。远处有两个女孩子，正悠闲地左右晃悠。

宋野枝仰头喝水，喉结滚动，锁骨有薄汗，灰色 T 恤衫的领边被浸湿。他拎了拎领口，转头问：“看什么？”

周也善似乎也有些渴，喉结不自觉一滚。其实他觉得没什么可看的。

宋野枝放下水瓶，嘴角有水渍，汇向下巴，被他用手指一下子抹净。他居高临下地看着周也善，问道：“怎么了？”

“没什么。”周也善收回腿，站起身，说，“我过去看看。”

宋野枝多看一眼，周也善正朝不远处那两个女生走去。宋野枝回过头问赵欢与：“他怎么了？”

“不知道，见人家长得好看？”

“但……”宋野枝坐下了，“他走出了要去打架的姿势。”

“不知道，耍酷？”

“对了——”

矿泉水瓶被赵欢与放在地上滚来滚去，在阳光的折射下，变成一个五光十色的圆筒。水瓶滚远了，她正用腿扒拉回来，问：“什么？”

“黄老师课间的时候找我进办公室，问我——”

“什么？”瓶子又滚远了，赵欢与还在伸长了腿去扒拉，不肯起身。

宋野枝走过去截住瓶子，将它立在原地，走回来，才说：“问我，你和周也善交往有没有什么异常。我问什么叫‘异常’，她说你们上学期谈恋爱，这学期是不是死灰复燃。”

周也善跟两个女孩儿站在一起，在说话，也不正经站，用脚踢草，还适时转头看向宋野枝。

赵欢与纳闷了，黄菊整天想法还真多。

她拨了拨从发圈里散落的长发，别到耳后：“没事，不用管她。”

周也善顶着太阳走回来，后来用跑的，手里拿着一个浅绿色信封。

他将信封递给宋野枝，说是那两个女孩儿之中穿白色连衣裙的那位给的。

赵欢与笑得很坏："合着你是去替人跑腿拿信啊？"

周也善心情不算好，但坏得不明显。他双手叉腰，说道："是啊，小野怎么谢我？"

还谢，宋野枝根本不知道怎么处理这类事，看着信紧皱眉头。

"够好了。"周也善拿起挂在树枝上的宋野枝的校服外套，把信塞进兜里，"她们刚才在那儿盯你老半天，迟早过来找你。我过去帮你挡一劫，够意思？"

那边的两个女孩儿还在朝这边张望，宋野枝一只手拉一个，把赵欢与和周也善带离球场。

他们边聊边走回教室，周也善约他们这周末去自己家看电影。

赵欢与："星期六还是星期日？"

周也善看向宋野枝。

宋野枝说："我都可以。"说完又补充了一句，"但要午饭以后。"

赵欢与知道宋野枝周末给小叔送饭的事，没想到现在还没结束。她问："还在送啊？小叔终于暴露了他剥削阶级的丑陋面目。"

"是我自己要给送的。"宋野枝说，"陶叔做的饭菜比医院食堂做的好吃。"

"送什么？"周也善问。

"送饭。"赵欢与说。

周也善嚷嚷："给我也带一份！"

赵欢与作势要踹他："好的不学！"

宋野枝倒是答应了。

他就是这样，别人拜托的事绝不推托，要他主动为谁做事却是很稀罕。

稀罕才珍贵，稀罕才令人眼红。

周也善挨了踹，状似投降，说："好，好，带一次就够了，周末你来我家的时候带上，正好我妈加班，行吧？"

宋野枝点头："可以的。"

宋野枝雷打不动地连着两周的周末到医院送饭，跟办公室里的人都混了个脸熟。等到易青巍午休的时候，他已经送走了两批去食堂吃饭的人。

"小叔，你今天又是最后一个吃饭的。"

易青巍刚洗完手，湿淋淋地摊开，等宋野枝给他递毛巾："这不还有你？"

宋野枝这天提了一个纸袋用来装饭盒。易青巍瞟了一眼，问："怎么有三份饭？"

"一会儿要去周也善家玩，答应给他带的饭。"

"给他带的什么？"

"和我们一样。"

宋野枝打开盖子，易青巍扫了一眼，说："不是，我和你的不一样。"

"哦，家里只有两个鸡蛋了，只够炒你那一个菜，陶叔就给我和周也善做了一道胡萝卜炒肉。"

"他知道自己将要吃到胡萝卜炒肉吗？"

"不知道啊。"

易青巍把自己的盖子合上，说："那给我换成胡萝卜炒肉。"

宋野枝莫名其妙地看他一眼："你不喜欢吃鸡蛋了？"

易青巍就坐着等他给自己换菜："喜欢啊，但今天想吃点儿淡的，陶叔炒的鸡蛋总有点儿咸。"

他又在那儿倒腾筷子，戳得一般齐了才开始夹菜吃，问道："看什么电影？"

"不知道啊，我们看电影都是他找什么我们看什么。"

“除了你们还有谁？”

“赵欢与啊。”

易青巍哼笑了一声：“你们也经营出个‘铁三角’，‘铁三角’这次考试能一起考进前十名吗？”

“不知道啊……”

易青巍叹气：“有你知道的事吗？”

宋野枝把嘴里的饭菜咽下了才回嘴：“你问的问题有问题。”

养小孩儿太好玩了，以前易青巍指望着赵欢与逗闷取乐，现在多了个宋野枝。

“小宋，吃完饭我送你过去。”刚才又听人这样叫他，易青巍现在拿来打趣。

办公室的人都叫宋野枝“小宋”。

宋野枝突然意识到，所有人都叫自己“小野”，连周也善也这样叫，就小叔从来没叫过。不过他转念想，全须全尾，连名带姓地叫，也挺好，认真、完整。

“不用，你抓紧时间休息，我打车去。”

“那我下班去接你们。”

“你知道周也善家在哪儿啊？”

“哦……那你们自己回吧。饭盒放在这儿，明天我给带过去，带两个空饭盒去人家家里看电影还挺寒酸的。”

“你明天上晚班啊？”

“嗯。”

“那留着肚子过来吃晚饭，陶叔买了螃蟹，现在还养在盆里呢。”

“行。”

“如果有人给你这样的登机牌，你会不会让他上飞机？”

精致灵动的女孩儿鼻梁上架着一副墨镜，小鹿般的眼睛盯着那张被淋湿，又被晾晒一年的皱巴巴的纸，不语。

“日子是今天，可惜弄湿了又不知道是去哪儿的……你知不知道？”

“不知道，要不然给你换一张吧……你想上哪儿啊？”

“随便啊，你说去哪儿就去哪儿。”

电影在此刻结束。

“她叫什么名字？”

不知道电影出自哪位导演的手，宋野枝前几十分钟稀里糊涂地看着，等影片色调终于亮起来，出现一个露脸的类似女主角的人物了，又忘记剧中哪段提过女主角的名字。

“靖雯。”周也善说。

赵欢与摇头：“人家早改了，叫阿菲。”

宋野枝：“我问的是角色名……”

赵欢与：“不知道。”

周也善：“不知道。”

白幕上跳出导演的名字。

赵欢与：“这个导演拍的东西有点儿意思啊。”

因为她看不懂。

周也善说，这部片拿了很多奖。

他们决定再看一遍。

看完第二遍，他们看懂了。大概就是一个警察失恋，后来爱上一个杀手；另一个警察失恋，后来爱上一个小卖店的姑娘。两个独立的故事，发生在同一个地方，被导演任性地连接在一部电影里。

哦，女主角也叫“阿菲”。

男主角正对着满屋子物件自言自语。他终于发现大玩偶被换成了加菲猫，破破烂烂的粉红色毛巾被换成了崭新的浅绿色的，香皂换新了，罐头鱼味道变了。

宋野枝盯着画面，有些走神。

他的脑海里一直回放女主角听着吵闹的音乐做事，男主角在柜台前专注看她的眼神。

深邃、缱绻、非你不可，勾引你掉入他的世界，这眼神很难让人不心动。

可等人回过神去细细探察，又什么都没有了。

这真是一个难解的题。

隔天下午，见到易青巍时，宋野枝嘴里还哼着曲子在逗鸟。半天不理人的“翠凤凰”见院里来人了，立刻开嗓叫了个欢。

“宋叔呢？出去逛也不带‘翠凤凰’一起？”

“和老陶叔去市场还没回来。”宋野枝接过他手里的饭盒，往厨房走去，回头问，“你来这么早？”

“醒了就过来了。”

易青巍浅笑，也站到鸟笼前去，伸手敲了敲木杆。

“昨天看什么电影了？”

“一部阿菲演的爱情片。”宋野枝放下了饭盒回来，站在门槛上，只比易青巍矮了一点儿，略抬眼，饶有趣味地打量他的眼睛，“你看过吗？”

“没看过。”

“那你得抽空看看。小叔，里面的男主演的眼睛和你好像。”

“好看？”易青巍垂下眼睫，回视他。

——好看。

但宋野枝没答出口，跳下门槛，走进客厅，说：“差不离吧。”

易青巍在背后嫌弃他夸人也不懂夸满，“差不离”是个什么说法？而宋野枝在客厅茶几前心不在焉地挑苹果，右手却摸了摸心脏，犯嘀咕。

昨天他们把电影看了整整三遍，赵欢与喜欢女主演，一直不停地念叨她跟王行赫喜欢的那位男歌手真是郎才女貌，天生一对。

而他莫非……喜欢男主演？

幸好，易青巍接下来问期中考试的事让他的心跳恢复了正常。

“第九名。”宋野枝补充，“全班。”

易青巍走到他身旁，拿了一个苹果。

宋野枝把手里的水果刀递上去，易青巍没接，想了想，直接把宋野枝手里削好的苹果换过来了。

宋野枝也不介意，低头继续削。

易青巍坐在沙发上，在心里掂量第九名这个名次。

“宋野枝。”

他乖乖地应了。

“你喜不喜欢学习？还是更喜欢画画，或者小提琴？”易青巍像是在和他闲聊。

宋野枝没有回答，觉得没有喜欢不喜欢之谈。

“怎么突然问我这个？”

易青巍通常是碰了沙发就“没骨头”的人，何况宋叔家这沙发的海绵是实打实的软。他躺下，垫高了头，垂眼看正在削苹果的人。

“喜欢画画就学画画，去央美；喜欢音乐就学音乐，去央音。你若还觉得不够，就去国外，去看更好的世界。”

宋野枝先选容易选的：“我不去国外。”

一个苹果吃完了，另一个苹果削好了。

他再思索难的。

选来选去，选了良久，他才说：“我好像没有喜欢的东西。”

画画和小提琴他是从记事时就开始学的，没有感兴趣之说，更像是一种陪伴着自己长大的必需品。

“其实不是叫你选择，只是想看看你现在有没有自己想走的路。”

易青巍嘴里嚼着东西，口齿却更清晰，因为语调比平时缓慢，“有最好，没有也没关系。”

他为宋野枝指一个方向当参考。

“你有没有想过考第一名啊？”

宋野枝正咬第一口苹果，生生把牙收了回去，苹果上留了浅浅的牙印。

“没想过，也没考过。”

他不争强好胜，没有力争上游的觉悟，如今这点儿成绩全靠从小宋俊对他耳提面命，不准落后人太多。他接受最好的教育资源，身边全是精英。他优秀，总有人比他更优秀。

易青巍坐起身来，顺便叹了一口气。他离宋野枝很近，随意地将手搁宋野枝的头顶上，把玩着软软的头发，轻捻慢揉。

“既然你还没有想走的路，就朝绝不会错的路走。”

“绝不会错？”

“学习啊。”易青巍说，“嗯？你是怎么想的？”

趁人在发愣，易青巍把他手里的苹果抢了过来。

宋野枝迅速去夺：“我咬过了。”

易青巍用手臂拦住他倾来的身子，嘴里已经在吃了：“我也咬过了。”

“给我留一半，我不想再削了。”

“好——”易青巍扭回话题，“既然确定要走这条路，就得漂亮地走。对不对？”

易青巍难得正色：“宋野枝，人一生中肯定会遇到喜欢的东西，你现在没有，以后也会有。等你遇到的时候，我希望你足够优秀，有足够的资本去讨。现在什么也不做，到时候就晚了，你说呢？”

言辞恳切，最后一句才带点儿笑，他是真的希望面前这个小鬼以后多些开心，少些苦。

什么事最让人开心？

想要，他就能得到。

啃剩一半的苹果被搁到宋野枝嘴边，易青巍等他咬下。

“我会的。”宋野枝说。

他神情郑重，向易青巍许诺。

小孩儿这点尤其好，只要开了口点了头，就值得人没来由地相信他会坚守承诺。

周也善家的书房没人用，被他改成了观影专用房，铺地毯、摆沙发，特地换了厚重不透光的窗帘。偶尔他会请同学、朋友来，比如昨天；但大多数时候是一个人，比如现在。

影片中的两个主角，一个诉断衷肠，另一个无动于衷。

其实周也善想要宋野枝看的是这部戏，而不是文艺晦涩的男女爱情。

演员演得好，活脱脱一个为爱疯魔的角色。

但周也善又临时改主意换了碟。

体育课那个下午，周也善问送情书的那个女孩儿喜欢宋野枝什么，女孩儿娇俏又羞涩，反问他，喜欢需要什么理由？他回头去看蹲在太阳底下摆弄瓶子的宋野枝，若有所思。

需要理由的，只是好像谁也寻不到。

周六那天，他独自躺在电影房的地毯上等待赵欢与和宋野枝的到来，百无聊赖。阿菲主演的那部爱情片和这部剧情片，两张碟摆在手边，他想，如果宋野枝记得给他带饭，那么就放爱情片；如果宋野枝忘了，就放剧情片。

开了门，赵欢与径自换了鞋进屋，宋野枝跟在后面，把饭盒递给他，说还热着，得马上吃，然后弯腰脱鞋，睁大眼睛问：“我穿哪双拖鞋啊？”

后来周也善把剧情片的这张碟片折断了，丢到垃圾桶里。

垃圾桶里零碎的碟片反射阳光，直直照进他的眼睛。他默然站了一会儿，便转身离开了。

宋野枝的腰背永远端正而直挺，尤其走路时，衣角生风。周也善是他的后座，时常做同桌，观察过他沉静的睫毛和嘴角，他有着一身不故作姿态的少年感。他像泛着清香的植物，像最近湖上频繁活动的天鹅，存有天生、隐秘的傲气。

他的双眼皮窄而细长，顺着眼尾延伸过去，轻微上挑，又谨慎地把弧度藏到眼尾尽头。

他的唇色很深，班上的女孩子最近都打扮起来，结伴对镜描眉画唇。他的唇就像那些女孩子千挑万选，上手薄涂了一层口红的唇。

即使他生病了，也如此。

宋野枝鼻塞不通气，脑袋昏昏沉沉的，趁课间休息的时候吞了两片感冒药。他耷拉着眼皮趴在桌上，听周也善说他像朵蔫了的花儿。

赵欢与跨坐在椅子上，与宋野枝面对面，也学他趴着，平视他："蔫儿了的一朵小黄菊。"

周也善突然低了低头，以手做拳，掩在嘴边轻咳两声。

赵欢与眼珠滴溜溜地转向他，问："怎么的，感冒病毒传播这么快啊？"

等她滴溜溜地转回目光来的时候，精神抖擞的黄菊就站在她旁边。

赵欢与稍稍直起身，要笑不笑地叫了一声："黄老师。"

黄菊没跟她计较，探手去试宋野枝的额头："感觉怎么样？上节英语课就没怎么听进去吧？"

宋野枝："有点儿晕。"

她放下手，感觉有点儿烫。

“去旁边的医院看看？”黄菊说，“下午的假我也给你批了。等病好了你再来好好上课。”

敲定后，她问哪位同学陪宋野枝一起去医院。赵欢与和周也善两双眼睛炯炯有神地看着她。

“去一个人就够了。”

周也善是陪护人员，受命来照顾人的。到了医院，反而是宋野枝一路解说，教他流程，发着烧还负责领他到挂号处、取药处、结账处，挨个儿认全了。

最后他们坐在了输液室里。

扎针很顺畅，一下就进去了，护士调好了点滴速度，叮嘱道：“同学帮忙看着点儿，没了就叫人。”

周也善连忙点头：“好的，谢谢姐姐。”

宋野枝前额的头发蓬松地翘起，有些凌乱，是之前在教室趴在胳膊上，又一路迎风走来造成的。周也善早想帮他理顺，现在坐下来了，便朝他伸手，在头发上拨弄几下，末了还轻轻地拍了拍。

周也善又帮他拧开瓶盖，将瓶子递到他手上，说：“润润嘴唇和喉咙？”

宋野枝接过瓶子，道谢。

他历来不喜欢喝热水，生病了不得不喝，屏着气息连灌了几口。放下瓶子时，一个穿着白大褂的身影已经立在跟前。

他将视线上移，易青巍正皱眉看着他。

“小叔，你怎么来了？”

易青巍毫不客气，来了就以掌试额温，问：“怎么搞的？”

“不清楚……”

“小方说看见你了，我还以为你是陪同学来的，结果她说被扎的是你。”

宋野枝作息规律，饮食健康，穿衣得当，没感冒的理由。他怀疑自己是被昨天那个出租车师傅传染了，一路上师傅一把鼻涕一把纸，声音都咳哑了还跟他不停地唠嗑，硬是从起点聊到终点。

周也善跟着叫了声“叔叔好”。

“你好。赵欢与呢？居然没来？”

周也善笑：“剪刀石头布她输给我了。”

易青巍弯腰，把问了一圈儿才借到的热水袋塞到宋野枝输液的那只掌心里。药水很凉，部分病人输液的时候反映手臂会有刺痛感，大多是血管被刺激到了。

他一边做这事一边开玩笑地答道：“是不是马上有数学课？不然她耍赖都得跟着来。”

周也善惊讶地点头，还真是老夏的课。

“这次数学考多少分？”

宋野枝知道不是问自己，他的成绩易青巍了如指掌，于是自然而然地看向周也善。

周也善有点儿愣，答：“九十八分……”

“还不错，回去听课吧。”

周也善不愣了，头差点儿摇成一个拨浪鼓：“护士姐姐刚才还让我没药了叫她呢！”

“我带他去我的办公室。”易青巍把杯子和书包都接到自己手上来，“没事，辛苦你了，小周同志，数学课可缺不得，回去吧，放心。”

宋野枝坐在易青巍的桌前，两只手放在两条大腿上，桌上摆着本闲书，打发时间。他没有看进去书，有人从门前经过时他会抬头看，有时是易青巍，有时是其他人。门前清静的时候他就低头摆弄热水袋，粉红色的，他用食指轻轻地摩挲它的边缘。

他的手臂并不疼。

易青巍大多数时间忙得脚不沾地，只要一得闲就往办公室跑，让宋野枝量体温，给杯子换热水。

他第三次进来时是十一点半，两只手湿漉漉的，宋野枝从桌旁拿了擦手巾给他。

易青巍在他身边站着擦手，没一会儿，宋野枝就被掐住下巴晃了晃。那双手的水珠擦干净了，还有湿气，又润又凉，激得他感觉下巴发麻。

“这书一上午就没见你翻过页，干吗呢？”

宋野枝把书合上，让他看封面，说：“一点儿营养也没有，不如拿《人民日报》给我看。”

易青巍掐他下巴的手移上去贴额头，皱眉说：“感觉还有点儿……”

“给热的。”宋野枝忙不迭地把桌上的体温计拿起来凑他眼前，“对不对？”

“好，回家吃饭。”

他们办公室几个人常常错开时间吃饭，往常易青巍都是最后吃的。

“不忙了？”

“走吧，吃完饭有的忙。”

他们去街边店里打包了饭菜，回小区的路上，宋野枝说最近总觉得腿的骨头疼。

“坚持吃钙片没？”

“有时候记得，有时候……”

“最近长高不少，自己量过吗？”

“一百七十六厘米。”

“长了两三厘米？不错。”过马路时，易青巍左手提袋，右手自然而然地捞起宋野枝的手腕，“要记得吃钙片，牛奶也要喝，争取过一百八十厘米这道关卡，行吗？”

“这可能不归我的主观意识管。”

过完马路，易青巍的手又自然而然地松开了。

“主观能动性的作用还是不能忽视的。”易青巍说。

走到楼梯口，易青巍停了一下，扫了宋野枝一眼，问：“要不要我背你上去？”

宋野枝竟生出害怕的情绪，后退一步，本能地拒绝：“我的脚早好了。”

前段时间他脚伤，最开始那天很严重，那时就是易青巍背他上楼的。对于易青巍而言这并不算什么，负重一百多斤一口气爬六楼也脸不红气不喘，殊不知背上的他却饱受煎熬。

他的手臂不熟练地环上易青巍的脖子，下巴生涩地在肩膀处寻找合适搁放的地方，腰腹和胸膛严丝合缝地与易青巍坚实宽阔的后背相贴。

宋野枝是自己摔着跟头长大的，连宋俊也不曾以这样的姿态供他依靠过。第一次面临如此处境，他感到生疏、困惑，且束手无策。

但有什么办法？这又不是他能控制的。

“不难受了？”易青巍问。

宋野枝的语调轻松：“我没那么弱。”

开门要用宋野枝的钥匙，易青巍站在门口定定地等着他。

他找出钥匙，插孔，还未转动，门竟然开了。他被吓了一跳，猛地一退，踩到身旁的易青巍。

身旁的人轻扶着他的肩膀，闷闷地笑，接着说：“这是什么胆儿啊？”

从屋内开门的是和宋野枝有过一面之缘的姐姐，于施莹。他默默把脚收回来，站直了，向人问好。

易青巍先把他的书包和手中的袋子拿进屋里，他落在后面埋头换鞋。

于施莹第一次来，不清楚家里的布局和习惯，换下的高跟鞋就摆在玄关处。宋野枝弯腰，提起她的鞋，顺手也放进鞋柜。鞋柜里平日赵欢与放拖鞋的位置空落落的。宋野枝一愣，再一想，应该是于施莹穿上了。

她正在厨房煲汤，易青巍走去帮忙，盛了两碗端过来。

“正好，打包的菜没带汤。”易青巍回头看宋野枝，“赶紧来吃饭。”

宋野枝慢吞吞地走到餐桌前坐下，之前打包三人份的饭菜，他还以为那一份是给赵欢与的。

于施莹是个活泼健谈的姑娘，自进门起就没见她的嘴角放下来过。

“易青巍，你就那样对我的画？”

“我怎么了？”

于施莹指了指进门处的柜子。

“你就给我搁那儿？”

“多好啊。”易青巍自顾自地拉开椅子坐下，“摆得端端正正的，一进门就能看见，赵欢与还按时给你扫尘呢。”

于施莹没跟他多计较，坐下来，把两碗汤推到宋野枝面前，又把筷子递给他，说：“这碗是姜汤，这碗是鸡汤……”

易青巍把姜汤那一碗扒拉到自己手边。

“姜汤饭后喝。”

宋野枝说：“谢谢姐姐。”

对面的两个人是挨着坐的，宋野枝低头扒饭。于施莹和易青巍整筷方式相同，都喜欢垂直竖着，磕一磕桌面，让两支筷子在手里同等齐了才肯夹菜。这么多年的相处，两个人磨出了一模一样的强迫症。

他再扒一口饭，抬眼看钟面——赵欢与什么时候回来啊？

吞咽米饭间，他又一次后知后觉——易青巍的钥匙给了于施莹。

第七章
闹脾气

原来于施莹不是做客，而是借住。她的姑姑高血压，入院观察治疗。表哥在外地工作，一时半会儿回不来，就先由她帮忙照料着。赵欢与和她关系好，不介意同睡一张床。再者，这房子目前对于他们三个人来说，只算个工作日午休的落脚地，于施莹的到来并无太多叨扰。

易青巍最近被调去急诊科，同时没有再值晚班，所以每天中午都回小区吃饭，反而是宋野枝缺了席。

“你刚才说他和周也善去干什么了？”

赵欢与把碗里的葱一截一截地挑出来，止不住地嫌弃，被易青巍敲了一筷子，警告她丢到垃圾桶里，别扔在桌上。

于施莹扯了张纸送到赵欢与手边。

“用纸垫着就行。”

“谢谢施莹姐。”赵欢与这才慢悠悠地回：“去周也善家了呀。”

易青巍哼笑一声：“怎么？周也善家住在学校的家属楼吗？”

宋野枝做的什么舍近求远的事？

赵欢与听易青巍的语气觉出来点儿生气的意味，看表情又不像，琢磨不透。

她咬了口火腿，说：“周也善他哥带回来一箱子化学专业的书，周也善就邀请宋野枝去他家看看。”

宋野枝后来连着几天都没来，去周也善家看了快一个星期的化学书。

易青巍问过两次，之后就再没管过。

到了周末，宋野枝照例去送饭，踏进办公室，第一眼发现桌上的两盆仙人掌不见了，坐到椅子上，看见挂在桌边的毛巾也不见了。

他正奇怪之际，小方姐姐端着一碗牛肉面进来，看到人，惊道："小宋，你怎么还来这边？"

"我怎么……"

"你小叔前几天就去急诊科了呀，他没告诉你吗？"

易青巍确实没告诉他，他们一个星期没见面了。

可不是有电话吗？

宋野枝提着饭盒在外面找了半圈儿，来到急诊科的咨询台，说是给易青巍送的饭，麻烦转交。

"易青巍？那个实习医生？"护士问。

"是。"

她抬手指了指，说上二楼走廊尽头右边，看看人在不在办公室。

宋野枝摇了摇头，借来纸笔，写上易青巍的名字贴在饭盒盖上。

"能不能请您帮我给他？"

这天风大，天上的云飘得很快，天明了又暗，是太阳边上的云散开又聚拢。

宋野枝站在路边，面前来来往往地停过几辆出租车，都被他摇头拒了，最后一位师傅的脾气有点儿暴。

"不打车戳在路边干吗？怎么的，便衣交警啊？"

宋野枝往人行道里边挪了挪。

他顺着人行道走了近一个小时到家，才打开院里的门，就见"翠凤凰"扑腾着翅膀，探头探脑地飞过来，尖爪敲在石板上，"沙沙"地响。

他蹲下，把鸟捞在手心里，往鸟笼那边走去。

“还真把你放出来？巷子里野猫那么多，被咬死了怎么办？”

整顿好鸟，他决计整顿整顿自己。

他拨了赵欢与家的座机，没几秒电话就被接通了。

“你是怎么跟小叔说的啊？”他的声音有气无力的。

“说什么？”

“我中午不回小区吃饭的事。”

“就说周也善找你去他家玩啊。”

“五天你都这样说？”

“没有，小叔就前两天问过。”

“我今天去送饭，小叔去了急诊科。”

“是呀。”赵欢与想起来，“哦，哦，你不知道，我忘记跟你说啦。”

“小叔也忘记跟我说了。”电话线被他缠来绕去，他不确定地问道，“还是生气了？”

赵欢与回忆那天易青巍的话，是有点儿不乐意，但又不是明显生气的表现。她说：“不会，小叔在这方面管得很松啦，你去同学家玩是没问题的。”她嘟囔道，“才不像我哥。”

沈乐皆应该离她不远，因为这句话她的声音放得很低。

挂了电话，宋野枝躺在沙发上，学易青巍以往一贯的姿势，半条腿支在地上，漫无目的地滑来滑去，引得宋英军从卧室出来看他。

“惹谁生气了？”

“小叔。”

“谁惹的？”

“我。”宋野枝补充，“好像。”

宋英军不怒反笑：“你还挺有能耐，能让他生气。你做什么了？”

“也没做什么。”宋野枝翻了个身，面朝沙发靠背，“就是这周的中午都没回小区。”

一百多平方米的房子不小，但多了一个人就变得很挤，真是奇怪。

于施莹的性格很好，只要她在，屋里的气氛就很活跃。这一个多星期里，楼上的花圃她也会偶尔去打理几次。是宋野枝出了问题——于施莹和易青巍同时出现时，他的注意力就会不自觉地落在他们身上，他根本做不好自己的事，真是奇怪。

那次饭桌上因为听他们聊天听得心不在焉，吃进了芹菜，他跑去卫生间恶心了很久，又刷了几遍牙才算完。

后来他就不想去小区吃午饭了，恰好周也善邀他研究大学化学课本，他就答应了。

“你刚才去，见着你小叔生气了？”

“没有，没准备好，放下饭盒我就回来了。”

宋英军：“面都没见，你怎么知道他生气了？”

宋野枝又翻回来：“那就是没生气？”

“算了。”

宋英军以去遛鸟结束这场毫无逻辑的谈话。

宋野枝还在身后喊：“把‘翠凤凰’放院子里得有人看着，猫可野了！”

第二天出门前，宋英军叫住他，说见不到人不准回来，被训了不准顶嘴。

宋野枝应说知道了，但还不知道小叔训人是什么样子的，赵欢与和周也善谈恋爱他都没训，自己和周也善学习还会被训了？

宋野枝到了急诊科，远远地就见易青巍站在一楼咨询台处，倚着柜台在跟人聊天。

急诊科不是很忙吗？

宋野枝被外面的太阳晒晕了，此刻觉得自己是只兔子，而易青巍守着树。

“你订了哪家饭店？还可以每天送餐？”

“什么？”易青巍反应了一会儿，“昨天那个？是我小侄儿。”

护士捂着嘴笑，说：“不好意思。”她仰了仰下巴，又说，“你小侄儿还挺准时。”

易青巍回头，见宋野枝站在离大门不远处，要进不进的样子。

“我先走了。”易青巍起身，朝他招了招手，往二楼去了。

急诊科的办公室小，两个人共用。绿植还在，毛巾却换了。

“怎么只带了一份？”

“我是吃了来的。”

易青巍看他，给了个眼神，他拉着椅子过来坐下。胳膊肘撑在桌面上，掌心撑着下巴，饭送到了他也不提回家的事，干坐着看易青巍吃。

他说：“急诊科好难找，我昨天转了大半圈儿才看见。”

这是没话找话。

易青巍把昨天的饭盒从抽屉里拿出来，已经洗干净了。

“拿上，回去吧。”

宋野枝把饭盒翻了个面，问：“小叔，我写的你的名字的那纸片呢？”

“你还要拿回去？”

“你丢了？”

“留着干什么？”

宋野枝垂眸点了点头。

“小叔，你怎么没说你转科室的事啊？”

“没说吗？”

宋野枝睁大了眼睛：“没说，我昨天来了才知道。”

易青巍“嗯”了一声，说：“那就是忘了。”

宋野枝不说话了，盯着他看了半晌，胳膊肘撤开，平放在桌上，屁股离了椅子，抻长脖子，拉近两双眼睛的距离。

“小叔，有没有生气？”原本低顺的睫毛翩翩而起，易青巍抬眼望着他。

“生什么气？”他的疑问句通常不具备疑问语调。

反而是宋野枝在这场对视中首先受不住，泄了力，坐回椅子上。

“就……这周……我都没去吃饭。”

易青巍重新拿起筷子：“嗯，几天没见，化学学得怎么样了？”

“还……还行。”

“还行就行，回去吧。打车，别走路，天气太热了。”

“小叔，明天中午吃什么？”

“明天再说。”

“不吃炒菜了，吃牛肉面吧？昨天小方姐买了，我闻着挺香。”

“可以。”

“那我走了？”

“注意安全。”

宋野枝拿上饭盒，站起身，说：“饭盒我带回家洗，你以后别洗，吃完放着就行。”

他确认易青巍生气了，情绪淡淡的，话也变少了，但胜在还理人，没训人。

“宋野枝。”易青巍叫住开门的宋野枝，尾音拖得长而重。

外人几不可察的细节，宋野枝第一时间听出来了。

易青巍才记起在办公室里存放了几天的书，把桌下脚边的小箱子拖出来打开，是化学类科普书和大学化学基础。

“以后午休时间按时回来，不准再乱跑。”

宋野枝失了神，低着头看向那几本书。

赵欢与不是说小叔管得很松吗？

那一箱子书像一管强力有效的精神剂，注入能量，维持了宋野枝长久的愉悦心情。最近牵扯到易青巍的很多事不合常理，但这一桩哲学家培根解释得很到位：知识就是力量。

距离这年的高考还有二十六天，各个班级乃至全学校的氛围都变得很紧张。学校的食堂和走廊，涌现越来越多书不离手的同学，其中高三备考生占多数，屈居第二的是最后一次月考马上来临的高二生。

化学老师讲题拖沓，课堂乏味，宋野枝和周也善大多数时候是自学，但最近宋野枝背离组织，开始认真听课。

"我发现李老师很注重讲细节。"

那些让他们错失满分的细节。

宋野枝建议："你也听一下？"

周也善似懂非懂，合上教辅资料，看向讲台上略微秃顶的老李。讲题细致与否他没有捕捉到，催眠功力一如既往很厉害，十分钟不到，他的眼皮放弃抵抗，大脑同时劝自己：要不养一下精神认真听下一节数学课吧。

赵欢与没有午休，和于施莹躺在床上聊了一中午，现在也困。她的眼皮忍不住耷拉，脑子却兴奋得很，因为大家约了放学后去游泳馆。她撕下一张草稿纸，大卸八块，团起来往周也善的头上丢。

一个丢偏了，砸到宋野枝的后脑勺。他都没犹豫，直直地朝她的方向转过来，她指了指周也善。

宋野枝歪了歪头，不解。

"问他要不要和我们一起去游泳。"

赵欢与潦草地写下这句话，戳了戳同桌，同桌戳了戳相隔过道的旁桌，相隔过道的旁桌戳了戳前桌，戳来戳去，字条安然无恙地送到了宋野枝手里。宋野枝戳了戳同桌，字条在周也善眼前展开。

“去啊，去哪儿游？”

周也善还迷瞪着，忘了在上课。老李才讲完第一道实验题，就听周也善问去哪儿游。

老李把手里的试卷旋成筒状，往教室后门的方向点了点，说：“去那儿。”

筒口一移，他紧接着点名：“宋野枝，给大家讲讲第二题。”

赵欢与趴在桌上捂着嘴忍笑，忍得快要断气。

阳光从头顶透明的玻璃上照进来，投进水里，游泳池里好像伏了一条笔直的银链子，闪闪发光。宋野枝坐在池边，泡在水里的小腿晃了晃，“银链”就起了波浪。

游泳馆下午五点开馆，宋野枝和赵欢与踩着点到了，现在还没什么人，他正等赵欢与换衣服。周也善最后没能来，因为第二天就要考试，周母没批准。

赵欢与从女更衣室里走出来，直接入了水，游向宋野枝，在他跟前停住，浮浮沉沉，说：“下来呀，趁小叔他们还没来，我们先比个赛。”

宋野枝会游泳，但快一年没下过水，也不敢贸然行动。他说：“我先去浅水区待一会儿。”

一个人玩没什么意思，赵欢与跟着过去了。

到了浅水区，赵欢与屈腿，水漫到脖子，压力让她的声音变成机械音：“我有个八卦跟你分享。”

宋野枝示意她开始。

“施莹姐喜欢小叔。”

宋野枝在她面前小范围地游来游去，几个来回头发丝都没沾湿。

“是周也善告诉你的？”

赵欢与从水里蹦起来，大掌一拍，溅了宋野枝一脸的水。

“不好意思……”赵欢与先表达歉意，后表达惊讶，“他是怎么知道的？！”

“不是他？”宋野枝停了下来，“那你是怎么知道的？”

“施莹姐今天中午跟我说的。其实我早就看出来了。”她笑，“待在小叔身边的人，很难有人不去喜欢他。”

游泳馆开始有人进来。

赵欢与压低声音说：“施莹姐打算表白了，所以你们早晚都会知道。提早跟你分享，我不太忍得住，谁承想你们居然都揣着明白装糊涂！”

“小叔谈恋爱的时候是什么样的？”他没头没尾地问了一句。

赵欢与想了想，没有具体地想，只说：“等施莹姐成功了，你就知道了。”

“他们会在一起吗？”宋野枝思索再三，还是问出口。

赵欢与也陷入思考，紧皱着眉头说：“不知道，会吧……”她肯定道，“我希望他们在一起，施莹姐人很好，跟小叔做朋友的时候就很好，成了小婶婶那不更好？……哎——”

她嘻嘻一笑：“他们来了。”

宋野枝并不知道于施莹也会来。

如果他知道，就不会来。

他想马上站起来，上岸，去更衣室穿戴整齐，然后祝大家玩得开心，自己先行一步，回家复习考点。

但并没有可立足的理由让他这么做。

他都无法说服自己。

易青巍走到池边，蹲下来，向宋野枝勾了勾手指。

宋野枝下意识地朝他游去。

易青巍等到他，伸手抓了一把他的头发，碎发被拨到后面去，露出光洁的额头。

“怎么玩这么久了头发还干着？去深水区好好游。”

宋野枝不得不仰着脸迎他的手心，说：“你们先去换衣服吧。”

于施莹换了泳衣，还拿着一个黑白相间的游泳圈。她不会游，这天是来学习的。

赵欢与游进深水区，扶在池边，仰着头说：“施莹姐，下来，我教你。”

于施莹笑着坐下来，附在赵欢与的耳边说了一句话。赵欢与恍然大悟，笑着转过去大喊：“小叔！快来教施莹姐游泳！”

她这一笑就多了一些意味。

宋野枝目睹全程，兴致缺缺，自顾自地爬上了池子，恢复下水前的坐姿。

医院实习那么忙，易青巍应该也没疏于锻炼。平日看不出名堂，衣服一脱，他便现出真身，手臂、胸、腰腹和腿，肌肉块块分明，恰到好处。

宋野枝着重看了看腹肌，四块还是六块？藏在水底下，他没看清。

深水区多是成年人和会游泳的人，只有一个游泳圈在上面漂着。

易青巍在前掌握游泳圈，拉着于施莹在水里游，让她先体验漂浮感。他陪于施莹练了一会儿，一抬头，发现宋野枝就坐在池边出神地望着他们。

“你先自己琢磨，我去看看宋野枝。”

易青巍游过去，仰着头看宋野枝。水浪一波一波地推到易青巍的锁骨处，微微漾开，荡到了别处去。

易青巍问：“你干吗来了？”

他捉住了宋野枝在水下作乱的脚，虎口卡住脚踝，用了点儿劲儿。

他又问一遍：“来了也不玩，干吗来啊？嗯？”

宋野枝挣不开，任他圈着。

“我歇会儿。”

易青巍心情好，被一句话逗笑："您是老人家啊？在浅水区泡会儿就泡累了？"

话音刚落，锁住脚腕的手往下一拉，宋野枝惊呼到一半没了声，嘴巴被淹没，全身入了水。

头发终于湿透了，他也呛了水。

他被狠狠吓了一跳，喝进几口水。深水区触不到底，他慌了，在水里胡乱地扑腾。

易青巍见状，也知道孩子被吓着了，连忙去捞。他才沾着人的手，脖子就被紧紧地搂着，腰也被两条长腿使劲缠上了。

宋野枝露出水面，即使满脸是水，也不敢松手去抹。

易青巍一只手扶着宋野枝的腰，一只手去拨他的头发，揩他脸上的水，仔细把眼睛周边抹净。

宋野枝睁开眼睛，睫毛上还挂着水珠，喘了几口气，也没想起兴师问罪，还紧紧地扒着人不放。

"吓到我了。"他的语调还算镇定。

易青巍忍不住笑出声，胸腔振动："我的错，我的错……"

宋野枝被托举着，比易青巍高过半个头。

宋野枝无端地心虚起来，掬了一捧水泼到易青巍身上，挣脱开束缚逃远了。

易青巍不可避免也喝了点儿水，张开双臂，浮于水面，懒洋洋地放狠话："别让我抓到你。"

游泳馆七点半闭馆，他们玩到七点左右准备出馆吃饭，目的鲜明，直奔海鲜店。

宋野枝发现不仅那一箱化学书是精神剂，和小叔的接触也是精神剂，它们带给他同样程度、同样意义的愉悦感，他能分辨出。

男士为女士服务，易青巍和宋野枝埋头剥虾、剥螃蟹，赵欢与和于施莹只负责将肉送到嘴里。两位女士也体贴，把去腥洁手的水都摆到他们面前去，笑眯眯地说道：“辛苦了。”

“别光剥，自己也吃。”易青巍对宋野枝说。

“剥完一起吃。”

易青巍把手里刚剥好的肉递到宋野枝的嘴边：“吃。”

他们挨着坐，宋野枝稍微侧头就将肉叼进嘴里。

“哎——”

宋野枝把滞留在他的手指上的壳也一并叼走了，易青巍的手追上他离开的嘴，拨了拨下嘴唇，把虾壳弄下来。

“壳也吃，还真不挑食。”

赵欢与和于施莹都不给面子地大笑。

那天他们玩到很晚，吃完饭后去了广场。夜晚的时光最好消磨，广场上有许多小摊儿：有荧光圈套礼物的，有摆摊射气球的，有轮滑过桩拿奖励的……赵欢与对此类竞技活动兴趣极大，拉着宋野枝把每个项目都疯玩了几轮。

宋野枝很有准头，套礼物和打气球都引来不少路人围观，赢得很多喝彩声。

但轮滑就不太行，滑轮桩在他脚下都是一排倒，而且练不了，他滑得越久倒得越多。

赵欢与为他鼓掌起哄：“保龄球潜力选手！”

老板觉得小姑娘嘲得很到位，也跟着笑起来。

考虑到第二天还有考试，易青巍在九点多的时候叫停。

车上，赵欢与和宋野枝坐在后座上。赵欢与拍了拍于施莹的椅背，说：“施莹姐，往那儿翻翻，给我墨镜，我看看黑白色夜景是什么样的。”

墨镜到手，谁知太大，她的鼻梁有点儿架不住，略微尴尬。她仰靠着看窗外景致，就着这个姿势睡着了。

前面的于施莹和易青巍正聊天，宋野枝看了看赵欢与，也一并闭眼，相靠而睡。

其间易青巍叫了两声他们的名字，两个人都没应。赵欢与睡熟了，宋野枝不想张口。于施莹回头看他们一眼，轻笑着把聊天的音量放低了。

声音一轻，氛围就暧昧不清。不过易青巍似乎没察觉，留于施莹一个人脸红心跳。

最先到于施莹家，车停了，安全带弹出，宋野枝迷迷糊糊的脑子渐渐变清明。

“易青巍。”

许久没开口的于施莹突如其来的郑重严肃的语气引得宋野枝睁眼，副驾驶座上的人正在看易青巍，微微抬眼，静默着，却气势汹汹。

“你知道我喜欢你，对不对？”不仅气势汹汹，她还咄咄逼人，“今年盛夏快到了，那你知不知道我喜欢你整整五年？”

“我……”

后来发生的事情让宋野枝顿悟：做决定，不必每一个都非要理由不可。还在泳池时，他真的该遵循内心，上岸回家。

于施莹吻上易青巍，动作迅猛而温柔，甚至透有一股决绝的姿态——在宋野枝看来。

宋野枝歪头靠在赵欢与的肩上，能看到易青巍的全部动作。

他半合眼皮，被吻时，下颌线条比平时更凌厉，更优雅。他任她亲吻，甚至轻轻眨眼，睫毛颤了又颤，然后归于平静。

他身上，一切都是静的。

牙齿静静地咬紧，被拉扯的衬衣静静地乱，由于惯性撑在副驾驶椅背上的手掌静静地摆放，指甲静静地透出粉润颜色，薄唇静静地被沾湿。

他静静地，看另一个人独自热烈。

“好了。”易青巍轻轻地说，又轻轻地退开，再轻轻地看着狼狈的于施莹。

是，被强吻的是他，狼狈的却是她。

他说："对不起。"

不等话音落地，于施莹接过话头："对不起什么？"她快要崩溃，"你跟多少人说过'对不起'？"

她飞快地擦掉眼角的泪，突然抓向易青巍胸前的衬衫，说："我不信。"

——我不信你无动于衷。

她的手掌按在他的心脏处，感知着缓慢有序的心跳，落下来不及擦的泪。她暗恋他这么多年，没有哪一刻能让她如此直白深刻地认识到，从始至终，方寸大乱的都只是自己。

宋野枝默默地注视着易青巍，一些谜团在他的脑海里现出轮廓。他使劲地捏着指腹，就像是捏住了纷乱思绪的线头，再次闭上眼，挥之不去的是易青巍接吻时冷硬的侧脸。

于施莹自顾自地下了车，急急地跑走，应该是忍不住要大哭，但不想让人听到。易青巍也没有多留，看她进了楼道便启动车子离开。

光影交错中，宋野枝向左翻了个身，将左侧身体压在底下。

宋野枝觉得自己当头闯了一场大祸。

草不如视觉上那么软，耳后的皮肤不停地被轻挠，厚厚的云层从天空的一角翻涌出来，不断向宋野枝逼近。他屏住呼吸，生出被无边的白色覆灭的窒息感。

云漫过眼前的天空，他闭上眼睛。

宋野枝一般不在体育课上偷懒，这天居然就地平躺在草地上，闭着眼，很疲惫的样子。周也善在远处盯着他看，走近了丢了一个排球过去，球停在宋野枝的手边。

“你不练了？”

宋野枝环抱起手边的球，起身，说：“练。”

体育课也要期末测试，同学们都在抓紧练习。

平时的积极分子在这天有些消极怠工，接球的时候分了心，球偏了，飞远了，一直滚到一条白裙下。宋野枝叹了一口气，追了过去。

那个女生看看球，又看看从远处跑来的宋野枝，犹豫几秒，提脚就踢。

“啊——”她尖叫，反应过来，又压低声音，语气急切地说，“我的鞋——”

尖叫声被周围的同学听到了，大家纷纷侧目。球和鞋画出两条不一样的抛物线，人群中响起稀稀拉拉的笑声。

宋野枝弯腰捡起徐徐滚来的球，再往前走几步，捡起一只小巧的白色球鞋。

他蹲下，把鞋放到女生踮起的左脚边，胳膊环着球，对女孩儿说“谢谢”，又说“对不起”。

窘迫的女孩子忍不住笑了：“对不起？”

“啊……”宋野枝挠了挠耳后，“你的鞋……”

“我写给你的信……你看了吗？”

面前这条白裙子猛然变得有些眼熟，心思转了几圈儿，宋野枝尽想无关紧要的事：为什么她总是穿裙子上体育课？

他决定装一回傻：“什么信？”

“我送过信给你，我是（13）班的陈……”

宋野枝的肩被身后的人紧紧搂住，周也善在他身侧喘着粗气，鼻尖有细密的汗。

“捡个球要捡一节课？走了——”

宋野枝被周也善搂着走了。走到一半，周也善凑过来，问：“哎——她那信你看了没？”

“你热不热？”宋野枝用食指抵开他，“没看。”

那片绿荫是他们三个人上体育课时的“基地”，赵欢与正坐在阴影中摆弄着扇子看他们走近。

“施莹姐出国了，中午的飞机，飞走了。学校是早早申请好的，她跟我说，如果小叔答应她，她就留下来。那现在她是失败了？她是什么时候表白的？我都没看见，她动作真迅速。”

赵欢与不停顿地说着，宋野枝也不停顿地喝水。她说完了，他还在喝。

眼见大半瓶水没了，周也善拦他：“给我留点儿，行吗？”

赵欢与微眯着眼看前方，陷入不知名的低落情绪中。

周也善低头，问：“人家表白失败，你忧伤个什么劲儿？”

赵欢与摇摇头，道：“施莹姐是最喜欢小叔的一个人了。她暗恋那么多年不说，就是觉得小叔对爱情不上心，人来了不拒绝，人走了也不挽留。她忍那么久不表明心意，是怕小叔答应，更怕小叔不答应。她走了我难过，总觉得她失去了一些东西，小叔也失去了一些。”

“他们是不是不会再见了？”赵欢与问道。

没人应，她继续自言自语：“想见还是能见的，但一定都变了。”

周也善不是多愁善感的人，宋野枝也无甚表示，傻站着的他们被赵欢与幽幽地盯着。

宋野枝碰了碰周也善。

周也善挤出几句话：“但……但他们这一遭总要有个结果，好坏对半分，谁也别想多贪。现在得了个坏，也没什么可怨的。早点儿结束上一段感情，才能早点儿去遇下一个人——万一施莹姐带回来个外国人，生个混血儿，中国、外国两个家，多美满，是不是？”

赵欢与还是恹恹的，不说话。

宋野枝见势接道：“放学我请你吃……肯德基？”

赵欢与立刻点头：“好。”

周也善："……"

"王行赫，于施莹的事是不是你撺掇的？"

"什么事？"多亏是在电话里，不然装蒜的王行赫早被踹了。

"什么事？给你时间，你好好想想，再给我好好说道。"易青巍语气闲散，没一点儿找麻烦的气势。

王行赫转移话题："上班时间，领导准你拿着电话扯淡？"

"午饭时间。"

"哥，现在下午三点了。"

"急诊科就这样。想好了吗？"易青巍问，"我在医院边上租房这件事，是你透露给她的吧？"

"怎么？你不愿帮？"

"别往我头上扣帽子，以后别再在我跟前做这种事，烦人。"

"我还烦呢，她喜欢你就喜欢呗，还天天来找我搭桥建梁。一到正主面前她就没声，到我这儿就敲锣打鼓的，烦人。"

"行呗，您搭的桥顶好，给人送国外去了。"

王行赫点了支烟："去国外是定好了的，不然她敢跟你摊牌？"

易青巍不愿提那天晚上的事，五年的朋友几句话的工夫，说散就散了。他的语气掺了些不耐烦之意："总之别……"

王行赫哄大爷似的说："好，好，好，我知道，我知道……我也只烦过你这一回吧？"

"嗯，就这样。"

王行赫叫住他："哎，'愚公'的休闲吧今天弄好了，下班了过去喝几杯，给他捧个场。"

"累，不去，带个话，话到就行。"

王行赫"啧"了一声："人家缺你那句话吗？人家新店缺的是活人

的气儿。”说起人气，王行赫笑了，“赵欢与那丫头最闹腾，那我叫上她。”

易青巍被他这股蠢劲逗笑了，揉了揉酸痛的后颈，叹了口气，说：“这你得问问你的骨头，撑不撑得住被沈乐皆给掰折了。”

“还有小野，带两个孩子来见见世面。”

易青巍顿了一下，问：“你还真是活腻味了？”

“他现在归你管？”

“不然？”易青巍说，“归你？”

“这不是请不动你吗？我就请乖乖听话的孩子。再说，我们小于做的是正经休闲娱乐的地方，不是什么牛鬼蛇神聚集地。”

“拉倒，滚吧。”

王行赫还真敢于检验自己的骨头的硬不硬，早早开车来四中门口候着，下车给赵欢与发了信息，大致是“放学别走，门口找我”的内容。

手机刚显示信息发送成功，于恭的电话就打了过来，问有没有约上易青巍。

“放心，肯定到，他家两个小孩儿都在我手上。”

“两个？他家年龄大一点儿的孩子不就赵欢与一个吗？”

“年前小侄儿从南方回来了。”

于恭应道：“哦，哦，冒出来一个小侄儿。来吧，我弟今天也带同学来，两个孩子不孤单。你接上就赶紧过来，吃点儿东西垫肚子。”

“他们放学了——嗯，可以，就这样。”

赵欢与在校门口就朝他招手，走到跟前来，笑眯眯的，心情很好：“二窦，你来干吗啊？”

王行赫给她开车门，说：“带你们去玩，上车。”

“我们还得去吃肯德基呢。”赵欢与犹豫道，“去哪儿玩？”

“出息，去肯德基有出去玩刺激？”

赵欢与二话没说，拉了宋野枝就往车上坐。

王行赫没说假话，休闲吧是正经娱乐场所，没有灯红酒绿，只有抢眼的占了半壁的大酒柜。

店里光线暗，音响放的是舒缓的纯音乐，偶尔插几首清新的英文歌。老板是个有心思的人，除了唱台前放置了开放式的桌椅，其余三人五人、八人十人的大桌都被半遮半掩的装饰隔住了，隐私空间和公共空间界线暧昧，两边都留有余地。

整体感受，氛围相当不错。

下午时间，人还很少，他们从街对面的肯德基打包回来，十几个人围坐着吃。

晚些时候，气氛渐渐热闹起来，鸡腿大都被撤了下去，开始上酒。就宋野枝和赵欢与还挨在一起啃鸡翅，吮手指。

“人在哪儿？”

是易青巍的声音。

随后脚步近了，他探身进来，第一件事就是捶王行赫几拳：“你这德行改不改？”

王行赫笑嘻嘻的，也在啃鸡翅，用沾了油渍的手去挡，易青巍就不捶了。

王行赫：“罚！自罚，好吧？”

说着他“咕噜咕噜”地喝下满满一杯酒，满座欢呼，自此，气氛彻底地热闹起来，鸡翅也没地方啃了。

小孩儿们在一众大人面前，领地意识还挺强，非嚷嚷着要自己玩。于恭随他们的意，把几个同龄的孩子都安排去隔壁了。

走之前，赵欢与被易青巍警告：学生不能喝酒。接着就轮到宋野枝，被捏了捏脸：“尤其是你。”

在座的都是高三在读生，宋野枝和赵欢与就被大家当小弟、小妹地照顾着。于友又相当于东道主，时时刻刻招呼他们吃水果和零食，玩游戏也总拉他们一起。

赵欢与凑近和宋野枝说悄悄话："我才知道于恭他弟叫于友，他家是不是搞反了？"

宋野枝回说："不算大问题，兄'恭'弟'友'也可以。"

赵欢与傻乐个不停。

大人们起身去洗手间，都得顺路来看一趟小朋友们玩成什么样了。于友和一堆同学又不乐意了，扯着嗓子向隔壁喊："干吗呢？你们能不能专心点儿唠自己的嗑？！别老来蹭我们的瓜子！"

没用，该来的人还来。

后半场大家玩得越来越投入，音乐也早从轻音乐变成了摇滚乐，不玩游戏的人都端着酒杯去台前跟着主唱吼，玩游戏的……就玩游戏。

高二的两个代表是玩不过高三的，全场被罚得最多的就是他们。不时有义气的人帮他们，但他们被罚的次数也不少。

宋野枝这次稀里糊涂地又输了。

易青巍从洗手间回来，听到一帮小屁孩儿那间的起哄声一浪高过一浪。他走过去，倚墙站着看。

宋野枝正被大家按着头往他脸上涂番茄酱，就下唇到下颌中间那块儿。他也愿赌服输，乖乖地仰着头，微张嘴，忍着痒任人涂。

些许番茄酱蹭到嘴唇上，他还抿了抿尝味道。

大家都在兴头上，没工夫介意大人又来蹭瓜子的事。于友还往易青巍手里塞了一张牌，说："青巍哥！来！见者有份！"他将剩下的一摞扑克牌往桌上一砸，豪气冲天地说道："小枝！点！"

宋野枝还没说话呢，一干人又闹起来。

易青巍抱着胳膊看戏。

宋野枝下巴上涂着番茄酱，也不影响发音，人闹了多久，他就静默了多久，最后字正腔圆地说：“黑桃三。”

于友说：“不用说花色，报点数就行。”

宋野枝：“哦……那就三点。”

“快，快，快！是谁？！”

“啊——不是我——”

“也没我——”

“姐姐我永远和可爱的弟弟擦身而过！”

大家你看我、我看你的，没人跳出来。

赵欢与机敏，瞟了一眼自己的小叔。

“你几点？”

明明只是路过，偏偏变成他的主场。易青巍弹了弹自己的牌面，一张黑桃三赫然出现在大家眼前。他手一扬，扑克牌旋落到桌上。

“干吗？怎么玩？”

大家七嘴八舌地解释。

“要把小野下巴上的番茄酱弄干净！”

“不能用到手——”

“不能用到脚——”

紧接着是一阵爆笑声响起：“你闭嘴吧！”

那他还能怎么办？

“哎呀！快点儿！还等着下一局呢！”

“是不是玩不起？”

“哎哟——”

易青巍抬手把面前的半杯酒干了，抹了抹嘴角：“兔崽子们，一个个蔫儿坏。”

他用脚尖点了点赵欢与边上的沙发垫：“过去点儿。”

赵欢与让开一大半空间供易青巍发挥，好侄女儿就是得这样当。

之后，易青巍一条腿的膝盖屈在赵欢与和宋野枝之间，右手再撑在宋野枝耳边，身体下压，就这样挡住了大部分人的视线。

幸好宋野枝坐在沙发边上，左边不用费什么心思遮。

被震耳欲聋的笑闹声衬着，易青巍左手掐上宋野枝的下巴。

观众激动，易青巍又用左手拇指揩去了宋野枝下巴上一半的番茄酱，再低头去吮自己手指。

易青巍低语："你怎么总是输？"

宋野枝笑："总是玩不过嘛。"

易青巍也笑，声音沉沉的。

他换食指，动作慢条斯理的，继续如法炮制。

等他回去的时候，王行赫问他隔壁在玩什么，这么兴奋。

易青巍仰头又灌了一杯酒，嘴里酸酸甜甜的番茄酱味儿被冲淡了，他说："一群小鬼瞎闹。"

宋野枝站在洗手间的隔间里细细地喘气，唇、鼻间留存着淡淡的番茄酱的味道。

门外厅内的音乐到了高潮，他不确定自己是否叹气了，但清晰地听到了有什么断裂的声音——

自此，宋野枝的人生被生生地劈成了两截。

月考成绩出来，本来赵欢与考得不错，可以借此嘚瑟一阵，但鉴于昨晚被送回家时已经太晚了，她周末就被禁足了。

宋野枝考了全班第五名，比上次进步三个名次。按他的学习计划，到高三上学期第一次月考的时候，他有百分之九十的概率能拿第一名。

他的数学知识点已经完成第二遍完整的梳理，他再在暑假期间加强对语文的阅读理解的训练，其余科目保持现有的水平，考第一名应该不难。

他像做汇报一样把这情况说给易青巍听。

周六中午得以在正常时间吃饭休息，易青巍心情还不错地点了点头。他对宋野枝的自我管理能力很放心，一般不多过问。

易青巍正用老陶做的肉末茄子拌饭，其间抬头看了宋野枝一眼。

“怎么了？”宋野枝很敏锐。

易青巍嘴角噙点儿笑，点了点自己的下巴，问：“你这儿怎么了？”

宋野枝用食指搓了搓，这天起床的时候照镜子就看到了，红的，很明显。

他垂眼看反光的桌面，不甚在意的模样：“不知道，忘了，可能是昨天不小心撞在哪儿了。”

易青巍嘴角的弧度还没平下去，他笑意满满，淡淡地“哦”了一声。

“昨天玩到那么晚，今天头不疼？”

“啊……”宋野枝摸了摸头，“疼，现在还昏昏沉沉的。”

按说饭菜的香味已经溢满了屋子，可宋野枝吸了吸鼻子，还是觉出不同来：“小叔，你换香水了？”

易青巍对他这狗鼻子见怪不怪：“嗯。你总抓着我的香水的味道不放做什么？”

味儿比上一瓶更沉了些，他猜这是中性香水和偏男性的香水的区别。

宋野枝揉了揉鼻子，说：“嗅觉印象和视觉印象给我造成的冲击力度相同。”

“以‘味’取人？”

宋野枝：“被迫的。”

“我逼你了？”

宋野枝的头要点不点的，全靠易青巍的眼神镇着。

易青巍来到急诊科，恰好是缺人手的这一阵，然后宋野枝中午就不带自己的饭来医院了。他别说和易青巍同桌吃饭，有时就连见着人影都是运气。

见到人了他就坐着等易青巍吃完，把空饭盒带回家。见不到人就把饭盒放到办公桌上，磨蹭十几分钟再走。

回家的时候，天气清爽他就走路，炎热就打车。

回到家，宋野枝跟“翠凤凰”聊聊天，看看闲书，磨一磨画和乐谱。有时被宋英军吩咐去撕院外围墙上的小广告，他常常也帮附近几家撕一下。他最近去巷口打印店打印了一张“禁止贴小广告，违者罚款”的白纸黑字的标语，醒目地贴在电线杆上，威慑一下胆小的人。

但没起太大作用，因为第二天他再去看时就被人撕了。

宋野枝又去打印了一张，是赵欢与拟的文本。

“禁止贴小广告，违者罚款。禁止撕毁此纸，不然报警。”

这回更惨，他早上贴的，下午就被扒了。

然后宋野枝只能随他们去了。

赵欢与安慰道：“撕小广告利于解压。”

同时，周五下午的时间不再属于香水店——从宋野枝知道自己一直要找的那款香水是别人送给易青巍的之后。

他去柜台时，导购员迎上来：“这个星期我们进了一批新货，可能有你想要的。”

宋野枝摆头：“我今天来就是跟您说一声，以后都不来啦，谢谢。”

夏至一过，太阳明显热辣起来，校园里的蝉声也越发高昂，此起彼伏，一片嘹亮，更衬得学生们寡言少语。

到了夏天，全国普遍高温，中国北方的温带和南方的亚热带此时并没有气候差异，都在无情地升温，各地区人民都正被无情地炙烤——哦，区别还是有的。

北方没有风。

空气是凝固的，干燥而憋闷得令人心烦意乱。人干坐着不动，细细密密的汗珠也能争先恐后地从皮肉里冒出来，无孔不“出”。

离高考不到一个星期，大部分高三学生已经回家自主复习。

作为高二的学生，赵欢与对高考生一阵同情，并祈祷来年的大会上能出现“高考时间做出修改”的提议，且能顺利通过表决，定在十月……九月也可以。

下课铃敲响，没有了往日推桌拉椅的大动静，大家要么趴着，要么慢吞吞地站起来，绝望地走出教室门去厕所。

赵欢与在后面怂恿同桌：“你站起来。”

“干吗？”又黑又壮的同桌嘴上这样说，但还是听话地站了起来。

“然后从讲台上跑下来，可能会凉快凉快。”

“什么？”

“人造风。”她说，“记得，一定要超快！”

周也善趴在桌上听，笑得灿烂，跟着起哄：“大壮，试试嘛！”

大壮：“那我跑了你也跑一回，我试试是不是真的有风。”

赵欢与爽快地比了个“OK”的手势。

宋野枝默默地叹了一口气。

大壮真的跑了，赵欢与的头发丝飘起来一根，又落下去。

她站起来走向宋野枝，把他桌上的水瓶放到地上，说：“小野，去不去买冰棍儿？你请我。”

大壮在旁边说：“先跑了再去啊，让我试试。”

赵欢与：“你是要我跑还是要吃冰棍儿？”

大壮：“谢谢小野。”

周也善举了举手：“谢谢小野。”

宋野枝：“不用客气。”

为了走树荫下躲阳光，赵欢与拉着他多绕了大半截儿的路。两个人到了小卖部，冰柜里的东西畅销无比，才下午第一节课，就只剩薄薄一层。

他们给每人各挑一根冰棍儿，再各拿一瓶冷冻过的水，抱在怀里慢悠悠地走回教室。

到了教室里，大壮看见他们，兴奋地坐直身子，双眼放光。倒是周也善，还是他们走之前那软骨般的模样。

宋野枝走近了才发现不对，周也善在翻他的素描本。他在周也善的手边放了一根冰棍儿和一瓶水，坐下了。

周也善说："借你的草稿本算道题。"

宋野枝："嗯。"

周也善撕开冰棍儿的包装袋，说"谢谢"。

宋野枝迅速转头瞥了他一眼。

"怎么了？"

宋野枝摇头："没什么，但你很少向我说'谢谢'。"

"哦？"他的语调并没有什么起伏，"是吗？"

宋野枝察觉周也善的状态古怪，但无从问起。

第二节还是数学课，老夏走进来，就算在办公室休息了一会儿，他前胸后背的衣料也满是汗湿的痕迹。

"判断这个是圆，或是椭圆，或是双曲线，并写出它的标准式方程。"

宋野枝拿起笔，看了看光洁的桌面，反应过来，找周也善要草稿本。

周也善却没有马上回答他，用手指捻了捻草稿本的扉页，似在琢磨什么，才将它推过来。

"你带了吗？要不要我给你一本新的？"宋野枝问。

"带了，刚才不想费力找而已。"

周也善一边写下方程，一边若无其事地问："宋野枝，你草稿本里的那些图，都是你自己画的吗？”

“y^2 =……”宋野枝的笔尖顿住了。

“是。”

这不是草稿本，而是小姑送他的那一摞素描本的其中一本。由冬至夏，他用完不止一本。

开始时他画院子，画“翠凤凰”，画屋檐上偶尔停留的白鸽，日子久了，渐渐地开始画人。

素描本里最后一幅画是宋野枝来到北京的第一个清晨，院子许久没有人住过，空气里弥漫着沉甸甸的潮湿、腐朽的味道，闻的时间长了，头也沉甸甸的。百无聊赖时，他听到墙外有鞋踏落叶的声音，由远及近，停在门口。

而后，门动，有人推门进来，他扭头看去。

满目是白雪，簌簌而下。隔着雪幕，他看到了——侧着身子，略微垂眸，立在雪中不紧不慢地收伞的易青巍。

他第一眼见易青巍，是不真切的。

$(x-3)^2+(y-1)^2=9$，是圆。

宋野枝停笔。

“画得很好，一眼就可以认出最后一幅画的是你小叔。”周也善还在写。

宋野枝加写了一般式方程，说：“嗯，多花些时间仔细观察就可以做到。”

第八章
涉险救人

距离高考还有三百六十四天。

宋野枝昨晚睡得迟，忘记拉窗帘，早上被洒到床上的阳光刺醒了。他翻身看表，九点多，神志还在慢慢转醒，迷糊地想着一年后的现在就轮到他坐在考场上，瞌睡瞬时散了七八分。

“爷爷！”

宋英军就坐在客厅里，说：“喊什么？！醒了就起床！”

“有没有馒头和白粥啊？”他爬起来，揉着眼睛倚在门边问。

“没有，自己买去。”

宋野枝利索地穿衣洗漱，刷了牙，草草抹一把脸就往外走。

“你们吃了没？”

“早吃了，顾你自己。”

宋野枝优哉游哉地吃完早饭已经十点多，打着哈欠拿上书去背了会儿英语单词，单词背腻了又换数学公式，然后是语文古诗词。

宋英军看在眼里，跟陶国生聊了几句：“他最近对学习是不是挺上心？”

老陶笑呵呵地说：“可不？是冲第一名去的。”

“难怪，我说呢！”宋英军抖了抖烟灰，“不声不响的，他也不来跟我表态誓师。”

陶国生“哎哟”一声，说：“打娘胎里出来就是这脾气，改不了咯。

我都是在打扫他的房间的时候看到的，贴了张纸在墙上，用红笔加粗写着学习计划呢，最后一个目标就是定的考第一名。”

这可不寻常。

宋英军眯着眼，思来想去，说了一句：“小巍的话他愿意听。”

宋野枝在院子里的躺椅上把他们的话听了个全，将书本翻开盖住脸，上摇下晃。他拖长声音喊：“饿了——还得给小叔送饭——”

四中门口站了很多家长，天气很热，个个闷得满头大汗，应该是把孩子送进去就没离开过。宋野枝看了几眼，匆匆往医院那边去了。

这天科室意外地清闲，易青巍坐在办公室里翻阅病历本。听到“咚咚咚”的敲门声，他抬头，看见宋野枝满脸笑意地站在门口。

“什么事这么开心？”

“下午要去买书。”

“什么？”

宋野枝坐下了，给他拿出饭盒，说：“离第一名又要更进一步。”

易青巍任他贫嘴。

“买什么书？”

“买些试卷。”宋野枝说，“赵欢与也要买，让我给她带。”

“她又支使人了？”

“不是，她还没被解禁呢，乐皆哥不准她出门。”

“期末考试压力别太大，考完了带你们去海边玩。”

“哪个海？”

“到时候你们想去哪个就去哪个。”

赵欢与在准备这年十二月的数学竞赛，挺认真的。她是真的喜欢数学，上数学课时她的背都要挺得直一些。平时嘻嘻哈哈的一个人，到了做数学试卷和钻研数学难题的时候，只剩一本正经，脸色肃然。

易青巍催他快点儿去书店，让他最好在两点之前赶回家，别总在外面晃荡，不然中暑晕倒在大街上可不好办。

宋野枝不为所动，趴在桌上看他：“那正好，来接你一起回家。”

听到这话易青巍正要伸手捏他的脸，门被推开，是同一个办公室的同事。

“今天是周末？小宋怎么来了？”

“今天高考放假啊，小段。”易青巍答道。

“哦，哦，我都忙傻了。”段成急急忙忙地脱了白大褂，拿上钥匙往外走，“我去吃饭了啊。”

没走到门口，他又回头满面春风地说：“我女朋友也给我送饭来了，在食堂等我呢。”

后来宋野枝走在去图书馆的路上，这句话老在耳边响。他抬头看天，日头确实毒辣，令人眩晕。

走到一个装修很新、极气派的书店门口，宋野枝想也没想就进去了。挑书的人没几个，寻不到管理员，他来到柜台前，柜台里的人正在低头看书。

“你好，请问高三数学试卷和竞赛资料在哪一块儿找？”

“数学试卷？”老板重复了一句，压根儿没抬头，语气冷硬，“我这个书店不卖这东西。”

宋野枝在柜台前静静地站了几秒钟，提步往里走去。他想看看这个书店卖的是什么东西。

木质书架上大多是包装还没来得及拆的新书，书店不大，他一路看过来，入眼的都是小众而晦涩的文学作品。他再往里走，还有有关科普、哲学和社会学的书。

然后，宋野枝的脚步就停在了社会类分区前。

宋野枝看了看时间，觉得没有继续逛下去的必要。

他的手指滑上书脊，从拥挤的书海里抽出一本书，拿去柜台。书被平放到桌面上，推到书店老板眼前。

“结账，谢谢。”

老板抬眼看了看书名：“需要袋子吗？”

“不用，谢谢。”

老板终于正眼瞧他，面无表情地说道：“建议你要个袋子，而且回去之后尽量在私人空间阅读，避免被同学和家长看到。”

宋野枝一脸茫然地走出书店，紧接着去下一个书店寻找他迈向第一名和赵欢与进入竞赛集训队的阶梯，其他都被抛诸脑后。

盛夏来临，附赠暑假。

宋野枝和赵欢与在易青巍家的沙发上盘腿坐着，每人捧着半个西瓜，刚从冰柜里扒拉出来的西瓜。再每人拿一个勺子，悠闲惬意。

这是暑假附赠的活动。

电视里正在报道这年的高考情况。年仅十二岁的神童，在此次高考中以五百七十二的高分被某重点大学录取，接着播出对神童及其父母、同学的采访内容。

赵欢与含着西瓜，咽汁水：“我感觉压力好大呀……”

易青巍从他们面前经过，听了一耳朵，说：“你犯不着和他比，别为难自己。”

宋野枝捧场似的笑了笑，赵欢与看过来，他正经地低头挖着西瓜，说：“小叔，你要不要来一口？”

“等等！”赵欢与咋呼起来，“我忘了，我有一个劲爆的消息要和二窦分享！”

宋野枝问：“什么消息？”

赵欢与把西瓜摆在茶几上，爬去另一边拨座机电话，说：“事关重大，小野你就做第三个知情者吧！”

宋野枝也挪过去一点儿，想和王行赫同时做第二知情者。

“二窦！我知道了一个劲爆消息！”

赵欢与按了免提键，王行赫在那头说话，和她差不多一样激动：“我也有一个消息要告诉你！我怀疑和你知道的一样！”

赵欢与说：“那好，我们一起说。三、二、一……”

“大窦和阿菲结婚了！”

“阿菲和大窦结婚了！”

宋野枝：“……”

他又默默地挪了回去。

挂电话前，王行赫提了次日自驾游的事，赵欢与才知道他也跟着一起去。

他们原本计划的是一放假就去海滩，但沈乐皆坚持说要等看到赵欢与的期末考试成绩之后再去，这关乎此次出游的质量，甚至关乎赵欢与是否可以参加此次出游。

然后赵欢与就不敢给英语老师交白卷了，所以破天荒地考进了班级前二十名。

而宋野枝出乎意料地考了第一名，比计划提前了近三个月。

当概率小于二分之一的事件发生后，宋野枝第一时间找原因：莫非，陈丰考试期间拉肚子了？

陈丰就是长居第一宝座的那位同学。

不管怎么说，他们的进步可喜可贺，决定了此次的出游质量上乘。

易青巍和沈乐皆结伴去参加家长会的时候，沈乐皆还询问了周也善的情况，得知班上进步最大的就是他们三个人。

沈乐皆不语，易青巍含笑。

说起周也善……那次数学课之后，周也善仿佛良心发现，去找洪景元换回了座位，也从此再没主动跟宋野枝讲过话。

宋野枝察觉异样，但不明原因，也未去问。

人际关系的经营处理，他一向不擅长。

这趟旅游王行赫不是单人行，带了处了小半年的对象一起，叫杨徐静，也是个咋咋呼呼的北方姑娘。赵欢与和她虽然差几岁，但性格很像，两个人第一次见面就相谈甚欢，相逢恨晚。

一行人到了海岛，下榻酒店时，天已经擦黑儿。自驾游很磨炼人，路上沈乐皆和王行赫换着开车，最后大家都累得够呛。在酒店草草解决完晚餐就各自回房间休息，养精蓄锐，等第二天再放开了玩。

晚上，宋野枝和易青巍住一个房间。

宋野枝从浴室里出来的时候，易青巍正趴在床上看书。宋野枝走近一看，居然是医学文献。

房间是两张单人床，但宋野枝把擦头发的毛巾抛到自己床上，和易青巍趴到一起去，问："小叔，你们不放假？"

易青巍抹去刚才滴到自己手背上的水珠，拿笔在资料中页做了标记，合上，说："起来，给你把头发吹干。"

宋野枝扭着身子看他同样湿漉漉的头发，说："小叔，你的也没干。"

"我们能一样吗？"易青巍睨他，"快点儿的。"

刚被抛到床上的毛巾现在又被拾起，攥在易青巍手里，给宋野枝还在滴水的头发吸水。

"不喜欢被热风对着吹就用毛巾多擦一会儿。"

宋野枝任他摆布。

"你刚才问我怎么不放假？"

"对啊。"

易青巍把手里的毛巾换了吹风机，研究了一下按钮，开开关关。其实宋野枝不是不喜欢热风，是不喜欢噪声。

“宝贝，你要意识到，这世界上拥有寒暑长假的职业只有两个——在校学生和在校老师。”

“哦。”宋野枝低着头说。

这个酒店的吹风机的噪声，可以忍受，他想。

吹到八分干时，易青巍放下吹风机，再抓了两把他的头发，打量了一会儿，说：“头发长了，回去了再带你去剪。”

宋野枝对着镜子看了看，问：“剪成什么样？”

“剃个光头。”易青巍也在看镜中的他，自己先笑了，“反正你头型好看，光头也好看。”

宋野枝没答话，趿拉着拖鞋去床上了，留易青巍在后面继续取笑人。

关灯拉帘，宋野枝睁着眼睛什么都看不见，但仍然侧身躺着，朝向易青巍。

“小叔，你要不要和我睡一张床？”

“我为什么要和你睡一张床？”易青巍沾床就困，一张嘴就在敷衍人。

“你洗澡抹沐浴露了吗？”

“我为什么要抹沐浴露？”

“我抹了，柠檬味儿的。”

“我为……”易青巍叹了一口气，抬腿踢开一半被子，“过来。”

借着黑暗，宋野枝抿着星点儿笑意，爬到易青巍给他留的一半床位上。

易青巍突然伸手，掌心松松地捂住宋野枝的嘴，说：“睡觉。”

他感受着手下轻浅的呼吸，对比此前第一次见时正在被罚站的不愿理睬人的宋野枝，心里不禁觉得好笑。

人是不会那么轻易改变的，大多是本质暴露——

宋野枝本质上依然是黏人精。

宋野枝安静地躺了很久，直到捂在唇上的手渐渐松开，最后慢慢滑落到枕边。

易青巍已经睡着了。

赵欢与架不起来的墨镜架在宋野枝的鼻梁上大小正合适。其余人在打沙滩排球，就宋野枝一个人躺在沙滩椅上，透过墨黑色的镜片，看墨黑色的天、墨黑色的海、墨黑色的人。

易青巍一记绝杀后，王行赫在对面打了停赛的手势，一行人浩浩荡荡地走过来喝水补充能量。易青巍边走边扯背心，想撩起来透气，又顾及形象，半露不露的。

他们都去拧瓶盖了，唯独易青巍走到宋野枝面前。他低眉，手指轻轻一钩，把遮了宋野枝小半张脸的墨镜抬了起来。

宋野枝索性偏过头闭上眼睛，说："刺眼。"

易青巍的手一放，墨镜回归原位。他拿了手边桌上的水，说："总感觉你在看我，打球的时候是，刚才走过来也是。"

宋野枝忙不迭地点头："是的，巴不得目光黏在我小叔身上。海这么好看我不赏，人这么多我也只看你一个。"

易青巍嫌弃地"啧"了一声，这孩子不知道什么时候把反讽学得这么厉害。

这不是个好习惯。

等易青巍喝完水，旋紧瓶盖，在一边扇风纳凉的人就听宋野枝大叫着求饶。只见他被易青巍制住，动弹不得。易青巍挠他腰上的痒痒肉，他也扑腾不起来，像条摆尾求水的鱼，直认错。

赵欢与走近了些去"观摩"，做棵快乐的墙头草，谁说话好听就帮谁一把。

“王行赫，找一下小杨，跟她借个发圈。”

“你能别胡乱折腾人家吗？”王行赫斜着眼睛看他们。

日头正烈，海滩上的人群赤裸裸地接受暴晒。涂完防晒霜，宋野枝坐在椅子上，易青巍站他身后拨弄他的头发，弄着弄着发现真的可以扎起来，便打算把他上半部分的长头发扎起来，清爽凉快，还显俊秀。

易青巍抬了抬眼皮：“不然我来折腾你？”

赵欢与从远处跑过来，身上湿了一半，不知道是汗水还是海水。

“我哥问你们谁要和他一起玩冲浪！”

“让他等会儿我。”易青巍手里几缕头发垂落下去，又被他勉强地拢住，“赵欢与，有没有多余的发圈？”

赵欢与扒了扒手腕：“有啊，你去吧，我来。”

易青巍指了指她的手腕：“给我就行。”

赵欢与“嘁”了一声。

个儿高的人都去冲浪了，个儿矮的人就泡在浅海里玩。

海比游泳池好，水是活水，浪潮翻涌，涨来又退去。虽说总被它推搡着，但让人莫名觉得自由。

“我们一会儿去潜水吧？看起来好专业。”赵欢与说。

宋野枝上次潜水还是在初中，那片海域的水质不好，混浊，什么都看不清，没潜几米耳朵就开始疼，体验感不怎么好。

他往潜水区那边张望，说：“那得挑个好教练。”

身旁一群小朋友突然尖叫，原来是一个大浪正朝他们拍来。大家都不躲，直挺挺地等着被浪打，过后一边“噗噗”地吐水，一边兴奋地大笑。

一个彩虹色的球漂到宋野枝面前，他捡到手里，像练排球时一般打出去。小男孩儿接到了，甜甜地说“谢谢哥哥”。

宋野枝游到赵欢与面前，歪头看她，看了好一会儿，问：“防晒霜是不是不管用啊？我怎么觉得……你已经黑了一个度？”

“防晒……”赵欢与摸摸自己的脸，崩溃地大叫，“啊！我根本就没抹！沈乐皆借走我的防晒霜之后就没再还回来！”

宋野枝拍她的肩：“也……也不是太明显。”

赵欢与气冲冲地出了海水，走去沙滩上。宋野枝在后面叫她：“现在再抹也晚了呀。”

她回头，说：“那去潜水。”

赵欢与正在挑潜水服，听教练讲平衡耳压的方法，注意到宋野枝傻愣愣地站着不动，便戳了戳他的手臂，问：“看什么呢？”

宋野枝皱着眉，说：“彩虹球和小男孩儿不见了。”

“彩虹球？”

“等等，先别潜了。”赵欢与正疑惑不解，就被宋野枝拉着往刚才的海滩跑，准确地说，离刚才的海滩还远一些。

宋野枝拉着她站定，指了指远处海里一个模糊的黑点，问：“是不是一个小孩儿？”

赵欢与用手掌挡了挡阳光，眯着眼，说自己还看到了彩虹球。

宋野枝深深地吸了一口气，冲海里大声地喊，嗓子都破音了：“喂——别捡了——回来！”

距离太远，宋野枝的声音刚脱口就被卷入巨大的浪潮声中，毫无效果。

宋野枝一边脱上衣，一边脱鞋，赤脚向海里跑去：“赵欢与！快去叫人来！”

赵欢与跟在他身后喊：“小野，你干吗？！等等——要去也是我去，我水性比你好。”

几句话的工夫，那个方向的圆点已经越来越远，若隐若现。

“还得体力好。我也是从小游到大的，你快去快回，我游近点儿去叫他，没事。”

他还回头笑了笑，像在安慰她。

说完，他一头扎进水里，游远了。

宋野枝以为没有童年阴影这回事，可是他错了。原来那股恐惧感扎根在大脑深层，如影随形，一触即发。才十岁出头时，他也曾被困在空空荡荡的海上，四周除了海还是海，无边无际，再也逃不出似的。

此时的他只能顶着压力往前游，死盯着越发清晰的那个点，想快点儿，再快点儿。

每靠近一些，他就喊一声："喂——看这儿——"

等小男孩儿终于听见声音转过头来，宋野枝的嗓子已经哑了，口里、鼻间全是咸腥的海水味。那男孩儿套着可爱的橙色充气游泳衣，手死死地抓着球，抓着被蓝色包围中的唯一彩色的东西，像抓着一棵救命稻草。

看见宋野枝，小男孩儿迟钝地望了一会儿，等人真的离自己越来越近，才放声大哭起来。

"嘘——是不是没有力气了？"宋野枝去拉他的手。

他只知道哭，恐惧极了，只是追一个球，回过神来时却像误入了另一个空间，只剩自己一个人，怎么也望不到头。

宋野枝耐心地哄他："再哭就更没有力气了，来，哥哥拉着你游回去，很近的，没关系，不哭了，好不好？球呢？你带上你的球，我们慢慢游，好不好？"

"很近"这话完全算哄骗了，回程时，宋野枝相当于拖着几十斤的重物在游，不时还要说些话去稳定小孩儿的情绪。游过几米，一个浪推过来，他们又回到原处。四肢泛起酸麻感，渐渐变得沉重，宋野枝心想：要是换赵欢与，说不定得和小孩儿一起漂着哭着等人救。

最后，宋野枝完全靠意志力在支撑，麻木机械地重复动作，甚至不知道自己到底有没有往前挪动半分。不知过了多久，在眼睛勉强能看到海滩的虚影时，他先看到了易青巍。

他和王行赫穿着救生衣，笔直地站在快艇上，也是小小一个点，而宋野枝一眼就认出了他，甚至好像能看到他严肃的脸色和紧蹙的眉头。

快艇的轰鸣声越来越大，易青巍等不及靠近，一跃入海。

他向自己游来。

宋野枝不清楚小男孩儿看到自己时的心情是不是像他此刻看到易青巍时的心情。

他松懈下来，看着在海里起伏的易青巍，欲哭的冲动不管不顾地涌上来，如同翻腾的浪。但他委实找不到由头，又在顷刻之间被压实，沉下去。

王行赫拖小男孩儿，易青巍拖他。

易青巍冷着一张脸，仿佛直掉冰碴儿，听人叫"小叔"也只是不冷不热地瞟他一眼，不言不语地继续架着他往快艇的方向游去。

临近海滩，快艇停了。两个男人直接把手边的人抱起来向沙滩方向走去。小男孩儿乖乖地挂在王行赫身上啜泣着抹眼泪。宋野枝则不停地挣扎，叫着："我还有力气！"

但他根本挣不动，易青巍似为他圈了一个坚固的笼子。

小男孩儿的母亲看到儿子时直接跪在沙滩上，软成一团。孩子的父亲跑过去接人，一个劲儿地鞠躬，红着眼眶说"谢谢"。

王行赫扶住他往下弯的腰，潇洒地抹了抹脸上的水，笑着指了指易青巍："你们要谢的是这位呢！"

大家的目光顿时集中过来，宋野枝急得连拍易青巍的手臂，声音又低又急："小叔！"

易青巍松了劲。

宋野枝才落地，腿一软，跪下了，和小男孩儿的母亲同在一个水平线上。他缓了缓，顺便把阿姨扶起来，劝道："小弟弟一点儿事没有呢，就是有点儿被吓到。"

赵欢与在旁边大喊："我是非常、很、极其被吓到了！你说跳就跳，一句话也不听人说完！"

宋野枝悄悄地瞄了一眼易青巍的脸色，他们正被小男孩儿的父母拽着邀请晚上一起吃饭。他假意扶着腰，声音不大不小地说："确实有点儿累，我先回酒店洗个澡躺一会儿。"

说完，他拉着赵欢与往酒店走去。

不过几步，他就被易青巍叫住。

"宋野枝，洗了澡别睡，等着我。"易青巍说。

宋野枝清了清嗓子，咳了一声，应道："哦。"

回房间的途中，宋野枝问："你怎么把小叔他们叫来了？不是有救生员吗？"

"一个救生员的人影都看不见！"赵欢与生气地说道，"而且我第一反应也是找我哥他们。"她幽幽地盯着他，还撇嘴，"你真的吓死人了。"

宋野枝笑她："你当时不也抢着下嘛，还说我？"

"你上我才跟你抢，放我一个人我才没那胆儿！"赵欢与连拍胸口，不住地想宋野枝义无反顾地往海里跑的模样，"小野果然很野，还帅。"

宋野枝揉着手腕，眼眸在太阳下聚着光，叹一口气："这次真要被训了。"

答应是这么答应，但当易青巍打开房门时，一眼就看到宋野枝在床上睡熟了的模样。易青巍站在床前等了几秒，先去浴室简单地冲了个澡。

宋野枝悄悄睁开眼睛，思考了一下，决定翻身，把脸埋进被子里，这样就不用费劲伪装，还大大降低露馅的概率。

差点儿真的把自己闷睡着时，他听见浴室的水声停了，然后是翻箱倒柜的动静，接着，腿上一冰，湿湿凉凉的液体倒上来，易青巍的手指也覆上来，顺着他的肌肉缓而重地按着。

易青巍在为他按摩，放松高强度运动后僵硬酸痛的肌肉。小腿、大腿、肩背、手臂……易青巍一处都没放过。

在海水里被堵回去的情绪，现在又四面八方地涌出来，更汹涌，带着疼痛感。

“还酸吗？疼不疼？”易青巍问道。

他刚进门时就看出来宋野枝在装睡。

可人还是爱搭不理的，易青巍一条腿跪到床上去，压在他的小腿上，伸手把他的脸从被子里捞出来。触感湿润，易青巍以为是自己手上未干的精油，定睛一看，才知道是宋野枝默默地流了满脸的泪。

他哭什么呢？

一直端着架子的易青巍瞬间软下来，语气也变柔。

“怎么还哭了？”易青巍低声问，“现在才觉出点儿怕来？”

其实怕的人是他。

“你知不知道赵欢与哭着来找我们的时候……算了。别哭了，还是说，怪我凶你了？”

宋野枝哽咽，泄出点儿声音来，听了他的话，拨浪鼓似的摇头，伸手要抱他。

易青巍弯腰去迁就他，低下身，半跪着任他搂紧自己的脖子。夏季的衣料薄，易青巍刚贴近，衣领处就被他的泪浸湿了，泪水像渗进了皮肤中去。

“你今天表现很棒，是个爷们儿的样子。”他轻掐宋野枝的后颈，“但以后不许了。救人可以，但你不能让自己也置身危险之中，行不行？”

宋野枝还在使劲地摇头。

“摇头是怎么个意思？”易青巍问。

“还哭这么凶？你刚才不是天不怕地不怕？再哭，眼睛就别想见人了，晚上还安排了篝火宴呢。”易青巍一下一下地拍着他的背，说道。

易青巍能觉察出他的情绪不是因为刚才的事，但也想不出其他缘由。放在他身上，流眼泪可不是小事，遑论是现下这种不绝的流泪的方式。

宋野枝像因得到了什么而哭，又像因失去了什么而泣。

易青巍没有定论。

其间，宋野枝抬起头来，睫毛上还挂有水珠，就这副样子看着易青巍，神色坚毅而果敢。

而这份坚毅和果敢才冒出一点儿就被不自觉流出的眼泪淹没了。

他又重新将头埋进那个肩膀。

篝火宴宋野枝没去成，他在下午时候发起了低烧，吃过药后就捂在被子里出汗。易青巍赴宴前先去餐厅端来一碗粥，嘱咐他等凉些了再起床喝。

天未黑尽，赵欢与颇有良心，端了一碗肉来到房间看宋野枝喝粥。

“要吃这个烤鱼吗？”她用手指拈起一小块鱼肉想递到宋野枝嘴边，半道失手，掉到床上了。

“嗯……”宋野枝淡定地看了一眼，“没事。”

正好，还有一张床。

他坐起身来，竖起枕头垫在背后，喝一口粥，吃一口肉。

“你还把小叔的墨镜带来了？”

赵欢与低头，把挂在领口的墨镜摘下来：“忘记还他了。”

宋野枝扯纸擦手，把墨镜拿过来，自己戴上。

“你能看到我在看你吗？”

赵欢与感到奇怪，歪头歪脑地打量半天，摇头：“黑漆漆的。”

“我就说嘛。”保险起见，宋野枝又给赵欢与戴上，说，“看我。”

赵欢与答：“在看了，能看出来吗？”

宋野枝摇头。

赵欢与说："挺好的，像我在智力未发育阶段玩的游戏，重温童年乐趣。"

这确实有乐趣。

全凭这两片薄薄的镜片相隔遮掩，墨色让世界一下子暗下来。

第九章
安慰

“我最近老做梦，烦死了。”

“梦见什么了？”

“昨晚在梦里我喝酒，也玩游戏，视野到处乱晃。”她仰着头，“总出现天空。”

他们救的小男孩儿是本地人，父母在海滩边做生意，之后宋野枝他们一行人的三日游都宿在酒店里，食在小男孩儿家的饭馆里。最后他们临走时被赠送了很多东西，其中有几株光秃秃的木枝，据说，将其插在土里，种久了会开出花。

此时宋野枝和赵欢与正蹲在院子里，为木枝刨坑。

宋野枝评价：“你做的这梦，有点儿闲情逸致。”

赵欢与不像宋野枝，她不怕脏，挽好袖子就一边徒手扒土，一边说：“不喜欢做梦。”

“怎么呢？”宋野枝把铁锹放到一边，准备把木枝立到坑里去，“我觉得挺好的，一个人有两个世界，能过两种生活呢。”

“也对哦。”赵欢与也刨好一个坑，“我之前看过一篇科普文，说人一晚上可以做几千个梦，但能记住的就那么几个。”

“你信吗？”

赵欢与摇头：“不怎么信。”

“我也是。”宋野枝附和。

“那你信这木棍真能开花吗？”

他们正把土往坑里推，将两株木枝稳住了，再拍两下，土平了，紧实了。

宋野枝摊开沾满泥的手，在木枝上扒拉几下，说：“信吧，应该能。”他接着问，“你拿回家的那几株种上了吗？”

“那几株啊……”赵欢与短促地笑了一声，声音从鼻腔里浅浅地哼出来，“没有，我哥送人了。”

“啊？”

“他给他女朋友了吧。”赵欢与耸肩，起身去洗手，“不清楚。”

宋野枝还不知道乐皆哥也会有女朋友。他盯着赵欢与的背影，在原地呆呆地蹲了一会儿，也站起来，去找浇水壶了。

艳阳高照的天，暑气侵入管道，流出的水是温热的。手被沾湿，感受到温度，赵欢与立刻关了水龙头。

这么热，她想用冰水洗，能不能接一盆水放到冰柜里冻一会儿？

只是这么想，她站在院里的水龙头前，没动。

沈乐皆因为她的任性，生过很多次气，最近一次是昨天晚上。

那时他们刚从海岛回来，才进家门，沈乐皆接到电话，没说几句话就往卧室里走，出来时已经换了一套衣服，接着就要再出门。

赵欢与问：“哥，你急急忙忙去哪儿啊？”

“和朋友吃饭。”他往外走时，不忘交代，“妈妈七点多应该能回家，你饿了就叫阿姨做点儿吃的东西。”

赵欢与追出去，倚在门边，问：“你开车去啊？先把后备厢里的那些东西卸了……”

“没事，回来再卸。”他将车门“砰”的一声关上，“你好好吃饭。”

“你慢点儿开。”赵欢与在后面嘀咕，“什么饭局嘛，一口气也不歇啊。”

直到符恪打电话来询问，赵欢与才知道，不是朋友的饭局，是女朋友的约会。

符恪临时出差了，没有回家。

赵欢与也没有好好吃饭。

晚间档的电视剧大多很无聊，赵欢与调到更无聊的戏曲频道，双眼定定地看着荧屏，格外认真。

门响，沈乐皆回来了。赵欢与适时地打了个哈欠，眼里全是水汽。她从沙发上站起来，赤脚走近，对沈乐皆说："钥匙。"

沈乐皆顺手把钥匙递给她，犹疑地打量她。

"车钥匙。"

"你怎么了？"沈乐皆问。

"我要拿我的大白，今天晚上和它一起睡。"

沈乐皆摸出车钥匙也递过去，想着：所以她是因为缺觉，现在心情不好了？

"穿好鞋。"他说。

沈乐皆这一天累得够呛，打算赶紧洗个囫囵澡，早点儿去休息。不过，打算是这么打算，现下他又站在门边没动，等赵欢与回来。

"沈乐皆！"

他听见赵欢与大喊。

刚才她只是心情不好，这下才是真正发脾气了。

沈乐皆寻到车库边去，车内的灯开着，赵欢与抱着玩偶斜坐在车的后座上。昏暗的灯照明能力有限，但他还是看清了，刚才那个哈欠带来的水汽还未从她的眼睛里散去。

"木枝呢？"她问，"可以开花的木枝呢？"

"送给朋友了。"沈乐皆没想到赵欢与在意这个。

"一株也没留。"明明事实摆在眼前，她偏偏要多说一句废话。

“她看着新奇，向我要，就全给她了。”

赵欢与猛地垂眼，静了一会儿，点了点白熊的鼻子，低着头问：“她有没有问你要这个？木枝和大白被我摆在一起，大白也很好看。”

他可以哄好发脾气的赵欢与，但她突然温顺下来，他却觉得失控了。

“没有。”

“如果她也问你要了，你会不会给？”

“她没有问我要。”

“会不会给？”

“不会，那是你的所有物。”沈乐皆说，“如果你在回程路上说你喜欢那几株木枝，我也会回绝她。”

赵欢与点了点头，紧紧环着玩偶下了车。沈乐皆松了一口气，落在后面锁车。回头时，他见赵欢与把白熊丢进了门口的垃圾桶里。

大白陪了赵欢与十几年，就连外出三四天旅游，她也带着它。

沈乐皆追上去，拽住赵欢与的胳膊：“你干什么？”

他掌心里的胳膊没有一丝力气，胳膊的主人也是，垂首不语。

“赵欢与！”沈乐皆厉声喝她，“你今年几岁了？”

“我没有说过喜欢，你就看不出我喜欢吗？”

水汽散不去，甚至聚集起来，汇成泪珠，就挂在眼角，摇摇欲坠。她不想在他面前哭，不想让他知道，这件小事竟然能令她哭。

赵欢与别过脸去。

“我也没说过喜欢大白。”她抬起头直视他，泪一定是落了，如今眼眶很干净。

后来沈乐皆一边去垃圾桶里捞大白，一边批评她幼稚又冲动，任性得要死。

赵欢与想回嘴：有哪个人没有任性的时候？

可她忍住了。她看着沈乐皆，有些恨他，也有些恨自己——哥哥没有。

她没有向宋野枝道出全部，昨晚的梦里，成年的她喝着酒一直对沈乐皆说“对不起”，童年的她被沈乐皆哄着玩睡前游戏。但不论是成年或童年时，她总是想哭，等眼泪要流出来了，她又连忙抬起头，在梦里处处顾及沈乐皆，怕他看到眼泪不开心。

她重新拧开水龙头。

不是冰水也没关系，总能洗干净手。

宋野枝拎着水壶站在赵欢与身后，目睹她将水龙头一开一关，心不在焉。

他问：“怎么了？”

“太阳好大，水都被烤热了。”

宋野枝放下水壶进屋去，出来时端了小半盆的冰块儿。他挤到赵欢与身前去，汩汩的温水淌进盆里，堆积起来，像一条条极细的河流嵌进冰山。

“给它三十秒就好啦。”宋野枝说，“不要因为小事不开心。”

她呆住了。

天知道，赵欢与现在有多讨厌宋俊这个叔。

“我没有不开心。”赵欢与将手泡进冰冰凉凉的铁盆里，抿着嘴笑。

她明明就有。

宋野枝不再说什么：“好吧。想要出去玩吗？”

赵欢与摇头。

漂浮在水面的冰渐渐变小，等它们完全消失，赵欢与的手将暴露在太阳光下，无所遁形。

她突然说：“好想告诉你我的一个秘密。”

宋野枝：“你还有秘密？”

赵欢与：“你没有吗？”

宋野枝："有的。"

赵欢与："那，你有没有要告诉我的冲动？"

宋野枝："有吧。我们交换。"

赵欢与："那我说了哦。"

宋野枝点头。

"我……"赵欢与又仰着头，天空都一样，在梦里和现实都是一个样，"我好讨厌甘婷艺。"

"到你了。"赵欢与说。

"我……我感觉，周也善好像讨厌我。"

赵欢与差点儿把盆掀了："怎么可能？！"

"我……我的感觉而已。"

"周也善不可能讨厌你，除非他亲口说！不然你的感觉不靠谱！"

"你会对甘婷艺亲口说你讨厌她的话吗？"宋野枝说，"还有，甘婷艺是谁啊？"

"沈乐皆的女朋友。"

"你为什么会讨厌她？她是不是悄悄欺负你了？"

"因为她令人讨厌。"

好有道理哦，宋野枝点头。

赵欢与把手拿出来，盆内像下了一场小雨。她使劲甩了甩手，一边往屋里走去，一边问："你怎么会认为周也善讨厌你？太不可思议了，我觉得他就算讨厌我也不会讨厌你啊！"

冰全化成了水，宋野枝将食指伸进盆里，验收降温成果，很成功。

"放假前的最后几个星期他很少和我说话。"宋野枝回忆，"我能感觉出来，他对我的疏离很明显。我不知道该怎么处理，主动去问他原因吗？"

"等等啊。"屋内的赵欢与回答他。

他便站在外面划着水等她，等了半晌，她终于开口说话，却不是对他说的。

“周也善，在干吗？来小野家吃西瓜。”

宋野枝吓了一跳，赶紧跑进屋去看，赵欢与正抱着座机讲电话。

赵欢与对他摆摆手，接着说：“你家也有西瓜？哦，正好小野家没有，你带两个过来，就这样，一会儿见。”

“他……”

赵欢与替宋野枝说完：“他会过来的，放心。他居然在家看电视，也太无聊了。”

没过一会儿，座机电话的铃声响了起来。

宋野枝和赵欢与在搭简易的猫窝，最近巷子里出现了一堆小猫，应该是哪只野猫生的崽。

猫妈妈管生不管养，幼猫还小，见人就奶声奶气地叫，碰到好心人能有几口吃食，碰到无良的人就会被捉弄。多几次它们应该就不敢朝人叫了，宋野枝想赶在此之前给流浪猫做个家，让它们有个睡觉和吃饭的地方。

赵欢与正研究框架，就快完工了，腾不出手，催宋野枝去接电话。

“赵欢与！出租车司机居然不进巷子了！出来和我抬东西，赶紧的！我要化了！”

“因为最近两天巷尾封路维修。”宋野枝解释原因。

“小……嗯，我就……在巷口，你慢慢来也没事。”周也善说。

宋野枝走到巷口去，赵欢与说的是“两个”，但周也善买的是一箱。

周也善问：“重吗？”

一个塑料箱子，他们一人抬一边，力平均作用到两个人的手上。宋野枝倒是想说不重，但真的很重。

“有点儿。”

两个人一阵无言。

到了院子里，两个人汗流浃背。宋野枝想立刻冲个澡。一到夏天，每天洗澡的习惯就又被他捡了回来。

“搬那么多来干吗？”赵欢与惊呼。

周也善：“吃啊。”

他们先抱了两个放进冰柜里，冰镇一会儿再吃。

衣服被汗浸湿了大半，宋野枝换了一件干爽的背心，趿拉着拖鞋从屋里出来，被周也善一直盯着看。他扯了扯衣角，问：“你……要不要也换一件？”

周也善点头：“好啊。”

宋野枝回身去卧室给他找衣服，生怕他又刻意蹦出一句“谢谢”。直到在卧室里看他把衣服换上了，也没等到，宋野枝才松了一口气。

“有点儿小。”

“还有一件更宽松的。”

周也善拦住他：“不用了，这样也可以。”

他本意是想退到书桌前让自己全身入镜子，谁知一晃眼，看到桌上的书。他反复捋了两遍书名，还是很诧异。宋野枝没有半点儿避嫌之意，将这本有关于社会学和人类学的书明目张胆地摆在书桌上。

宋野枝注意到周也善的状态不对，随着他的目光看过去，立即要把书收起来。

周也善按住不动：“现在才收也太晚了，我在你给赵欢与送资料的时候就瞟到过它躺在你的书包里，当时是真不敢确定有没有看花眼。你是在哪儿买到这本书的？”

宋野枝没有说话。

周也善自顾自地问：“卖给你的人说什么了吗？”

“我劝你……”周也善草草地翻了几页手边的书，“藏好它。”

这口吻有些耳熟，宋野枝的脑海中现出书店老板的影子。

宋野枝在后面点头：“谢谢提醒，在彻底弄懂它之前，我是这样打算的。”

“你可以看，但要悄悄看。”周也善轻笑，笑容有顽劣的痕迹。

宋野枝见周也善语气强硬，懊恼自己为这层关系又添一层隔阂。

他说：“对不起，这些天，如果你是因为介意这本书才这么疏远我，我……”

“不是。”周也善说，“这有什么可介意的？”

宋野枝睁圆了眼睛。

“那你不想理我是为……？”

“宋野枝，你真不知道？”

“小野！钉子你放哪儿了？”赵欢与在院子里喊。

宋野枝茫然地看着他，等他的答案。

周也善却将书合上，哼笑一声。

宋野枝留在原地望着他的背影，许久未动。

薄被被卷成一团堆在床尾，宋野枝趴在床中央，正熟睡。他不肯拉上窗帘，把纯白色枕巾折成长条，随意地搭在眼睛上遮光。他的两条手臂伸展开，藏到枕头底下，随身听被放在枕边，和黑色耳机线缠绕在一起的，是到枕头边缘又露出的手腕和掌心。

易青巍把手中那杯酸梅汁放到桌上，安静地站了几秒，再走去床边。

宋野枝的脸上有一道被细线压出的红痕，易青巍探出食指抚上去，有细腻的凹槽的触感。顺着压痕缓缓往上，痕迹消失在耳边。

易青巍不知他是否醒着，也不知耳机内是否有歌。

他停了一会儿，伸指把宋野枝右耳的耳塞拔下来，微微倾身，塞入自己的耳朵。

有歌，是清亮而缠绵的女声在唱粤语，他刚好听到一句：“我决意沉迷下去，放眼迎以后。”

易青巍一靠近，宋野枝便醒了，枕巾严严实实地盖在脸上。他开口唤人，嗓音带着刚睡醒时的沙哑，黏黏腻腻的：“小叔。”

易青巍再伸手，给随身听摁了停止键，把宋野枝左耳的耳塞一并拿出来。乱糟糟的线理不顺了，就像床尾的薄被一样，一团乱，松松软软，被易青巍提到随身听边上堆着去了。

他拿起枕巾，露出宋野枝的面目，说：“不是说了让你回来了别睡，等着我带你去理发店？”

在海岛宋野枝答应过他一起去剪发。

夏天太热了，不仅嗓子黏腻，眼皮也黏腻。宋野枝将眼睛睁开一条缝，看了一下易青巍的表情，又合上眼。

“躺着等你，等着等着就睡着了。”他攥着身下的凉席滚了一圈儿，把自己裹成蚕蛹，贴到墙边去，说，“小叔，你累吗？休息会儿我们再去。”

易青巍轻轻巧巧一拨，人又原样滚了回来。他二话没说，手直往背心没遮住的那半截腰伸去。他才碰到腰，宋野枝的睡意立刻吓没了。

“起，起，起，马上起床！”

“赵欢与和周也善呢？中午的时候你不是还说他们在这儿玩？”

易青巍收回手，站直了，看着他弓腰铺凉席、叠被子。

“赵欢与被乐皆哥叫回去了，说她天天不着家。赵欢与一走，周也善也跟着回家了。”

易青巍侧着身子，扫了一眼客厅：“门口那一箱西瓜，是陶叔叫人搬来的？”

“啊……”宋野枝直了直身子，说，“是周也善前几天买来的。”

“还挺有心，抬这么满一箱来，他也不嫌热。”

宋野枝没接这个话题。

“把这个喝了。”易青巍点了点那杯酸梅汁，说完往客厅去了。

宋野枝歪头看了酸梅汁两眼，问：“小叔，这是你没喝完的？”

易青巍点头：“怎么了？”

他停住脚步回头，看宋野枝跪在床上，双手握着床沿，伸颈要去含杯中的吸管。他折回来，一只手插在裤兜里，一只手推杯迁就宋野枝，后来干脆拿在手中喂过去。

看他被酸得皱眉，易青巍抿着唇笑，让他自己拿着，说：“茶几上还有三杯。”

宋野枝“啊”了一声：“那你还让我喝这杯！”

“太酸了嘛。”易青巍觉出不对来，睨他，“嫌我？”

宋野枝被盯得紧张兮兮的，不知摆哪种表情才不会露出端倪，只好愣愣地摇头。

易青巍倾过去把杯子夺了，用眼神压迫他，说：“再给我嫌东嫌西？”

宋野枝笑得没心没肺，一根一根地掰开他的手指，把杯子握回自己手里：“没有，没有。”他说完后，舌尖探出来，咬住吸管，为了证明自己的话，响亮地喝下去小半杯酸梅汁。

两个人到了理发店，是一个门面既矮又旧的门店，但招牌很鲜艳，店内装修也很时尚，饶是白天也灯火明亮。将近饭点，并没有什么人来剪头发，见客人来了，在转椅上看杂志的年轻人迎上来，问：“两位都剪发？”

易青巍跟在宋野枝后面，发话：“给他剪，没有理发的老师傅在？”

“那先来这边给您洗头。”小年轻回答，“今天不在，但他的学徒在，手艺也不差。”

宋野枝被领着去帘后，易青巍环顾四周，在靠近门口的皮椅上坐下了，顺手拿起旁边被翻折的杂志，封面图是一个红发女郎。他轻轻地“啧”了一声，翻开封面开始看里面的内容。

小年轻只负责把宋野枝安置到洗发的地方，然后朝里间喊：“小李，有客人！”

不一会儿，宋野枝就被另一个人接手了。

小年轻从帘后出来，见自己的杂志被易青巍拿在手里看，挠了挠头，又去柜子里抽出一本。

“这个温度，烫吗？”

“不烫。”

“如果不合适的话您跟我说。”

“好的。”

“力度呢，重吗？”

“不重。”

宋野枝被这个小李细致的服务态度逼出一股紧张感。

“洗完了要不要按一下头？”

宋野枝连忙摇头：“不用，谢谢。”

杂志封面火辣，内容倒是平淡无奇，无非是男亲女爱，家长里短，没有出格的场面。易青巍一目十行，草草地看完三篇，而后抬头看了一眼布帘，捻着书页问：“平时洗头也这么慢吗？”

平时不这样，小年轻也不解，起身去看，低声问：“好了没啊？洗这么久？”

小李淡淡地答：“催什么？好了。”

宋野枝顶着湿漉漉的头发出来，坐在镜前。小李把毛巾搭在他的头上揉了揉，问：“想要剪成什么样？”

宋野枝在镜中看向易青巍，他还在低头看书。宋野枝收回目光，打量自己，说：“都可以。”

小李把毛巾丢在一边，手指扶上宋野枝的鬓角，一同在镜中打量他，说：“那就任我剪了？你生得这么好，哪种发型都会好看的。”

易青巍皱了皱眉，眼神飘向站在宋野枝椅后的小李。

宋野枝：“谢谢。”

“你还在上学吗？”

“是的。”

“高中？”

“嗯，高二。”

“平时辛苦吗？”

“还好。”

“在哪个学校啊？”

“四中。”

“四中？顶尖的学校啊，压力大不大？”

“也……还好。”

小李笑着夸他：“不仅有脸蛋儿，还聪明，会交女朋友吗？”

“啪”的一声，易青巍把杂志合上，跷起的二郎腿放下来，皮鞋鞋跟在水泥地面上敲出有力的一声。他站起身，走到宋野枝旁边，歪头看了看，说：“后脑勺这块儿，再给他推短一点儿。”

小李偏头看他：“您和他是一起的？”

易青巍皮笑肉不笑地说道：“是的。前额也再短点儿，打薄。”

“好。”小李渐渐关上话匣子。

之后易青巍一直在旁边站着，宋野枝说：“小叔，旁边有椅子。”

“不用。”

最后剪完了，小李给宋野枝解开理发围裙，拿着海绵，说：“我给你清一下碎发？”

“谢谢。”宋野枝说。

小李弯腰去扫宋野枝的后颈，被易青巍钳住手臂。

“我来。”易青巍的声音还算轻松，眼神却沉沉地看着小李。

宋野枝毫无知觉，只顾欣赏新发型，耸了耸肩膀：“小叔，右边还有点儿刺刺的。”

小李笑着，松开了海绵。

走出理发店，宋野枝说觉得自己轻了不少，易青巍嘲他夸张：“哦，那所有理发店改名叫‘减肥所’好了。”

宋野枝走在他的右侧，脚步轻快，摸了一把头，新发扎手，转头问他：“好看吗？”

易青巍莫名觉得他此刻有些傻气，说：“不是说了嘛，生得这么好，哪种发型都好看。”

这是刚才小李说的话，宋野枝听了，问：“小叔，你和这家店的人很熟吗？这个理发师也太热情了。”

“让你不舒服了吗？”

宋野枝缩了缩脖子：“有一点儿。”

“让人不舒服的热情就不是好的热情。我和这家店的人也不熟，看到是理发店就进了。”

宋野枝好奇：“我还以为你认识老板呢，那你还要亲自领着我？我自己来就好了嘛。”

他还没说完呢，易青巍就看着他不动，气势渐渐变得熟悉。

他识相地摆手：“真的没有嫌你陪我来的意思。”

见易青巍要朝自己伸手，宋野枝往前跑，回头叫屈：“每次都误解我！”

易青巍望着他的背影，懒懒地跟在他后面，想：是很招人喜欢，又乖又蠢，被欺负了还一个劲儿地跟人说“谢谢”。

夕阳挂在天际，日光染红白色的云和灰色的马路，把影子越拉越长。宋野枝跑开一段路，停下来回头等他，等得两个影子叠在一起。

路程并不长，他们并肩而行，慢慢悠悠地朝家走着，直到最后一缕余晖落尽。

两个人到了家门口，院里，陶国生和宋英军早已经回来，在忙着张罗晚饭。

易青巍停在门口那个用木头做的猫窝前，里面没有猫，有食物和水，还有旧而干净的棉布。他一看就知道是哪些人的杰作。

他问："那么多猫真的肯挤在一个窝里吗？"

宋野枝蹲下去，探头往木房子里观察，回答："好像很少有猫会睡在里面，大多是吃完东西就走了。"

他的头就在易青巍手边，像第一只等着入住的小猫，好乖。易青巍心里这么想，嘴上却挑剔："钉子钉得歪歪扭扭的，窝里还有木屑。"

宋野枝把木屑捡出来，点头："还好猫没有洁癖和强迫症。"

闻言，易青巍立即用手指把他的头转开了。

饭后，他们坐在院里的树下乘凉。只有易青巍蹲在院角，打算用剩下的木材再做一个窝。

"外面那些钉子真的钉得太难看了。"易青巍说。

宋野枝躺在躺椅上，上摇下晃，感受着若有似无的风，半闭着眼看易青巍忙碌。目光有了固定的落脚点，思绪却漫天遍野地跑，他尽想些不着边际的事。

宋英军将扇子停下来，侧着耳朵，问："是不是有铃声响？"

宋野枝："嗯。"然后他喊："小叔，你的电话响了。"

易青巍："你进去帮我看看，不是医院的事就不管。"

得了令，宋野枝趿拉着拖鞋去屋里拿手机，然后传话："是窦哥！"

窦哥就是王行赫，易青巍说："你接，问他什么事。"

"哦。"

没两分钟，宋野枝又喊："窦哥又考虑了一下，说电话里讲不合适，得当面谈！"

易青巍丢了木材："你问他是不是有病。"

"这句话就算了吧。"

宋野枝趴在床上挂断电话，发现屏幕上还有新信息的提示，而发信人是"宋俊哥"。宋俊已经半年多没有找过自己，居然和小叔有联系。

宋野枝点开了这条信息。

"好，他好就好，辛苦你了呀，小巍。"

宋俊不止发了这一条信息，以往还有许多条，内容繁杂，却有规律：询问宋野枝的近况——感慨——道谢，偶尔还有嘱托。

这算怎么回事呢？

宋野枝猛地丢开手机，翻身坐起，愣怔半晌，去了洗手间。

他在洗漱台前站了很久，洗了几次手，搓了几遍脸，久到易青巍来敲门，问他是不是不舒服。

宋野枝拉开门，易青巍还在门边。迎上他关切的眼神，宋野枝开始道歉。

"小叔，对不起，我刚才，翻了你的手机。"

易青巍抬起手，用拇指擦去被宋野枝遗忘在锁骨的水滴："对不起什么？你翻就翻了，有什么不能看的？"

"我看了我爸给你发的短信。"

指腹被沾湿了，易青巍垂下手，默默地捻了捻，张口竟也想道歉，但并没有道歉的由头。

"你爸爸很关心你的。"

"嗯。"宋野枝点头，竟扯出一丝笑。

易青巍顿时明白自己为何想道歉，因为现在的宋野枝看起来，太难过，太难过了。

“怎么了？在想什么？”

宋野枝摇了摇头，说困了。

躺在床上，他握着手机想了许久，最后还是点开收件人，勾选宋俊的名字，开始编辑文字。

“我下个星期会去同学介绍的画室，学习一个暑期。”

发送后，他继续编辑：“以后我会定时向您汇报近况。”

再发送，他再编辑：“但请您不要再打扰小叔。”

结束此次联络，宋野枝的手不可自控地发起软来。

他此刻对宋俊的感觉称得上憎恶，同儿子没有一丝联系，宋俊却到儿子身边的人面前表演父爱。

宋野枝还将手机握在手里，易青巍敲了敲门，他立刻把手机压到枕头下，闭上眼睛屏住呼吸。

易青巍知道他没睡着，立在床边，出声：“不知道今天晚上能不能和你睡一张床？”

“会很热。”宋野枝微微颤抖的眼皮睁开一条缝，他又抿嘴补充道，“还好有空调。”

易青巍偏过头去，咬住嘴唇，默不作声地笑了一下。

他们各盖一条夏凉被，宋野枝睡在靠墙那一边，灯未关，易青巍向右侧着身子躺着，眼睛未闭，不是很认真地注视着宋野枝，眼神却实实在在每分每秒都落在宋野枝的脸上。

宋野枝翻了个身，面向白墙，背对他。

半晌，胡同里的猫叫狗吠都静下去，长巷里只剩这一间屋亮着灯。易青巍将宋野枝腰窝处的被子掖到腋窝，手伸出去，最后没收回，顺势搭在宋野枝单薄的肩上。

“有没有睡着啊？”他问。

就在易青巍以为等不到回答时，听到宋野枝问他：“小叔，你是不是知道他们离婚，宋俊又生了个儿子的事？”

“我知道。”

宋野枝没声了。

“宋俊哥做的事不对，得由他自己付出代价，你不要因为这件事想太多。”易青巍笨拙地安慰人，“父母离婚说明他们之间的感情出现了问题，分开只是解决问题的方式之一，你也……”

宋野枝又翻过身来，隔着两条被子，头抵在易青巍的胸口处，声音沉闷地说：“我早就不稀罕他们爱我了。”

他头顶的发丝有几缕贴到易青巍的嘴唇上。易青巍低了低头，心下因他的一句话而一片酸涩。

“嗯……”宋野枝从鼻腔里逼出这么一声，又说，“困了。”

“我去关灯，睡吧。”

灯灭那一刻，宋野枝轻轻地眨了一下眼，泪水滑过鼻梁，落到枕巾里去了。

他咳了一下。

他近来的眼泪也太多了。

乌云密布，闷雷滚滚，这个夏天的第一场雨要来了。宋野枝越过画板看向窗外，提着画笔心不在焉。

不知道这天的午饭还可不可以送，他瞄了一眼腕间的表，撂了笔开始收东西。

旁边的人同他打招呼：“宋野枝，今天走这么早？外面要下雨了呀。”

宋野枝笑了笑：“有事要回家，打车应该还来得及。”

他出了画室的楼，周身立即被潮湿的热浪裹住。他皱了皱眉，小跑到路边打车。

陶国生见他回来了，还惊讶："今天回来这么早？"

"趁没下雨就先回来，别因为雨耽搁了。"宋野枝从巷口走到家门口几分钟的路程都出了汗，"要下雨了还这么热。"

宋英军在客厅里听到他的声音，跟着出来问："看样子是大暴雨，这天气你还给小巍送饭吗？"

"送啊。"也就是在家待一顿饭的工夫，宋野枝还是去换了背心和短裤，叉着腰和宋英军一起站在门口看天，"下了雨能不能凉快几天？"

陶国生在厨房接话："得更热。"

宋英军说："吃完饭看看雨势，大的话你就别去了，让他在医院的食堂里凑合着吃。"

宋野枝追在他后面问："天太热小叔不让送，要下大雨你不让送，我想为人民做贡献怎么这么难呢？"

饭后，乌云还在集合，风势渐大，不见雨点。宋野枝手忙脚乱地装好饭盒，换了衣服后就出门："我走了啊。"

宋英军让他慢点儿跑："注意安全，让师傅开慢点儿。"

"知道了。"宋野枝挥了挥手中的伞，跑得没影儿了。

他到了医院，天色更暗，雨还未来。宋野枝一边走一边抬头望：憋闷这么久，下来的雨得多大啊？

宋野枝到了办公室，里面果然没人。他放下饭盒，坐到转椅上，无所事事地待了十多分钟。他起身去窗边，想着要不等雨下完了再走。

正在这时，门外乍起一阵喧闹声，宋野枝以为是送来的病人情况危急。因为送饭，他围观过几场阵仗极大的急救，生死时速，从死神手里抢人命。

他走到门边去看，没有看见病人，倒是一群"白大褂"围在一起。一个年老的医生表情严肃地风风火火走上楼去，气势十足，其余几个护士和年轻医生惊慌失措地跟在后面，竟还有人在抹眼泪。

他眼尖，看到了和易青巍同一个办公室的段成。段成也看到了站在门边的他，什么话也没有说，甚至连表情也没有，急匆匆地跟着白大褂队伍上楼去了。

就是这一眼，让宋野枝无端地感到心慌。他回头望了望易青巍空空如也的座位，咬咬牙跟了上去。

原来他们是去手术室。

手术室那层楼更乱，一个男人穿着工地服，戴着安全帽，浑身是泥，跪在地上说“对不起”。没有人站在他面前，大家都冷着脸立在旁边，死死地盯着他，不知他在向谁说“对不起”。

宋野枝看了一圈儿，这里没有易青巍。

头发花白的那个医生神态更严厉了，语气沉重而声音洪亮：“让开！”

他点了三个人名，快速说：“你们几个跟我进去换人，其他的人该干什么干什么去，别挡在这儿浪费时间！”

一个戴眼镜的男医生站出来，紧跟着凑上去：“主任！我也想去！”

被唤作主任的那个医生脚步没停，抬手把他挥开，吼道：“去什么去？！小崽子一个，让开！”

手术室的门开了又关，气氛瞬间冷清下来，只有跪在地上的那个男人声音微弱，仍在重复地说着“对不起”。

段成忍不住，冷声冷气地说：“你对不起的不是现在在外面的我们。”

宋野枝站在楼梯口，忐忑不安。他慢慢走过去，小心翼翼地问段成：“这……发生了什么事啊？”

之前在楼下抹眼泪的年轻护士眼圈红红的：“不久前送来一个骨折的伤者，本来只是小手术，梁医生就带着几个实习生进去了，但是……

但是刚才那个人才说实话，伤者有艾滋病，主任立刻带着有经验的医生去换人了。”

宋野枝喉间一紧，转头看向段成。

段成小声地说：“你小叔……也在里面。”

话音刚落，手术室的门被重新打开，出来了几个实习生。宋野枝慌张地看过去——那些人里也没有易青巍。

他冲上去，近距离看，那几个人的手还在发抖。

“易青巍呢？”他问。

段成随之站到他的身边，同样在问：“小易呢？”

其中一个人缓过神来，双手握拳，想控制住发抖的手，却无济于事，开口时声音也在抖：“小易……小易的手套在手术开始没多久就被骨刺划破了，他说……现在出来……出来也没用，他得做完这一台……主任……主任拗不过他……”

如果真的出了问题，这将是他能做的最后一台手术，职业生涯还没开始，就结束了。

或许，结束的不止是职业生涯。

“轰隆”一声，响雷炸破天空，整层楼的窗户不停战栗。狂风席卷豆大的雨点过境，不留情地砸在地上，天空仿佛摇摇欲坠。

宋野枝似丢了魂，茫然四顾。

气氛死寂，在那一分钟里，没有任何人再说话。

刺眼的红色手术灯安稳地亮着，玻璃窗不安稳地摇晃着。宋野枝低着头，发不出一点儿声音。周围的人站得不紧密，从缝隙中，宋野枝看向地上跪着的那个人，那人的目光同他失神的眼睛对上。

那个男人一脸苦相，双腿颤巍巍地转了个方向，正对着宋野枝，趴跪在地上哭诉：“对不起，对不起，不是他的错啊，他糊里糊涂地得了这个病之后，去……不管是去村里，还是去镇上的医务所看病，没一个地方会收他的，一个都没有。今天他从那么高的架子上摔下来，所有人都眼睁睁地看着他流血不肯帮忙，我没办法了，我怕……我不敢说啊……对不起，不是他的错啊……”

护士在旁边带着哭腔质问：“我们强调过不能隐瞒病史，问了你不下三次！”

得病，不是他的错。

医生不愿收，不是医生的错。

——你毫无尊严跪地在这里哭喊，不是你的错。

宋野枝一步一步地向他走近，蹲下，双手抓住他的衣领，把软泥似的人提起来，按在墙上。

“那是谁的错？”几个字是从嗓子里撕裂出来的，他轻轻地问。

他的拳头再进一寸，死死抵住面前的人的喉咙。

宋野枝被浓重的无力感缚住，动弹不得，手上的劲却越使越重，平整的指甲嵌进自己的肉里，血珠争先恐后地冒出。

他的眼神从未这么狠，又脆弱，语调无助地重复：“那是谁的错？”

“宋野枝。”

有人在叫他。

宋野枝盯着地面的眼珠动了动，聚焦之后抬头。易青巍的口罩还挂在脸颊的一侧，他低着头看宋野枝。宋野枝呆呆地将视线移到易青巍的手上，易青巍的手指像被他的目光烫到，不自觉一缩。

他蹲下来，平视宋野枝，无奈地说道：“总是喜欢发呆。”

“你的手术做完了？”

“做完了。”

——一出来就看见你跟条小狗似的，缩在角落蹲着等我。

——眼睛好红，又像只兔子。

宋野枝突然扑向他，紧紧地抱住他。易青巍不禁发笑，两条手臂回拥住他，嘴上却说："刚做完手术，很脏。"

宋野枝没说话。

手术室外的人都走完了。当时的那个男人看医生出来，哆嗦着双腿从椅子上站起来，又要跪，被段成钳住胳膊扶走了。

"睡着了？"易青巍微摆身体晃着他，要分开点儿距离去看他的脸。

宋野枝却急急地压住他，说："不脏，再脏也要抱。"

"不嫌？"

"不嫌，我不嫌。"宋野枝顿了顿才继续说，"抱完还要给你吹手上的伤口，疼不疼？"

"嗯……"易青巍说，"倒是可以再抱一会儿，但是手上没有伤口给你吹。"

宋野枝差点儿惊叫出声，猛地挣开易青巍，立即去拉他的手。

他将易青巍的左手和右手都捧在手心里，摸遍了每一丝纹路。

宋野枝抬头，眼里泛有泪光："真的没有？"

易青巍喉头一动："没骗你。"

泪存在眼眶里，也是为他流了。

易青巍笑着摇头："反而你……"他挑起宋野枝的食指，上面有干涸的血痂，"这是怎么回事？"

有惊无险，转悲为喜，宋野枝比易青巍还像重获新生。

"差点儿把人给揍了。"他甩甩手，不甚在意地说。

"长能耐了啊，你揍的是自己吧？我看别人没什么事，你倒是伤痕累累。"

宋野枝摊开手："没有累累啊，就两道。"

一只手一道伤口，平均分配。

"也没长能耐啊。"宋野枝垂着头说，"我第一次和人打架。"

但他觉得也值得。

易青巍牵他去清洗伤口，听了这话，转头看着他，而后故作皮笑肉不笑的表情：“我的天，我太感动了。”

宋野枝则在他后面求助：“我好像……我刚才求遍了各路神仙，现在需要去哪里还愿？”

易青巍突然不走了。

他转过身，弓着腰去拥宋野枝，重新抱住人。这一种拥抱，像一次全心全意的安慰。

后来易青巍好端端地坐在办公室里开始吃饭，宋野枝的腿肚子还在发软，时不时微微抽筋。

他不安地问：“如果……手术中手套被划破了，肉也被划破了，该怎么处理？有办法吗？”

没有办法。

易青巍夹了一块鸡肉赞道好香，说：“别瞎想，有了这次，就不会有下次了。”

宋野枝不吃他这套，打破砂锅问到底：“所以到底该怎么办？”

易青巍凑近说：“今天的事，回去之后谁都不能说，只能你一个人知道。爷爷不能说，陶叔不能说，赵欢与不能说，易槿姑姑和易爷爷也不能说，知道了吗？”

“我知道。”

“你保证。”

“我保证。”

易青巍点头：“我信你。”

宋野枝：“你还没说，该怎么办？”

易青巍：“……”

宋野枝回去的时候，路过一排病房，不经意扫一眼，看见其中一间，那个在手术室外一直跪到手术结束的男人正在弯腰为病床上的人调整枕头。

宋野枝停住脚，垂眸看食指上的创可贴。

易青巍没说准，那个男人不是什么事都没有。段成和其他医生硬生生地把宋野枝拽开后，那个男人软软地倒在地上，咳得天昏地暗，再起来时，脖子红得骇人。

宋野枝眨了几下眼，握一下拳，下定了决心。等他再抬头，想推门进去时，整个人都愣了。

病床上的人神志还不是很清醒，头上也缠了纱布，脸上摔得青一块紫一块。但照顾他的那个男人毫不在意，坐在床边取下安全帽擦汗，目不转睛地看了一会儿躺在病床上的人，又去看输液瓶。

暑假过半，沈乐皆对赵欢与的管制越来越松懈，她这天终于能溜出来一趟，到胡同蹭饭。

饭后，两个人瘫在沙发上望天花板。

赵欢与在一旁，用光着的脚点了点宋野枝的小腿，问："小野，你今天不给小叔送饭啦？"

"这几天都没送，也没去画室，也没练琴，也没学习……"宋野枝慢吞吞地说，"夏乏。"

宋英军路过，听了一耳朵，笑着打趣孙子："哎哟，不是风雨无阻吗？"

宋野枝顺着竿子爬："这几天没风没雨的，没动力。"

赵欢与一骨碌坐直，兴冲冲地说："今天去呗，我和你一起去。"

说做就做，她手脚麻利，开饭盒、装饭菜，不忘沾沾自喜、扬扬得意地说道："可得美死小叔了。"

宋野枝旁观，不自觉就想到在病房外看到的某一幕场景。

他挠头："我在家等你？"

"一起嘛，我不认识路。反正待在家里也无聊。"赵欢与问，"你在家有事干？"

宋野枝只好摇头。

下了车，两个人并肩走进医院。到了楼梯口，宋野枝"哎"了一声："等等，走这边的楼梯上去。"

赵欢与被他拉去右边，眼神还留在左边："那边不能走啊？"

宋野枝："这边……近一点儿。"

两个人上了二楼正对着开水房，那个男人提着保温瓶掀开蓝色布帘迎面走了出来。

这么多天了，他身上还是那一套衣服。

两个人打了照面，都僵住了。宋野枝反应过来，率先别开头。那个男人见状，表情尴尬地加速走开。

什么运气？他刻意避开了病房，结果在开水房遇到！

赵欢与懵懵懂懂地在旁边问："你和那个人认识啊？他刚才好像还想和你说话。"

宋野枝原地站着等那个男人走远，想了想说："也不算认识，倒是说过两句……"

话音未落地，开水房内传来两声尖锐的笑声。

是有人在说话。

"小野。"赵欢与抓紧宋野枝的手说，"我们走。"

"小叔的办公室就是往前直走，右边最后一间，我去上厕所，然后……在楼下等你。"

赵欢与送完饭跑下楼，看到在门口安安静静地站着的宋野枝。

“小野，”她说，“好啦，回家吧。”

宋野枝落后她一两步，问：“小叔在办公室里吗？”

“在的。”

“他有没有说什么？”

“我说我是一个人来的，忙着回去吃西瓜。”

两个人站在树下，阳光被层层叠叠的树叶剪碎，变成金黄色的星星落在他们的头顶和眼睫上。

段成举着保温瓶站在窗边，身旁的人一言不发，他试探着开口：“就是这么个情况，等我出来时，已经看不见人了。”

易青巍咬紧了后槽牙又放松。

“他不来，我还以为是前几天艾滋病患者那件事吓着他了。”易青巍哑着嗓子说。

段成摇头：“他……他当时唯独怕的，是你有事。”

“他听完那些话，才走的？”

“你也知道那两个人的情况，在医院里都传开了。当时她们在背后说，说完了，我才发现小宋在外边。等我接满水回来，才知道你连他的面都没见着。”段成手举酸了，找了张桌子放下保温瓶后，问，“你要不要下去看看，或者回家以后问问，他们是不是被吓着了？”

人已经走了，易青巍还盯着他们站过的那个位置没动，脸色冷峻，目光沉沉。

第十章
小叔，我错了

王行赫要结婚了，新娘是杨徐静。这就是他不肯在电话里讲，非要当面说的事情。这的确值得当面说，他们这年还不满二十三岁，竟开始筹划婚姻。

“什么时候？”

王行赫的脸上实在看不到准新郎的兴奋劲儿，估计他已经自我消化得差不多了。

“婚期还在商定，国庆？”

咖啡店的天花板装潢是金灿灿的富贵色，易青巍头靠软绵绵的椅背，看了半天，找出一处蛛网。

“怎么突然就要结婚？”易青巍不解。

“倒不是我们想结，主要是她家和我家的人想让我们结。”王行赫扬起嘴角来，不愿放下去，当在讲别人的笑话，“恋爱也是她家和我家的人想让我们谈。”

“她喜欢你吗？”易青巍自问自答，“喜欢的吧，我见过几次，对你很体贴。”

“多吃几顿饭，多约会几次，就会喜欢上，她是这样跟我说的。”

“你呢？”

两个人看着不同处思考着同一件事，一场话谈得懒懒散散的。

“我？”王行赫开始揣摩自己，没几秒有了答案，“喜欢，但没到想要结婚的程度，结婚太重了。”

易青巍抬起眼皮瞄了他一眼：“喜欢就结呗，管什么是不是你家要求、她家要求的？结了不合适，不也还能离嘛，活人还能被一张证给憋死？”

王行赫纠正：“两张。”然后他自觉地把长腿收回来，打着哈哈，气氛活跃了起来，“到时候带上你侄子、侄女来。”

易青巍横了他一眼：“干吗？”

“什么干吗？赵欢与得来吧？赵欢与都来了，小野不得来啊？”王行赫的大脑转来转去，“于施莹也来。”

最后一个名字，是王行赫故意挑衅的。易青巍毫不在意，挑眉道：“行，来，愿意来就来。”

下一秒，易青巍看向窗外，愣了愣，随后笑起来，从嗓子眼哼出轻快的笑声，肩膀随之耸动。他的脸上常常挂着笑，纵然历来只是一种表情而非真实心情，但此刻的笑容，未免也太敷衍了。

王行赫顺着他的视线看过去，说曹操曹操到——街对面那不是易青巍的小侄子和他那同学嘛！

“你别躲我了。”周也善在后面追他。

宋野枝听见他的话，脚步慢下来，再往前走两步，干脆停住，回过头，干巴巴地站着，不知道如何回话。

周也善将声音低下来，又说了一遍：“你别躲我了。”

宋野枝也低声说：“对不起，我不是有意的，只是……不知道怎么面对你。”

“别呀。”周也善说，“我之前不是故意要跟你闹别扭的，你也不要再生我气了。”

宋野枝想了想，问：“可以吗？”

宋野枝的眼睛清澈干净，瞳孔呈纯正的黑色。每每同他对视，周也善就会由胸腔深处开始警钟长鸣，暗自战栗。现下亦然，宋野枝纯稚无邪地向他发问，像是寂静森林中第一次遭遇人类的动物。

周也善慌里慌张地移开目光，佯装仰头叹气，轻松地笑道：“可以啊，我花了两个晚上说服自己跟你道歉呢。”

宋野枝想不明白，但很羡慕周也善的收放自如。

周也善接着问：“我们还可以一起做作业、看电影吧？和以前一样。”

得到宋野枝的点头确认，周也善笑起来。看到周也善笑，宋野枝也笑起来。

隔着一条马路的距离，依旧看得清他脸颊两边微小的括弧，易青巍一动不动地观摩完这场街边冰释前嫌的戏码。

“他们在聊什么呢？”王行赫也凑热闹，哈哈地笑，“还真是小年轻，脸色就是六月的天气，两秒阴转晴啊。”

他还指望易青巍附和两句，转头一看，迅速停下笑声。

——旁边这位是晴转阴。

王行赫在桌子底下踢了他一脚：“怎么了你？”

易青巍摇头，说：“去问问他们来这边是为什么事，帮忙给办了。”

王行赫一边起身一边问：“嘿，他是你侄子还是我侄子？”

易青巍笑了笑，给他一拳：“我拜托您老人家，行吧？”

王行赫反而不走了：“你今天怎么回事啊？这不像你啊，易叔叔。”

要是放在往常他早就上赶着拦人去了，现在端端正正地缩在一边看这么久，最后还支使别人去。

“我也蒙呢，半个月没见着人了，他故意避着我。”易青巍说，“不知道哪儿惹他了，等他愿意来找我了再说吧。”

王行赫听完，奇了，什么时候轮到易青巍来迁就别人？他蓄足了底气想要继续问，这人果然没了耐心，差点儿又送他一拳：“你能不能利索点儿？”

易青巍的原意是让王行赫穿过马路，到对面问问两个小朋友，问完带着他们去做事，做完回来汇报情况，然后自己回医院，王行赫回店里。

谁知道下一分钟他就听到王行赫在咖啡馆门外扯着嗓子喊：“小野！你们怎么在这儿啊？”

再下一分钟，他把人领到座位上来了。

易青巍看着三个人来到自己面前排排站，缓缓放下二郎腿，敛着眉想先给王行赫两脚。

他扫过一眼，点了点自己旁边的椅子，朝宋野枝说：“愣着干什么？坐啊。”

宋野枝听话地坐到他身边来。

易青巍堵在心窝里的闷气就此消了一半。

周也善在对面坐下，一一叫人。易青巍应了，而后接着问：“你们来这边干什么？”

王行赫抢答：“说是来买书……买什么书啊？这边没有几家书店，你们跑这么远来。”

易青巍转头看向宋野枝。

宋野枝接收到目光，挠了挠头，回：“一本数学资料，有些……难买。”

易青巍多看了他几秒：“叫什么？我帮你们问问。”

周也善连忙摆手：“不用，不用，我们问到了，就是特地来买的。”

易青巍低头看表：“现在去？”

宋野枝跟着瞄了一眼，刚过一点钟，离易青巍上班还有段时间。他看着桌上孤零零的两杯咖啡，就这么问出来了：“小叔，你吃饭了没？”

王行赫一听，看热闹不嫌事大：“他才在我跟前挑食堂的毛病，不是盐多就是糖少，说胃口被送的饭养刁了。”

王行赫临场胡诌的本领见长，易青巍捏了捏掌，倒没半分要拆台的意思，静坐着听宋野枝怎么答。

“啊……”宋野枝的手不自觉地又搭上后颈，“最近老在画室里磨画……”

易青巍圈起他的手腕拿下来：“别挠了，要买书就快去买，买完早点儿回家。”

椅子没坐热乎，两个人就被赶着一前一后地站起来要走了，易青巍嘱咐：“注意安全。”然后他状似自然地又添了一句，“宋野枝，到家了给我打一通电话。”

宋野枝讷讷地应“好”。

等人走了，王行赫说：“我看着挺乖啊，不像闹脾气的样子啊。”

一刻钟不到，王行赫就在易青巍这儿存了两笔账。

“我的胃口被养刁了？”

王行赫“腾”地站起来，拿上包，撂下一句“店里现在没人看呢”，就笑着跑了。

一通电话，让易青巍一顿好等。铃声响起来时，他已经下班回到家里，洗完澡从卫生间出来。他瞥了一眼号码，慢悠悠地擦干了身子，按下接听键。

“喂，小叔。”

“嗯。”他说，“不是让你到家了就给我打电话吗？”

宋野枝没用座机，趴在卧室的床上，手机紧贴耳朵：“到家的时候忘了，后来怕你太忙，算着等你到家。”

他这也算是到家了再打嘛。

“资料买到了？”

“买到了。”

其实不是复习资料，是周也善好奇宋野枝在哪里买的那本社会学的书，缠着宋野枝带他去见识那家书店。

“赵欢与有没有去找你玩？”

“前天才来过。”

“画室的氛围轻松吗？同龄人多不多？”

“轻松，大家都好有才。”宋野枝的声音亮起来，“画室里的人，几岁到几十岁的都有。有一个三十多岁的叔叔，天天窝在画室里，听说考了好多次央美，分数够不上，每次都差那么一点儿，就是不服输。”

“和自己死磕。”

“嗯，希望他明年能金榜题名。”

“明年也有你。放假这些天好好学习了吗？”

“学了呀，赵欢与来了就闹着给我补数学。”

易青巍低笑，又问：“琴呢？练了吗？”

“也练了呀，爷爷天天念叨着让我练。”

易青巍在急诊楼奔波了一天，躺到床上，疲惫和懒意才有空从骨头缝里钻出来，催得他的声音低哑，忍着睡意同宋野枝聊家常。

“你窦哥要结婚了。”

“啊？”宋野枝吓了一跳，“他怎么突然就要……结婚了？”

“和上次一起去海边的那个杨徐静姐姐。”易青巍闭着眼睛算了一下，莫名又觉得二十三岁结婚并不算早，“十月份带你们去他们的婚宴，到时候才刚开学，你们痛痛快快地玩一次就要开始备考了。”

宋野枝“哦”了一声，不接他的话茬儿，反而问：“小叔，你想过结婚的事吗？”

易青巍昏沉的脑子硬是给笑清醒了，他答：“宋野枝，我爹都没催我。”

“窦哥最不像能结婚的人都要结婚了，我就好奇，你——”

“你窦哥是谈了一年恋爱结的婚，那我，就后年吧。”

听筒那边没声音了。要聊的聊完了，易青巍剩一句“你这些天怎么不肯来医院”哽在喉咙处，问不出口。

“困了？”他来回掂量，最后只问了这样一句。

宋野枝说：“有一点儿。”

“那洗漱一下，去睡吧。”

“好，那小叔……”宋野枝拖长声音，而后低声问，“你明天中午想吃什么啊？”

静了一会儿，易青巍回：“问问陶叔肯不肯做糖醋排骨。”

宋野枝麻利地替陶国生答了：“肯啊！”

夜晚的天是清亮水润的，云是湿的，像一团在蓝色浅海里漂浮的纸巾。纸巾轻轻地荡，缓缓地舒展，露出在浅海里一同流浪的玉盘。

已过午夜十二点，宋野枝悄悄地溜到院子里，双手交叉垫在脑后躺在躺椅上。

那夜，易青巍抱着他从伸手不见五指的树林里一步一步地走出来，刚爬上最后一个斜坡，就有飘摇的火光在不远处晃。他被温热牢固的怀抱保护着，抬眼一望，漫天星光，满月当空，和跳跃的灯火交相辉映，一时间分不清哪里更亮。

那一晚，他爱上了月亮。

月亮再一次被云层遮掩后，宋野枝也要起身去睡了。他蹑手蹑脚，路过鸟笼时，悄声跟“翠凤凰”打招呼：“这么晚了你还不睡啊？啊？是我吵到你了？”

“翠凤凰”睁着圆溜溜的眼睛看着他。

宋野枝伸出食指去捋它头上的毛，接着说：“那我去睡了，你也早点儿休息。”

他慢慢地“潜伏”到房间门口，正小心翼翼地扣下门把手开门，突然，客厅的座机刺耳地响起来。他最经不住一惊一乍的声响，浑身一抖，抚着胸口暗呼“我的天”。

两个老年人睡眠浅，听见动静，两间房都开了灯。宋野枝也连忙打开客厅的灯，喊道：“你们别起来，我来接了。”

深夜还有电话，这让宋野枝感到不安，他过去接起：“喂？”

“小野？”是沈乐皆。

“是我，乐皆哥。”

“赵欢与今天有没有去找过你？”

“欢与？没有啊。”

沈乐皆语气严厉地说：“你说实话。”

“真的没有！”宋野枝急忙问，“她怎么了？”

沈乐皆缓缓地提了一口气，语气满是倦怠：“没事……抱歉，扰到你们睡觉了，去睡吧。”

虽说有人接了电话，陶国生和宋英军还是各自披着外衣从房里出来，眯着睡眼问：“怎么回事？”

宋野枝叫住沈乐皆：“乐皆哥，这样回去我怎么睡得着啊？您说吧，赵欢与怎么了？”

“她……下午跟我怄气，出了门，到现在还没回来。”

赵欢与是一生气就摔门出走的德行，沈乐皆见怪不怪。他对她也有气，青春期的孩子就是个爆竹，一点就炸，还不让人知道燃点在哪儿，这在他看来自然而然就成了无理取闹。

他想着她无非是去易青巍家或者宋野枝家，到了晚上总归放心不下，于是问了易青巍，对方说没见着人，待要去问宋野枝，易青巍说才刚通过电话，没听说在宋野枝家。

他出门找了一圈儿，才晓得赵欢与这次是玩真的。

离家出走可不是小事，宋英军接过电话来，问清楚了情况，说得找，三更半夜的，小姑娘家一个人在外面太危险。

陶国生和宋野枝在一旁听着，都跑房里去备外出的衣服了。

宋英军：“你先报警，我们一起找。”

沈乐皆：“别麻烦您了……”

宋英军：“什么麻烦不麻烦？！小孩儿不见了哪个大人睡得着？人老了，出不了什么力，但跟着你们一起找我至少得个心安。”

谁知道电话那头易青巍也在，说：“宋叔，那你们慢慢走出胡同口来，我开车去接你们。”

宋英军挂了电话，看宋野枝慌里慌张地穿上鞋就要往外跑，拦道：“跑哪儿去啊？等会儿再不见一个。你小叔马上开车来接。”他摸了摸宋野枝的衣裳，又说，“夜里凉，去换件厚点儿的衣服。”

宋野枝听话地去了，两秒钟就从衣柜里扯了件长袖帽衫套上，出来干站着等。

“爷爷、陶叔，要不你们还是在家等吧，大半夜的哪经得住折腾？”

陶国生和宋英军都穿戴好了，宋英军问：“你还安排上我们了？”

他们锁好门往外走，看见宋野枝六神无主的模样，宋英军揉住后颈开始开导孙子：“别慌，那丫头机灵，找不到也是她故意不让人找到的，出不了什么事。”

可宋野枝听不进去：“您才说三更半夜小姑娘家一个人在外边危险……”

宋英军说：“我是让你别太担心。”

易青巍很快就来了，闪着车灯靠边停住车。三个人上了车，宋野枝被赶去前座。

易青巍看了他一眼。小孩儿皱着眉蔫头耷脑的，样子比上次生病时还可怜。易青巍跟宋叔和陶叔说话，腾不出嘴来安慰他，伸手轻轻地捏了捏他的耳垂。

宋野枝叫了声“小叔”，易青巍又看他一眼，低声柔柔地说：“没事的。”

车开一段停一段，然后人下车沿路在大街小巷中找。

宋野枝专往漆黑的角落里钻，一边寻一边想：她能去哪儿啊？

前天她才有说有笑地跟人说改天见，怎么这天就不辞而别了呢？她连他也不联系。

到了后半夜，三辆车在一个点会合，大家都是一脸倦容，毫无收获。

清晨六点，天色已明，符恪招呼着一行人去粥店吃点儿东西垫肚子。等所有人都坐下来，宋野枝才听说了赵欢与出走的情形。

她没和家里任何一个人有过语言冲突，当时沈乐皆跟沈锦云和符恪提了一嘴王行赫要结婚的事，她还一脸兴致勃勃地在旁边插话。后来话题被引到沈乐皆成家的事上，大家聊着聊着她就莫名地静下来了，没多坐一会儿就默默地要出门。

沈乐皆看见了，问：“你要去哪儿？”

赵欢与冷着脸，不耐烦地反问道：“关你什么事？”

然后关上门走了。

宋野枝在一旁听完，后背冒出层层冷汗。

他僵在原地，手中的汤匙久久地顿在半空。一旁的易青巍立刻察觉他的不对劲，低声问：“怎么了？胃难受？”

宋野枝回过神来，看看易青巍，又看看沈乐皆，心里像堵了几吨棉花。他摇头，有气无力地说：“没事。”

他坐立难安，赵欢与表现出的所有喜怒哀乐，一帧一帧地在他的脑海里闪过。

最后画面定格，她趴在自己的胸口哭哭啼啼地问：“怎么那么难啊？”

——赵欢与，医院门口那场泪，有几滴是为你自己而流的呢?

宋野枝觉得此时此刻咽下的粥，像沙石，堵在胸口，硌得他想哭。

整整四天四夜过去，丝毫没有赵欢与的消息。沈家几乎在全城贴遍了寻人启事，地方台滚动播放寻人信息，却毫无起色。

赵欢与此次出逃很成功，石沉大海，不见回响。

从赵欢与离开的第二晚开始，沈家开始请人挨个儿询问本市的所有旅店和宾馆。温润如沈锦云也动了气："等找回来了看我怎么收拾她！"

下午两点，宋野枝趁饭后午睡片刻，梦境诡异，怎么也醒不来，最后靠一阵手机铃声被拉了出来。

他睡眼惺忪地去看手机，下一秒差点儿从床上蹦起来。

宋野枝举着手机冲到屋外去，宋英军和陶国生坐在院子里休息，问他怎么了。

他猛地停住，抹了把脸，彻底清醒了，又神游似的回房去。

"小野，我今天看到新闻了。我很好，叫他们撤了吧，开学了我会回去。"

宋野枝走到卫生间里关上门，思来想去觉得不保险，又跑到院里去："爷爷，我到胡同口去买根冰棍儿。"

发来短信的是个陌生号码，宋野枝跑到巷尾的墙边靠着，拨通了电话。

"喂？"电话那头是个中年女人的声音。

宋野枝说："您好，我找刚才用您的手机发信息的女孩儿，请问她还在吗？"

"在的，在的，我给她，你等着啊。"

"好，谢谢您。"

宋野枝换了只手拿手机，把手心的汗全蹭在 T 恤衫上。

“噼里啪啦”一段杂音过后，赵欢与接起了电话。

“喂。”

“喂，欢与。”

两个人都没了下文，半天无言。

宋野枝先开口，嗓子涩得很：“你背了我的手机号码啊？”

“你们的我都能背。”

“你这些天……你现在在哪儿？走的时候带够钱了吗？”

赵欢与左手拿手机，右手抹眼泪，声音听不出端倪：“小野，你们别找我，到时间了我自己会回去的。”

“我没跟他们说你联系我的事。”宋野枝抠着身后的墙壁，“出去这么久，你到底还有没有钱，够不够用？”

赵欢与顾不得眼睛了，转而捂紧嘴，不敢开口说话，生怕泄出声就再也忍不住。

宋野枝接着说：“你告诉我你在哪儿，我不跟他们说。我去找你，看看你。”

挂了电话，宋野枝马不停蹄地跑到胡同口小店去买冰棍儿，回家的时候满头大汗。陶国生见了让他赶紧用毛巾擦干汗，还问：“天气有这么热吗？”

宋野枝往嘴里几口塞完冰棍儿，便锁上卧室门，把床底下的箱子拉出来，从里面拿出一个铁盒子。他径直取了卡放进兜里，想着万一那地方没有银行，又折回去数了一沓现金。

“爷爷，我出去找赵欢与了。”

宋英军说：“你小叔他们已经请了人在找，你去顶什么用？再说，这么热的天，你到处跑，中暑了怎么办？”

“我待不住。”宋野枝看了一眼表，“我晚饭的时候回来。”跑到门口他又补充，“你们晚点儿做饭！七八点天黑尽了就差不多了！”

宋英军懒得搭理他了，连晚饭时间也要被安排。

宋野枝急匆匆地到路边拦了辆出租车：“师傅！去郊区，谢谢。”

“就是这儿吧？”

车在一个路口停了，往前一小段路是一家小饭馆，路烂，车多，店的招牌被风沙磨得黄旧。招牌下面，赵欢与抬了一条塑料凳垂头坐着，无精打采的。

宋野枝付完钱下车，赵欢与已经朝这边看了一会儿。

他走到她面前，两个人真正相顾无言。

端详了一会儿，他说：“才几天啊，黑了这么多。”

哭过的眼睛藏不住，过了两个小时还是很明显。

赵欢与说：“天天在太阳底下跑。”

她从家里出来的时候，身上就带了两顿饭钱，不能去小叔家，也不能去小野家。

她的状态太糟糕了，到了不能见人的地步。

她将心一横，上了大巴车来到郊区，不认识路，也没钱，千辛万苦找到一家小饭馆，以劳动换食宿。做不来服务员的活儿，她就洗碗，偶尔给跑腿送饭。

“舅舅还说等找到你了要好好收拾你。”宋野枝盯着她手上的创可贴，问，“是不是把人家的碗摔了？”

赵欢与翘了翘食指：“碎了三个。”

跟店主家告别后，宋野枝带她打车去宾馆开了房间。

赵欢与全程低着头撕黄色创可贴的边角，宋野枝问什么她答什么，多是在打探赵欢与这几天有没有受委屈。

到了房里，赵欢与狠了心，说：“你怎么不问我为什么跑出来？”

宋野枝在开房的时候问前台的工作人员要了创可贴，卡通的，可爱的。他牵起赵欢与的手指，边角被她扯得起了毛边，他一边撕开新的创可贴，一边说："你自己试着拆，我不知道伤口在哪儿。"

"小野，你为什么不问我？问我为了什么跑出来，为什么宁愿吃油盐那么重的饭菜，睡蚊虫那么多的席子，为什么宁愿后颈被太阳晒得脱皮，也不愿意回家？"

她的眼泪一串串地砸了下来。

珍珠项链断了线的景况是十分惨烈的。

赵欢与坐在床上，宋野枝蹲在她面前。他仰着头，伸直了手去帮她拭泪："没关系，没关系的，因为什么都没关系。"

赵欢与从床边滑下来，蹲在地上缩起来抱住宋野枝。两个人一同蹲着，依偎成一团。

她崩溃地大哭："有关系的……有关系的，你肯定想不到，他们肯定想不到，每个人都不知道……"

离医院门口的那次相拥而泣才不久，宋野枝不知道赵欢与的心路历程因何而变，那日她娇声娇气委屈地控诉，今日绝望地自我怀疑。

他紧紧拥住她，企图通过有形的力量支撑她。

"欢与，人哪分三六九等高低贵贱呢？"他原话奉回。

赵欢与的肺腑仿佛瞬时被掏空了，意识到面前的人是宋野枝，又像是被填满了。

"你知道……你知道？"赵欢与无意识地微微颤抖，"他们也知道了？"

宋野枝按住她的肩膀："他们不知道，只有我，我是胡乱猜的，猜错是最好，猜对……也没什么大不了的。"

赵欢与顾不上哭了，满脸惊诧之色："小野，你是怎么知道的？"

宋野枝耸耸肩："和你心有灵犀。"

赵欢与愣怔地看着他。她不用再一个人捂着秘密腐烂，来了一个值得信任的人，和她一起分担苦难了。

她还在抽泣，说："哭得我的头好痛。"

宋野枝用开水烫了毛巾拧干，搭在她的额头上，担心地问："这样会不会好一点儿？"

赵欢与敷着毛巾仰躺在床上，像被一条白毛巾镇住了，剩一对眼珠随宋野枝在房间里走来走去，忙上忙下。仔细看了许久，她突然说："都太可怜了。"

宋野枝倒了两杯热水，问："我们吗？"

"我们。"

"也有一些幸运。"宋野枝思虑良久，这样说。

赵欢与又变得呆呆的。

头顶上的风扇转了一圈儿又一圈儿后，她说："是。"

她闭上眼睛，深深地吸气。

宋野枝下车时风尘仆仆，在巷口整理好了表情和仪容才往家门口走。院里的灯是灭的，他推门进去，正房的几盏灯也没开。他叫了几声，没人应，打开灯，看到墙上挂的钟，已经十一点多了。

"糟了，糟了。"

宋野枝赶紧去卧室在枕头底下找手机，已经没电了。他顺手抠出电池来，想了一下，跳到客厅去拨座机。

爷爷的手机关机了。

他再拨小叔的，响了一声，立刻被接起，易青巍气喘吁吁地说道："喂？宋野枝？"

"小叔。"

在听到宋野枝的答复后，喘气声停了，易青巍狠狠地吁了几口气，把电话挂了。

“宋叔，我们回去吧，他在家了。”

宋野枝之前走得急，忘了带手机，去的地方又偏僻，进去容易出来难。他好不容易拦到一辆出租车，还在半路抛了锚，等了好久才搭上好心人的顺风车。他以为最晚不过是九点回来，谁知道折腾半天已经近夜里十二点。

他知道自己犯了错，早早地去大院门口候着。

车直接停到家门口，宋英军气孙子平时看着有分寸，实则半点儿不靠谱，一下车就呵斥：“看看现在几点了？！你干什么去了？！”

三堂会审，宋野枝抬眼瞄三位的脸色，爷爷怒容，陶叔愁容，小叔……冷若冰霜。

“找赵欢与去了。”

宋英军被气得差点儿岔气：“你还给我满嘴跑火车！找得那么忘我啊？！你看不到天黑吗？不知道肚子饿吗？给我说实话！”

宋野枝撇嘴：“真的是去找她了。”

易青巍在旁边冷眼看他的手规规矩矩地背在身后，没说谎。

他问了一句：“宋野枝，你知道赵欢与在哪儿？”

“知道。”宋野枝毫不迟疑地答。

“你知道？”宋英军说，“你去找她了？”

宋野枝点头：“我走之前，说了的呀。”

跟他玩文字游戏，还理直气壮，宋英军打了他的后背一巴掌：“给我进来说！”

宋野枝一边跟在宋英军的屁股后面一边说：“我知道她在哪儿，但是不会告诉你们，她一个人待着舒坦，就待到她自己想回来的那天。”

宋英军没踏进正房的门槛，半路在院里找他的木棍儿。

宋野枝从小到大倒是被拿着木棍儿吓过两三次，但实实在在打身上的情况是没有过的。他有预感这天确实得挨上几下，得个教训。

他低头认错："对不起，爷爷，今天……让您担心了。"

宋英军问："赵欢与那丫头在哪儿？"

宋野枝不语。

"你现在不说，到时候你沈伯伯来问，你乐皆哥来问，警察来问，你要我怎么说？"

"我是我，您是您，您什么都不用说。"

陶国生："小野！"

易青巍上前拽了他一把，拉到身后护着，把宋英军举着的棍子硬生生地劝了下去。

"宋叔，知道两个孩子都没事就好。也担惊受怕这些天了，今天晚上就算了，您先去睡觉，我来和他说。"

宋英军瞪着宋野枝说："真是把他惯得……什么都不懂了！"

易青巍把宋英军劝回房间后，从宋野枝面前走过，眼风没扫他一下，倒是衣角，怒气冲冲地撞到他的手指上了。

"你跟我出来。"

小叔跟上次在海岛的时候是一个样子。但上次自己好歹是做好人好事、见义勇为，还有个赵欢与在一旁和稀泥，这天是孤军奋战，宋野枝有点儿发怵。

易青巍把他叫到院里的墙角处，将他上下打量了一遍，问："为什么这么晚才回来？"

他总不能说车塞在半路上了。

宋野枝挑着说："没带手机，不知道时间。"

"吃过饭了？"

宋野枝点头："吃了。"他接着说，"小叔，我错了。"

错他倒是认得挺快。

“错哪儿了。”

“让你们大晚上还为我担心奔波，错了。”

“这个错你已经跟爷爷认过了。”

——我想再跟你认一遍。

宋野枝没说话。

“不打算说赵欢与的事，是不是？”

宋野枝硬着头皮说：“不打算。”

“你是什么时候知道的？”

“今天。”

“今天要是没回来晚了，你打算继续瞒下去，是不是？”

他确实是这样想的。

宋野枝点头。

“觉得自己很有义气，是不是？觉得自己很英雄，是不是？”易青巍此时有多怒，彼时就有多怕。

“赵欢与的账我先不跟你算，我只想问你，你在做英雄的同时，能不能先向家里人保证你的安全？像上次在海岛一样，你不管不顾地去救小孩儿，如果快艇慢一点儿，如果快艇不来，你宋野枝就被淹死在那海里了！”

易青巍的声音低，语气却极重：“宋野枝，今天，如果你再晚四十分钟给我打电话，我就要报警了。赵欢与还好，是离家出走，你这叫什么？叫无故失踪。我在想我家小孩儿是被抢、被偷、被蒙、被骗，还是又傻愣愣地路见不平拔刀相助反而把自己搭进去了？！知道自己忘了带手机，知道自己没地方看时间，你能不能知道要给家里打个电话报备行程，嗯？”

“你倒是吃饭了，爷爷和陶叔一晚上没吃，在车上咽了个鸡蛋就摆摆手说吃不下了。幸好你今天是回来了，你是全须全尾地站到我面前来了，如果你真出了事，你要爷爷怎么办？你要我怎么办？”易青巍问，“我怎么跟你爸爸妈妈交代？！”

宋野枝全程认认真真在听，认认真真在默默地内疚悔过。他想，以后该成熟稳重一些，学一下周全处事，不再让亲人操不必要的心。

小叔说的他都认了。

但他万万没想到，最后会听到这样一句话。

他最怕的事实被承认了，最希望是多虑的猜想被应验了，有一种尘埃落定，不必费力挣扎的徒劳感。

——你不需要向他们交代。

——你有什么可交代的？

——你凭什么要向他们交代？

“交代？”宋野枝茫然地抬头，问了这两个字。

之后他的脑子里是短暂的白花花一片，他只朝易青巍说了一句：“对不起。”

这天晚上，宋野枝前脚到家，赵欢与后脚就回来了。她一个人在宾馆左右待不踏实，再一想，小野回去之后一定得被为难，所以紧跟着也回了。

符恪睡了，给在外的沈锦云和沈乐皆留着灯，却等来了赵欢与。

她性格强势，行事雷厉风行，唯有赵欢与这个从小养到大的丫头能抠出她的一点儿温柔性子来。

门没来得及合上，赵欢与站在玄关处，一副怯生生的样子，同时藏着一股别扭劲，叫她：“舅妈。”

听见声音，符恪连忙从沙发里探出身来，遥遥地看了几眼，走过去，两步路的时间就酿了一眶眼泪。

她说："跟谁生气就找谁算账去，拉上你舅妈跟着苦巴巴地受这几天罪是算哪门子本事？"

赵欢与嘴一撇，一头扎到她怀里去："以后不会了嘛。"

"你舅舅还把这事通知你妈了。"

"她怎么说？"

赵欢与紧紧地抱着舅妈没松手，符恪应该刚做完脸部护理，赵欢与闻到有清新的芦荟水的味道。她用自己的脸蹭了蹭符恪的脸，沾染好闻的气味。

符恪嘴下不留情："她能怎么说？说你肯定丢不了，还夸你翅膀硬了，说些什么离家出走是小孩儿长大的必经之路的鬼话。说真的，可能全世界也就沈锦里这一个妈把'翅膀硬了'四个字当褒义词。"符恪低头瞅她，"和你一样，不让人省心。"

赵欢与吐舌，"咯咯"地笑起来。

夜里十一点多，沈乐皆从外边回到家，身心俱疲。玄关处和客厅都有灯，他以为符恪还没睡，一边换鞋一边报告情况："妈，我回来了。还是没什么消息。"

钥匙被丢到木柜上的粉红色盒子里，引起一连串清脆的响声。

赵欢与的坏习惯很多，其中丢三落四这一项尤其让人头疼。她给自己买了个铁盒子放在玄关柜上，一回家就把钥匙丢到里面，还号召全家人和她一起养成这个习惯。沈锦云和沈乐皆有那么一两次忘记了，被她"视察"发现，在耳边叨叨两三天。

沈乐皆想着，多看了一眼，谁知道这一眼害他差点儿踩着拖鞋绊一跤——盒里安静地躺着一串挂有美猴王钥匙扣的钥匙。

"她回来了？"沈乐皆一边喊着一边往客厅走去。

客厅没人，他转头，看到赵欢与的卧室的门紧紧闭着，有黄色的光从底缝里透出来。

“大喊大叫干吗？”符恪拧开卧室门，穿着睡衣，“回来了，刚进房间呢。你爸呢？”

“半道儿被单位叫走了。”

“行，你也赶紧洗洗睡，有话明天再说。”

“嗯，妈，您睡吧。”

沈乐皆坐到沙发上，拨了沈锦云的电话。

“爸，赵欢与回来了。”

“回来了？什么时候？刚刚才回来的？自己好端端地回来的？”

“是自己回来的，是不是好端端的不知道，在自己的房间里，我刚回来，还没见着面。”

想的时候不觉有异，说出来他就发现这个哥哥当得好委屈。

“回来就好，回来就好。”沈锦云说，“你今天晚上别去烦她，让她好好休息，具体什么情况明天再问，知道吗？”

——就是你们给惯的。

沈乐皆模棱两可地应了一声就挂断了电话。

他起身去赵欢与的房间门口，看了看符恪的卧室门，低声说：“赵欢与，开门。”

赵欢与从他进家门起就贴在自己的卧室门边上听动静，此刻反而悄悄走开，离了有一段距离后，冲着门口说：“舅妈都说了有话明天说。”

沈乐皆没等她说完，拧了一下门把手，无果，便返回玄关处拿钥匙。

等真见着面的时候，赵欢与不咋呼了，沈乐皆的心也软了一大半。

“好好穿上鞋。”

沈乐皆坐到书桌前的椅子上，赵欢与就不自觉地背着手站在他面前。

“手上的创可贴是怎么回事？”

“不小心被碎瓷片割到了手。”

“割”字听得沈乐皆心惊肉跳。

他低头在抽屉里翻找碘酒和棉签，说：“过来。”

赵欢与没动。

“过来。别让我说第三遍。”

赵欢与走过去，直愣愣地戳在那儿，像根竹竿似的。

“手。”

他拨一下，她动一下。

沈乐皆捏了捏伤口周围，她忍着没叫疼。他把创可贴慢慢地撕下来，问：“不知道伤口不能碰水？”

不是碰水，是泡水，泡的还是洗碗水。

“你折腾这一通是为什么？谁惹你了你不能直说，要跑出去给自己找苦吃？”

赵欢与没听出他非要问出答案的决心，偏偏要吭声：“什么也不为。”

“什么也不为？”他反而生不起气来了，平静地回嘴，“当我是傻瓜，还是当自己是神经病？”

“我是神经病。”

碘酒淋到伤口处没觉出痛来，只冒出密密麻麻的痒意，赵欢与缩了缩手，沈乐皆以为她疼，轻轻按住她的手腕说：“别动。好了，马上就好了。”

她果真不动了。

她傻傻地盯着沈乐皆的侧脸，比他还专心致志。

她屈服地想：那就再多待一年。

接着她对自己生出恨铁不成钢的怒意：一年以后我远走高飞，飞进花花世界，就不信了，还能真没天理到非赖在家里不可。

在家装了一天乖，赵欢与又蹦跶起来，说要报名参加夏令营。谁知宋野枝在旁边听了也点头，说也想去。

总之这两个人都不太愿意待在家面对另外两个人。

这两个人，看离家出走和知情不报的账被搁在一边不和他们算，安生一会儿又开始闹腾。宋英军说，夏令营没有，郊区倒是可以再去一趟。

宋英军说完就开始打包把他们送过去。

他们就这样稀里糊涂地上了车，过上了自食其力的暑假乡村生活，还得兼顾赶作业。

宋英军办事效率极高，等易青巍忙完回来想找人的时候，已经人去楼空。

走了一对又来一对，易青巍和沈乐皆轮流轰炸，宋英军被缠得耳朵起茧。

他问："要不要也送你们去锻炼一下？"

易青巍和沈乐皆同时停了一瞬，接着说："您还真送走了？"

宋英军摊开报纸，头都未点一下，敷衍地说："怎么到如今还不信呢？昨天晚上连夜去的。"

"您……把人送去哪儿了？"

"几十年前还是个小村子，现在是什么样不知道了，可能是个镇了？"

"您……那地方什么样都不知道您就往那儿送啊？"易青巍说，"我打他们的电话都无法接通，您给我个地址，我过去看看呗。"

"手机被我没收了。"墙上挂钟的时针已经转到九，宋英军的耐心也被耗得差不多了，"你今天没班？"

"反正……也迟到了。"

宋英军斜斜地看了他们一眼："该去忙就去忙，我安排的地方和人都靠谱得很。临开学了再让你们去接人，行不行？"

易青巍想起前天晚上宋野枝在墙角处失魂落魄的模样，等到开学，不知道还能不能把这人的魂儿找回来。

他摸不准。

易青巍再见到宋野枝，是大半个月后。

傍晚，宋野枝兴许是听见门外有驱车的动静，拉亮了门口的灯，走出来。来人逆着光，宋野枝看不清他的脸，只有清瘦的轮廓。盛夏的天，宋野枝穿的是宽松的长衣长裤，脚下踩的是黑色布鞋。

树下的小院子有篱笆围着，宋野枝扒着木杆，认出了车，有些蒙，傻傻地对驾驶座上的人说："我都准备睡了。"

直到他走近，易青巍才熄了火，拔掉钥匙开门下车，说："是吗？那得打搅你们一晚了。"

灯是昏黄色的光，有种模糊的温柔感。

两个人隔着围栏，相视而立。

易青巍问："还在生气吗？到跟前了也不放我进去。"

宋野枝恍若梦中初醒，蹲下身去开木头做的插销。他一蹲下去，就一点儿光都看不见了。他笨手笨脚地摸索，易青巍便一声不吭地等他。

宋野枝嘟囔："爷爷之前跟我说的是明天来接我们。"

"宋叔下午才给我们地址，交代了说明天准时来。但我等不及。"易青巍说，"你乐皆哥没来，是我忘了约。"

这些话放在以往，易青巍是不会说出来的。现在不知害臊地直白抖搂，是想着，多少能哄住宋野枝几分。

这处农家小屋很老旧，只有宋野枝和赵欢与两个人住，主人家的新房在还要往前一段路的地方。他们这十多天虽然有房主和邻里照应，但主要是靠自己，门边的竹筐里还有下午刚从地里摘来的青椒。

赵欢与已经睡了，剩宋野枝房里的灯亮着。易青巍轻手轻脚地走进去，看到的是光秃秃的水泥地、灰扑扑的墙面，各处贴有几大张花花绿绿的明星海报。他凑近去摸，底下的墙壁是松垮掉灰的，凹凸不平。

海报全是为了遮丑用，但海报本身也不是很好看，更丑得引人注目。

在易青巍打量房子的空隙，宋野枝已经打好水放在锅里烧。烧水也没有正经的水壶，得抬宽而浅的双耳锅。

宋野枝守在主屋的火炉旁，没开灯，借的是自己房间的光。打在锅面的光摇曳了几下，瞬间黑了，是易青巍走了过来。

“烧水干吗？我是吃了晚饭来的。”易青巍同他一起蹲下来，轻声说。

宋野枝摇头：“你不是要在这儿睡吗？烧给你洗漱用的。”

易青巍：“……”

这么热的天气，还给烧热水洗漱，宋野枝是瞧不起他，还是瞧不起温度？他起身把锅端下来，发现火炉里的火奄奄一息。

宋野枝尴尬地说：“它每天晚上到这个点就会死。”

易青巍点头，但还是忍不住笑，不得已以手做拳掩在唇边假装咳了好几声，说：“没事，反正明天用不着它了。”

他环顾四周，又问：“有多余的房间吗？”

宋野枝跟着他看了一圈儿。

“有一间，但没有被子，没打扫过。”

易青巍的眼神落到宋野枝的房间里。

“我刚才看了一眼你的房间，床还挺大的。”易青巍想起什么，顿了一下，故作为难地皱眉，“就是没空调，怕你嫌热。”

宋野枝马上接道：“有……有风扇。”

“这里好玩吗？”

“好玩啊。”宋野枝关了灯上床来，说，“除了吃得很凑合，因为只能自己做，其他的都好好，我和欢与每天都起得很早去看日出，晚上又爬到房顶上看星星。天和地都好宽广，我们能在外面玩一整天，累了就去蹭饭。而且这里睡觉很安静，没有一点儿声音，可以一觉睡到天亮。”

“在外面一野就是一整天，难怪晒黑了。”夜色如水，易青巍也变得很温柔，“还想来吗？”

“想啊。”

“那以后每个暑假都来。”工作之后就没有暑假了，譬如他自己，他立刻更正，“哦，每个夏天都来。”他调侃宋野枝，“叫宋叔在这儿给你修个度假村。”

“那你呢？”

宋野枝想问：你陪不陪我来？

易青巍：“修，给你的度假村门口修个火车站。”

他无心引导，他们之间就不能继续聊。

安静了好一会儿，易青巍问：“这些天这里的日出好看吗？”

“好看。”

“和我带你一起看的那次比呢？”

“和你看的那次最好看。”宋野枝认真地说。

“这么多天，一次都比不过？”

“比不过。”

易青巍知道宋野枝不会生气到不理人的地步。

宋野枝对自己有朦胧而紧密的依赖感，易青巍是能感觉到的。他通常会倚仗着这份偏爱，随心随性地和宋野枝相处。包括这晚不辞辛苦披星戴月地赶来，他也是隐隐清楚，自己不可能被辜负。

他们面对面地侧躺着，易青巍用被子把宋野枝裹了一圈儿。

“怪我凶你了，是不是？”他低声问，紧接着低声认错，“对不起，我做得不对。我改，以后不会再这样，好不好？”

“没关系。”

宋野枝在意的不是这个。

半夜，易青巍被身旁窸窸窣窣的动静扰醒了。他睡意正浓，哑着嗓子问："怎么了？"

他等了半天得不到回应，差点儿又睡过去。他强撑着睁开眼皮，发现宋野枝一直用腿蹭被子。

"这是怎么了啊？"易青巍一边问一边坐起身来，弯腰去捞他的腿，偏偏他还睡得很熟，全无意识。

裤腿被蹭到膝盖处堆着，易青巍想给他拉下来，一摸，触到小腿上有密密麻麻的包。

他仔仔细细地摸了一圈儿，蚊子咬的包又大又多，一个包鼓起来就是一个"小饼块"，不均匀地侵占了小腿。他赶紧去看另一条腿，是一模一样的惨状。

易青巍算是知道了宋野枝为什么大夏天还裹着长衣长裤。

"这儿的蚊子这么毒呢？"

他气都给气清醒了。

易青巍知道他痒，但不敢用指甲挠，怕挠破了皮更难办。他用指腹轻轻地揉按，一道一道地顺下来，揉完一条腿，换另一条腿，循环往复。

等困意重新来袭，易青巍把枕头丢到床尾，躺过去，手上揉着揉着便睡着了。

清晨空气湿润，猫狗都未开始活动，四下安静。宋野枝蹲在后门台阶上刷牙，突然听到赵欢与惊叫一声，一口牙膏沫顺着喉咙咽了下去。

他端着牙缸去前门找人，探出头看到沈乐皆正站在院子里。

宋野枝定了一下，马上收回脚原路返回，路过睡房时又在门边站了一会儿。赵欢与那一嗓子也没把易青巍叫醒，他还安安稳稳地团在床上。

直到牙刷得差不多了，宋野枝才慢悠悠地踱去后门的台阶上。

等他洗漱完毕返回，院里的两个人还没掰扯完，床上的那人正盘腿坐在床上醒神。

宋野枝拿着牙刷和毛巾安排人："小叔，牙刷和毛巾都是新的，我和欢与来的时候备多了。但牙缸只有两个……"

易青巍弱不禁风地倒回去，瘫在被子上，声音含混不清："宋野枝，你不会还要问我是用你的还是用赵欢与的吧？"

宋野枝："不是……你还可以用碗。"

易青巍差点儿把自己闷窒息，心想：宋野枝是不是担心自己起床气没地方撒啊？

他手脚并用地从床上爬起来，接过宋野枝手里的牙刷，说："没关系，我还是喜欢用你的。"

宋野枝是个跟屁虫，在一旁守着易青巍洗漱，但两个人都很从容自在。

"赵欢与鬼叫那一声是你乐皆哥来了？"

宋野枝点头："他们现在还在前院。"

易青巍低头一瞥，话题就歪了："把裤腿卷起来给我看看被咬成什么样了。"

昨天没有光，天很黑，他只从触觉上知道状况惨烈。

宋野枝不明所以："啊？"

易青巍问："啊什么？你知不知道你痒得蹭了我一晚上？"

宋野枝的嘴惊成一个圆："真的假的？"他早上起来正奇怪呢，逮住机会就问，"小叔，所以就把你蹭到床尾去了吗？"

"倒也不是。"

易青巍被反将一军，面无表情地对天刷牙。

赵欢与来找宋野枝商量早餐怎么吃，走到门口又被吓得哆嗦了一下。

“小叔……你又是什么时候来的啊？”

本来吃完早餐他们就该启程回家，但易青巍一直磨磨蹭蹭，最后到了吃午饭的点，干脆说吃完午饭再走。吃完午饭呢，他又大有一副要吃晚饭的架势。

赵欢与一直跟在易青巍的屁股后面催：“走不走啊，走不走啊，走不走啊？早点儿回去吧，早点儿回去吧，我已经很久很久没看小说、打游戏了……”

易青巍在磨刀石上磨镰刀，一本正经地打算去体验一下割草。他余光瞅见宋野枝也在一旁站着，说：“车就在那儿，你自己去开呗，留一辆给我就行。”

“喊。”

赵欢与一甩胳膊又去求她哥。沈乐皆虽然同样是一副无聊死了的样子，但也老神在在地躺在床上看掉皮的旧书。见赵欢与来，他也不接话，把车钥匙掏出来放她面前的桌上了。

赵欢与茫然地望向宋野枝：“他们是中了什么邪？”

不过十分钟，宋野枝正蹲在院子前的小水沟边捡石头玩，赵欢与竟凑过来平静地劝道：“小野，我觉得也不急这一时半会儿的，石头也挺好玩啊，晚点儿再走吧。”

宋野枝茫然地看着赵欢与：“你又是中的哪路邪？”

晚上八点，夜幕落下，灯一盏一盏地亮起来了。路过广场，易青巍突然把车停在路边。

“怎么了？”

“我去找个公厕。”

“小叔，再几分钟就到家了。”

“人有三急懂不懂？”易青巍下了车，又倚着车窗说，“坐那么久了，也出来透会儿气？我要不了多久就回来。”

沈乐皆的车跟着打着双闪停靠在路边，赵欢与探出头来问：“小叔去哪儿了？”

“去上厕所了。”

沈乐皆把车熄了火，咳了一声，远远地，想说什么，但最终没成功，一言不发地走了。

赵欢与尴尬得头皮发麻——你不会找借口就坐着让我来啊！

宋野枝目送沈乐皆走远，看向赵欢与。她迅速收了无语的表情，苦恼道：“我也不知道他怎么了，我……去看看？”

宋野枝说：“我和你一起去吧。”

赵欢与连忙摆手：“不，不，不，你在这儿看着车，我去就行。”

两个人很快没影儿了，留宋野枝一个人对着两辆空车干瞪眼。

他们叫他等，他果真就乖乖地等，什么事也不做，坐在花坛边的白瓷砖上，仰头看星星。

宋野枝看着看着，一束礼花在他的脑后炸破夜空，“砰砰”作响。他转过头去，烟花离他极其近，是在广场上放的，灿烂如火。

这还没完，一炮接着一炮，粉粉绿绿，蓝蓝紫紫，五颜六色的烟花在天空中布了个景。

美，美得像幻境。

礼炮持续不久，渐渐稀疏下来，就在这空隙，他听见赵欢与、沈乐皆、易青巍，甚至爷爷和陶叔在一齐叫他的名字。

宋野枝的心“怦怦”乱跳，他走上台阶，把广场看了个全貌。

广场上摆了一圈儿地面礼花，不断蹿出一人高的焰火，富丽堂皇，像座宫殿。他们站在中央，围着一个双层蛋糕，上面插满了蜡烛，火焰一跳一跳的，同周边的礼花争辉。

他刚才看到的幻境，竟是有人挖空心思为他造的。

赵欢与带头唱起了生日快乐歌，广场上看热闹的小孩儿也跟着曲调唱起来。

“祝你生日快乐，祝你生日快乐，祝你生日快乐，祝你生日快乐。”

易青巍大喊：“宋野枝！”

他们一起接：“生日快乐！”

宋野枝慢腾腾地走过去，看着爷爷说：“我从来不过生日的。”

他的眼睛里住了两簇火，比谁的都亮，宋英军知道，那是因他眼里含着泪。

“是你小叔问的我，硬要给你折腾这么一出。”

易青巍走来贴着他，捧着他的脸仔细看：“高高兴兴的，我可不是来惹你掉眼泪的。”

宋野枝扭不开脸，嘴硬道：“是烟熏的。”

赵欢与把寿星帽给他稳稳当当地戴上。

“我们寿星的许愿环节！”她小声地说，“要好好许。”

宋野枝只看过别人许愿，但做不来双手合十闭着眼睛心无旁骛的模样，像在演电视剧。他认认真真地盯着蜡烛沉默了一会儿，舒了一口气，吹灭了蜡烛。

分蛋糕就是见者有份，赵欢与跑了全场，见人就送，还嘱咐道吃了还有，没了再来拿。

他们笑啊，闹啊，怎么也不够，尽情玩了一整晚。

最后，他们总算是倦了疲了，摆得费心思，收得费手脚。把垃圾一一扛到桶里去，大家这才打道回府，全部就近回胡同院里歇下了。

“好像一场梦啊。”宋野枝说。

易青巍没理他，趁他泡脚时给他的蚊子包搽药。

“其他地方有没有？”

宋野枝直起腰掀起衣服，露出肚皮。

“怎么连这儿都遭咬了？”

“第一晚没经验，袒着肚子睡的。”

易青巍似笑非笑地问他：“刚才许了什么愿？”

“能说吗？”宋野枝真诚地问，很有和他分享的欲望。

这反而引得易青巍摇头：“不说，说了就不灵了。”

易青巍手下未停，心思活泛。

宋野枝的生日，他借光也许了个愿。

他希望，眼前这个小孩儿，能在自己的庇护下，全无忧虑地长大。

药搽完了，宋野枝走路时两条腿都得分老开，手还要照顾着衣服不贴肚子。易青巍让他上床躺着得了，收拾完回来，见他把两条腿搭在床架上晾干。

“你这姿势硌尾椎骨吗？”易青巍好奇。

“有点儿。”

易青巍抓了宋野枝平日用的枕头，塞到他的屁股底下去。

“我有点儿嫌弃。”宋野枝弱弱地反抗，被易青巍拍了一掌。

“怎么从来不过生日？”宋野枝说的每句话他都留意着。

“不重要啊。”宋野枝理所当然地说道，“小的时候还过过几次，但大家都越来越忙，就没去在意了。我也不想过，没什么意义。”

“瞎说。”易青巍上床，把他挤到里侧去，“本来要给你过农历的生日，但谁叫你没事干要往村里跑，错过了。那就退而求其次，给你过一个阳历的。”他叹气，“白瞎了七月初七这么个好日子，七夕那天是不是继续傻乎乎地跑到山上喂蚊子了？”

“对啊。小叔，你七夕节是怎么过的？”

“怎么过？医院里一堆病历本陪我过的。”

等药被风干得差不多了，易青巍把宋野枝的睡裤的裤腿给捋下去，说："我觉得有意义，再忙也要过。以后我们每年都过，七夕这天，牛郎织女过桥相会这事也要给你让道，排到你的生日后面去。"

他像变戏法一样，从背后掏出一条项链，在手心里展开，一只银色的羊落出来，在空中轻晃。他叫宋野枝贴近自己，郑重地为小孩儿戴到脖颈上，语气正经了一些："宋野枝，十七岁了。"

十七岁这年，宋野枝许了生日愿望也没记挂在心上。虽然算是谨慎对待了，但也只是像在考场上对待一道选择题一样，尽心尽力地保证它毫无差错，然后做完就忘。

他许："好，那我就祝，年年有今日，岁岁有今朝。祝我，祝我们。"

那时，岁月尚安稳可人，简单得很，一眼望得到头。

第十一章
合奏

夏天来时势不可当，走时猝不及防。一场大雨把天上高挂的太阳浇凉了，试图用鸣叫声毁天灭地的众蝉销声匿迹了。此后，再吹的风就是属于秋天了。

“夏天走了。”

周也善敷衍地捅赵欢与的胳膊肘：“是，快去送送。”

赵欢与缓慢地翻了一个白眼：“这话从你嘴里说出来，无论怎么听都有一丝欠揍的气息。”

“谁说不欠揍？”

“小野啊，如果他说我就会……”赵欢与端起架子来，点头称赞，“嗯——同道中人——”

周也善“扑哧”笑，直点头附和：“是，是，是。”

再过几天就是国庆节，国庆节过后是秋季运动会，秋季运动会过后是圣诞节和元旦，圣诞节和元旦过后就是寒假!

大家翻烂日历算好了日子，把假期掰成两半过，翘首以盼。

但回到现实中，班上征集男子五千米长跑名单时很尴尬，黄菊在教室里巡视三遍无人应答，最后宋野枝举起手来：“老师，我去。”

之后每天放学他都会在操场跑道上跑一遍，周也善和赵欢与通常坐在一旁等他，一起出校门。

落日西斜，直照在脸上，周也善压低帽檐，恰逢宋野枝气喘吁吁地小跑过来，他又紧接着仰脸眯着眼看去。

赵欢与对他这类多此一举的行径无话可说。

周也善递水给他：“拉伸一会儿走了。”

“行。”宋野枝边走边擦汗，“你不打算练练你的一百米吗？”

“现在还早，临开赛再说吧。”

赵欢与“嘁”了一声。

周也善来劲了：“干吗？我本来就是被拉去凑人头的。你怎么不练练你的跳远啊？”

赵欢与原地蹦了两下：“练什么，随随便便拿第一好吗？”

周也善平声平调地说：“哟，了不起。”

两个人再多拌两句嘴，宋野枝已经收拾好东西要走了。

周也善：“放假你们去哪儿玩？”

“在家里躺着最舒服。”赵欢与叹气，“这么个假，能玩什么呀？”

往常周也善是紧挨着宋野枝站，不知道从什么时候开始，他不知不觉地离远了，站去了赵欢与旁边。

现在，周也善隔着赵欢与看宋野枝，等他回答。

宋野枝浑然不觉，只说赵欢与好大的口气：“果然是刚从暑假过来的人。”

三个人摇头晃脑地走到校门口，再一起多走一条街就各回各家了。

赵欢与突然看到一个人，扯宋野枝的胳膊：“看看，那人有点儿眼熟。”

易青巍坐在小吃摊上，面前的碗空了，矮桌上还有几根竹扦，正跟老板聊得高兴，显然是坐很久了。

“今天要来接我们也不提前说……”

“这是相信我们眼神好——这不相信对了嘛。”赵欢与毫不在意，一拍肩膀迎上去：“小叔！这儿呢！”

“面真好，下回还来啊。”

“您慢走，啊，回见！”

“回见，回见。”易青巍右手挥手，左手揽人，走到人行道上去。

“叔叔好。”周也善打招呼道。

“好，送你啊。”

“不……”

“装什么腼腆啊！”赵欢与拽了一把，周也善住嘴顺势就上了车。

易青巍知道最近宋野枝在练长跑，在倒车出车位的空隙问道：“每天都这么晚？”

周也善无缝接话：“不是，赵欢与不磨蹭的话得早个半小时。”

易青巍从后视镜里看了一眼后座上嘻嘻哈哈的两个人，跟着笑了两声。

周也善家不顺路，但不远，两个人还没笑几个回合就到了。

“麻烦您了，叔叔。”

“客气。”

周也善灿烂一笑，状似随意地趴在副驾驶座的窗边停了一瞬，对宋野枝说：“到家了给我打通电话。”

他们平时的结束语可没有这一句。

赵欢与立刻问：“什么事啊？”

宋野枝没作声，一脸疑惑地看着周也善，等来他的一记揉头。

“走了啊，你们注意安全。再次谢谢您，叔叔！”

回程路上，等红灯时，只有易青巍的指节敲打方向盘的声音。

“周也善，是这名字吗？”

赵欢与一人独占后座，横倒下去，气沉丹田，低声说道：“这都快一年了，小叔，还没在您跟前混得个全名啊？”

绿灯通行，易青巍挂了挡，说：“宋野枝，他看你的眼神怪怪的。”

宋野枝就这一点好，心越慌，面上越没表情。他僵着一张脸问：“哪里？”

然而易青巍并没有在意他的回答，像是随口一说，后边的车喇叭一按就抛诸脑后了。

车都开到商场门口了，赵欢与才发现不对劲：“这是要干吗啊？”

“带你们挑身正经衣服。”

“窦哥的婚期定了？”宋野枝敏锐，一猜即中。

“对，十月中旬。”

赵欢与下了车，就是一片迎风起舞的叶。

“叶子”转着圈儿问：“具体哪天啊？可千万别是周末。”“叶子”脚下踉跄几步，跌进商场门，继续说道，“又有的玩了。”

易青巍在身后学沈乐皆：“玩，玩，玩，你脑子里能不能装点儿别的东西？'”

赵欢与伶牙俐齿地说：“生活这么苦，还不准我自食其力地抠点儿甜的东西尝？”

易青巍：“不知道的以为沈乐皆怎么虐待你呢。”

她轻飘飘地回：“多着呢，罪状第一条就是浪费我的光阴。”她话锋一转，说，“还得穿礼服去？也太给二窦面子了吧！”

赵欢与当着王行赫的面可从不这样挖苦人，他们的相处方式是心知肚明以及虚假地互相吹捧。

“大家都这样穿，你随便穿的话，就太高调了。”

宋野枝提了一件白衬衫打量：“小叔，你的伴郎衣服选好了没？”

“喜欢这件？”易青巍接过来看，“伴郎衣服可不是伴郎自己挑，是新郎让穿什么伴郎就穿什么。”

赵欢与当即拆他的台：“最后还不是紧着你们来。”

王行赫的伴郎团，不是发小儿就是同学，伴郎们之间不一定都认识，但都跟赵欢与挺熟。她爱玩，王行赫也爱带着她玩。譬如他大学时瞎组的乐队的那些演出，一场没落下过的人，也只找得出赵欢与一个。

一谈这件事，易青巍赞叹：“真是奇了，到时候还得麻烦您串个伴郎团引见人的场。”

给个梯子赵欢与就能顺着爬上天：“小易，你别担心，包在我身上，小事一桩。”

逛男装区就是走个过场，宋野枝选了一件白色衬衣就要走人，易青巍跟在后面给他挑了一个领结和一对袖扣。

“别那么随便，你是要顶着这身行头去给他拉小提琴的。”易青巍说。

“嗯？”宋野枝转过头，“窦哥没和我说过。”

“托我转述。”易青巍拦住宋野枝要去结账的脚，“先去穿上试试合不合身。”

“他有没有指定拉什么？”

“看你的心情。快去。”

不多会儿，更衣室的门开了一条缝，宋野枝招手叫易青巍进去。

易青巍看了赵欢与一眼。

“看我干吗，难道要我去啊？”赵欢与睁大了眼睛。

易青巍顿时也觉得自己莫名其妙，敛着眉头进去了。

“我系不了领结，也没戴过袖扣。”更重要的是，“今天穿的是校裤，配衬衣，我都不好意思走出去。”

易青巍站在他身后，已经开始着手为他戴领结，笑道：“脱了，我出去给你拿条合适的裤子来。”

宋野枝将手搭在腰间，不动了，为难地说：“等你出去我再脱。”

系上领结了，易青巍正在给他整理衣领。

易青巍哼笑，露出一丝痞气：“你现在脱我也不介意，你介意？”

“小叔，你别打趣我。”宋野枝无力地抗议。

“看着，教你戴袖扣。”

易青巍戴就罢了，目光在宋野枝的腕间和胸前来回扫视，还是垂着眼皮问了出来：“我之前给你戴上的项链，你解了？”

宋野枝用没被束住的那只手摸了摸空荡荡的脖子，说：“这几天跑步不方便。”

左手戴好了，易青巍把他的右手抓下来：“认真看。”

“哦。”

赵欢与嘴上嫌弃王行赫面子大，行动上不见得。她那么一个对规矩礼节不耐烦、对形象不在意的人，直到天黑，才勉强挑到一条满意的裙子。

在易青巍和宋野枝眼里，条条一个模，件件一个样，但他们都没怎么发言，任劳任怨地陪着逛。

坐回到车上，赵欢与意犹未尽地说：“明天再去另一家看看。”

“嗯，得仔细挑，这次挑好了，沿用到你哥结婚，到时候省得你费第二遍心思。”

赵欢与云淡风轻地说道：“我和二窦是深厚的革命友谊，不能比。沈乐皆结婚，别说挑礼服，我去都不会去。”

她又说：“你们三个，二窦在我心里排第一，你可以争个第二，我哥垫底。”

易青巍掌着方向盘要疯：“还整个排名榜念给我听，您选妃呢？”

上班做白衣天使，下班当黑衣司机，这一天充实到易青巍回家倒在沙发上一根手指头都懒得动。被从楼上下来的易伟功看见了，他说教儿子：“精力用不完是吧？在医院里就累够呛，下班了你还到处玩，这么晚才给我着家。”

“没玩，为人民服务去了。”易青巍撑着胳膊起来，要去洗澡，“赵欢与那丫头又不做人事，光在商场里打转都当我徒步几公里了。”

还是宋野枝省事，眼睛一扫，嘴皮子上下一碰就出结果。

易青巍一进卧室就脱光了衣物，赤身走去浴室。

今天是易青巍第二次看宋野枝穿正装。他更成熟了，介于青年和少年之间，像树上的青果儿，要落不落的。

当时易青巍不自觉地去看赵欢与，是想寻求同类——

宋野枝的皮囊和气质皆属上乘，惊叹于他朦胧而富有张力的魅力，是正常的。

十月十八日，王、杨两家大摆宴席，宾客们如约而至。

易青巍可没想到能在这儿遇到易槿。他压低声音问：“姐，你怎么没说你要来？”

他把易槿往座位上引，发现易槿还带了个伴儿。那人着一身白裙，清纯素雅，有些眼熟，易青巍再一想，是清明节那次见过的女孩儿，好像姓李。

易槿放慢脚步，朝后伸出胳膊，让李乃域跟上自己，也低声回话：“你以为我想凑你们这帮小屁孩儿的热闹？他爸，王总给我发的帖。”

“行，你们坐这儿，差不多也要开始了。”

入场的人越来越多，赵欢与和宋野枝似乎还没到。易青巍转来转去地找了一会儿，偷空去角落拨电话。

“沈乐皆，还不来？”

“等等，我得临时去接个人。”

“谁？”

“甘婷艺。”

“是谁，你那女朋友？”易青巍不大搭理这些事，这个名字只是在脑子里留过印象。

“嗯。”

“这种场合你带她？……行吧，管你接谁，准时把他们送到就行了。”

“他们自己去了，刚走没多久。”

易青巍无话可说：“指望不上你办事情。”

“赵欢与闹着要走，我拦不住。”

“那你也早些到，路上注意安全。”

易焰结婚的时候，易青巍还小，可以安心当弟弟，稳稳当当地坐在座位上看人忙上忙下。轮到王行赫了，他得陪着脚不沾地，晕头转向。把宾客招待到位，再三确定好婚礼流程之后，易青巍终于得空松口气。

宋野枝的视线一直追着他跑，见他闲下来，宋野枝立刻站起来向他招手。

“小叔，坐这儿吗？”

易青巍好笑：“留都给我留了，还问我。”

“我怕伴郎有规定的地方坐。”

“哪儿那么多规矩？”易青巍远远就发现他这天不一样，上手摸他的头，“什么呀，还抹发胶了？”

宋野枝轻轻地缩肩，易青巍便克制地收回了手。

“刚才赵欢与拉着我去化妆间玩，他们给我搞的。”他噘了噘嘴，“还涂了唇膏。”

易青巍凑近端详：“唇膏怎么还有颜色？”

“那就是口红吧。”宋野枝拿不准，“很红吗？”

易青巍摇头：“要很近才看得出。”

他们还算有分寸。

宋野枝又噘嘴：“还有香味。”

易青巍一向没坐相，此时他的手搭在宋野枝的椅背上，垂着眼皮，视线顺着他的动作下移。

这样一来，就让人看不准眼神的内容了。

“这个我可给你辨不出了。”他低声说。

这张桌子安排的大多是跟宋野枝和赵欢与同龄的人，但宋野枝都不认识。

易青巍问：“赵欢与去哪儿玩了，我去找她回来？”

宋野枝率先站起来：“我和你一起去。”

两个人同行在走廊上，易青巍歪着头看他：“这一身真好看，我的眼光真好。”

宋野枝只得点头附和。

易青巍嫌热，把外套脱了搭在手臂上，宋野枝很有眼力见儿地说：“小叔，我帮你拿？”他突然一瞟，看到了什么，眼睛惊喜地亮起来，“小叔，和我一样的袖扣！”

话音刚落，他就被台阶绊了一下。

“哎——”易青巍低着身子去扶，外套滑落在地，宋野枝不轻不重地撞到他身上。

“再激动也得看路吧？疼不疼？”

宋野枝揉了揉下巴，把外套捡起来抱在怀里，手臂伸出来和易青巍的并在一起，真心实意地做复读机：“你的眼光真好。”

于恭的声音在身后的走廊口响起：“哎——正找你们呢！”

宋野枝被拉去二楼展台谈小提琴表演的事，易青巍就在下边的一楼站着看。

于恭从他身边走过，又倒回来，点他的胸口：“哎哟，我的兄弟啊，您这是怎么回事啊？”

易青巍低头看去，实打实地愣住，随即轻笑出声，用食指去缓缓地蹭了蹭：“不小心蹭到的。”

于恭也不问是谁的杰作，易青巍的桃花向来是长旺不衰的。他恨恨地捶易青巍一拳：“一会儿上台前记得换了。”

司仪在台上讲话，易青巍陪宋野枝站在台下一方角落候场。

易青巍在后面做小动作，拍了拍他的腰，他立即把耳朵侧过来：“怎么了？”

易青巍低了低下巴：“看看你干的好事。”

宋野枝茫然地去看他的胸口，看清后倏地吸了一口气：“我？”

那一团红色，他隐隐约约认得出是一个唇印。

宋野枝抿了抿嘴唇，憋着笑：“那我的嘴巴上是不是没有了？我忍了那么久没舔嘴唇就是想着待会儿还有表演呢。”

易青巍知道他在故意气人，握着他的后颈，说：“我再给你涂上？要不要？”

“好的，那么我们现在就请王行赫先生的两位朋友为大家合奏一曲，为我们今天这一对新人献上祝福。”

现场的灯光打过来，宋野枝感觉覆在自己的后颈上的手掌松了劲儿，移到肩膀处，轻轻地拍了两下：“去吧。”

宋野枝在大家的掌声中鞠躬，一边上二楼去，一边想——两位？合奏？

全场灯光暗下来，只两束光柱亮着。他拿着小提琴就位，回头，看到易青巍端正挺拔地坐在一楼的钢琴前。

易青巍稍稍侧头，抬眼看他，对视的刹那，对他轻笑，点头致意，钢琴前奏就响了起来。

宋野枝一动不动地盯着他，全然看呆了。

易青巍右手按琴，抬高左臂，遥遥相望，手指朝着他轻盈地一点。

就这么一下，像圣洁的祭司传达神谕。

宋野枝三魂七魄归了位，回了神。他屏息凝神，执弓以待。等钢琴奏完一个小节，小提琴声悠然地响起，和进去，混在一道儿，贴在一起，无缝衔接。

宋野枝之前准备了几天的曲作废了，易青巍一点儿消息没透露给他。

宋野枝面上镇定自若，内里却心潮澎湃，仿佛有细软的羽毛在心口搔弄——这曲子他从小到大练过无数遍，与人合奏却是第一次。

《梁祝》。

钢琴尾音完结，小提琴琴音随之缓缓结束。

宋野枝克制自己不去看易青巍，埋头鞠躬。

宋野枝站在台上，灯光刺眼，周围黑压压一片，《梁祝》奏完那一秒的寂静，是全世界只剩他们。后来掌声雷动，把他从梦境中拉回现实。

易青巍从一楼上来，翩翩然和他握手："合作愉快。"

两个相同的袖扣被框在一个景里，随着灯光移动，这个闪完那个亮，好比刚才的琴声交织。

司仪出声拦住两个人下台的脚步："听王行赫先生说，他这位朋友演奏钢琴曲可是可遇不可求的，不知道易青巍先生能不能再为大家独奏一曲呢？"

易青巍攥着宋野枝的手腕，摆了摆手婉拒："只奏这一曲。"

司仪应该是受了新郎官的委托，不依不饶，易青巍认命似的接过话筒来，临发言坏笑了一下，看得王行赫眉头一跳。

"这次就到这儿，大家没听够的话，下次，王行赫先生下次结婚我们还来，还为他奏《梁祝》，届时还请大家捧场。"

满座的人哄堂大笑。

场下，易青巍夸宋野枝：“化蝶那一段拉得最好，情绪很足。”

宋野枝依旧在缓神，慢悠悠地答：“我最擅长拉的是抗婚那一节，老师也说，师哥、师姐拉那一段没人能超过我。”

易青巍习惯性地夸他：“这么棒啊？”

台上进入下一个环节了，宋野枝还在浑身发热。

“小叔，要是我不会拉这首曲子，今天怎么下台啊？”

易青巍不甚在意：“赌嘛，我当时想，如果你不会，那就当我多送王行赫一曲独奏。”他将肩膀靠过来，笑，“赌赢了。”

宋野枝含着喜糖，神游天外。刚才他在想，他反反复复练那么多年，花费那么多精力，磨出那么多茧，好像就是为了等到这一刻。

“小叔。”

听到人唤他，易青巍立刻转头去应，迎上一双眼，眼睛里藏了许多话，欲语还休，灵动得让人心惊。

“嗯？”他不自觉地放柔声音，注视着宋野枝，做出倾听的姿态。

可惜宋野枝霎时醒了，低头一掩，再抬眼，眼里什么都没有了。

“我现在也好紧张，腿还是软的，手心里都是汗。”

易青巍转而注视他的手，搭在膝盖上，软弱无力，微微发抖。

易青巍不知所谓地笑，无名指按着宋野枝的掌关节处那一块圆润小巧的骨头。

“紧张什么？拉得那么好。”他说。

“小叔，我什么时候能再和你奏一曲？”

易青巍漫不经心地答道：“等你能给我抬一架斯坦威放家里的时候吧。”

赵欢与拨开人群跋山涉水地终于走到他们的身边，远远地就开始招手：“你们好好看！演奏得也好好听！”

易青巍再用力握一下宋野枝的手便松了手，交代她别再到处野：

"我去酒店房间换件衣服。"

赵欢与大手一挥："行，去吧。"

等易青巍走后，她用肩去撞宋野枝："干吗？美得找不到北了哦？"

赵欢与装了一晚上的高兴样子，到了宋野枝身边不用装，反而变得真正有些高兴。

她说："场地布置主打白色，所以显得地毯尤其红，红得轰轰烈烈。你不知道，光看你们从台上走下来，我都差点儿尖叫。"

另一边，于恭临时找了件新的衬衣给易青巍，易青巍换上后就要去为兄弟挡酒了。袖扣被拆下来，又被系在另一件衬衣上，沾了口红的衬衣被扔在床上。

易青巍关门之际，动作顿了几秒，在思虑。

最后门没被关上，他进屋去用座机打电话到前台："您好，888 房间今、明两天不需要保洁，服务员勿扰，谢谢。"

现场，表演结束后，台上的司仪开始和底下的来宾们激情互动，完成游戏，气氛热烈活跃。

弹琴的人不在了，钢琴就被冷落在一旁。

宋野枝坐在情绪高涨的人群中，与昏暗角落里的钢琴相视，看得出神。

他也想成为这样一架静默的钢琴。

"我是不是生病了？"

"你不是。"

"我有，我吃坏东西了。"

"你没有。"

"可我总想吐。"

宋野枝蹲在男士卫生间门口和易青巍聊："因为你喝多了。"

"我没喝多，你能不能帮我拨一下 120？"

宋野枝站起来，易青巍拉住他，问："你干吗去啊？"

"嗯……"宋野枝说，"我去给你找救护车。"

"好。谢谢，谢谢你。"

易青巍说得认真极了。

宋野枝走两步又折回来："要不我们一起去？"

宋野枝第一次见易青巍喝醉，放他一个人在这儿不放心，万一他去喝马桶里的水可怎么办？

易青巍闭了闭眼睛，没有再睁开："你别和我说话了，我一说话……"宋野枝等了很久，等到怀疑易青巍睡着了，才听到他接着艰难地说完最后三个字，"就想吐。"

宋野枝看看他，犹豫不过两秒，重新蹲到他面前去，试图和他交流："窦哥不是给大家开了两层房间吗？你的在哪儿？"

"888。"易青巍说，"我的衬衣还在 888。"

扶到半路，宋野枝把易青巍颠得直呼马上要吐出来，只好原路返回，去卫生间的马桶前蹲着。

宋野枝用一次性纸杯在洗手台接了水，说："吐吧，吐完用这个漱口。"

"好难受，救护车什么时候来？"

"就快了。"

"我不能闭眼。"

"为什么？"

"很晕。"

"好，我们睁着。"

“我想闭眼。”

“为什么？”

“晕晕的，像失重。从地球到月球，只要一秒钟。”

“……”

“你会吗？”

“我不会。”

“你学一学。”

“好。”

“你想吗？”

“想什么？”

“和我一起，去月球上，宇宙中。”

“想。”

明明是醉人醉语，宋野枝偏偏应得很专注。

“可能只有我们，你会不会怕？”

宋野枝认真地摇头：“我不怕的。”

“宋野枝。”

“嗯？”

“你什么时候能长大？”

“啊？”

“你快些长大吧。”易青巍看着他，眼睛一眨不眨，这样说。

酒精烧及耳根，白中透粉，易青巍说的内容毫无逻辑，语气幼稚，透着不合时宜的慎重。

“怎么呢？”

易青巍摇摇头，不肯答，说：“你答应我就好了。”

“我现在还不算长大吗？”宋野枝歪着头问他。

“不够。”

“什么样子才够啊？”

易青巍不看他了，盯着马桶，愁眉不展。

半晌，他说：“我也不知道。”

宋野枝撑着下巴笑他：“小叔，你现在好像幼儿园的小朋友哦。”

易青巍不听他说话，沉浸在自己的世界里：“拜托你，好不好？”

宋野枝伸手，一下一下地为他顺背，答应道：“好。”

这个姿势和很久以前的某个场景重合，当时，易青巍为了让他留在这里，和宋俊周旋，耗了一顿饭的时间。

宋野枝回想起这些事，手下的动作越来越轻。

趁他晃神，易青巍接过他手里的水，喝了半杯。

宋野枝叫道：“哎——不能咽下去——”

来找人的王行赫眼睁睁地看易青巍喝了这水，以为是从马桶里舀出来的，但很是无所谓：“没事，明天起来他就忘了，醉了不记事的。”

宋野枝还是解释道：“不是马桶水——是我从水龙头接的。”

“没差。”王行赫进来扶人，“他跟我说话的时候还好好的，怎么现在醉成这样？你是不是也醉了？陪一个醉鬼聊这么半天？”

宋野枝：“还挺好玩的。”

“可惜没来得及拿摄像机。”他又说。

“你小叔酒品最好，喝醉不闹只睡觉。”王行赫说，“来，小野，我蹲下来，你把他弄到我的背上来。”

王行赫将易青巍背到房间放到床上后，人已经闭着眼不省人事了。

“小野，今天晚上你们可能是回不去了，打点不出人送你们，也不放心你们单独走。我再给你重新开一间房，你早点儿休息，行吗？”

宋野枝要说什么，还没出口，王行赫先接上了：“要不——你就和你小叔住一间，房间够大，你也方便照顾一下这醉鬼，可以吗？”

宋野枝点头：“可以的。”

宋野枝在房里转了一圈儿，打开窗户散酒气，多看了两眼夜景。听见动静他回头，发现易青巍醒了，正努力翻身要坐起来。

易青巍翻不起来还好，翻起来就该摔地上了。

宋野枝几步跑过去，及时当了人肉垫子。

易青巍压着他的手臂，宋野枝问："怎么了？"

"让我矮一点儿。"

宋野枝心想：对不起，真听不懂。

易青巍接着说："你别走，让我这样睡。"

宋野枝果真僵直着身体不动。

"太高，轻飘飘的，好像浮在天上，掉不下来。"易青巍说，"但我刚才掉下来了，不怎么疼。"

宋野枝："……"

他坚持了一会儿，腿麻了几个回合，便建议："睡沙发吧，沙发矮。"

易青巍可能躺久了，也觉出身下硌人，睁眼看着他："好。"

宋野枝扶着软成泥的易青巍去小客厅，心想：恐怕挪沙发过来将就他还要容易些。

沙发窄，宋野枝把茶几抬过去拼在一起，长度短了一些，但能确保易青巍不会再掉下来。

"口渴。"

宋野枝记得床头柜上有矿泉水，便放开他的手："我马上去拿。"

从一堆花花绿绿的盒子里抽出矿泉水，宋野枝凑近研究，看有没有可能找到解酒药。一凑近，一排小字就很显眼了——全是计生用品和名字奇怪的药品。宋野枝轻"啧"了一声，握着矿泉水瓶起身就走。

几分钟的工夫，要水喝的人又睡着了，宋野枝叫他也不见动静。

安静下来后，宋野枝后知后觉地发现两处指关节和手肘有火辣辣的疼痛感，低头去看，应该是刚才被擦破了皮没注意。疼倒没什么，但看到组织液混着血丝流出来有些恶心，他立刻去卫生间用水冲洗。

夜里十二点有钟声从窗外飘进来，一声一声响得很稳重。

宋野枝没有睡意。

只是宋野枝没料到易青巍会醒，他迷迷糊糊地问：“水呢？”

宋野枝问：“小叔，你是不是真的喝醉了？”

易青巍将头偏到一边去：“我没醉。”

“醉了，是不会记事的，对不对？”

易青巍重申：“我没醉。”

没人接话，空气静了下来。

夜深。

高空中风从大开的窗卷进来。

楼下街道上的货车喇叭长鸣。

远处在建大楼的探射灯乱扫而过。

宋野枝笑了笑，闭上眼靠在沙发边。

第十二章
他的青春

易青巍最近变了，全因宋野枝，他看待和对待世界的方式温和平静了许多。

带易青巍实习的院长刚在小会上点名表扬易青巍耐心见长，这对以后的工作和生活大有裨益。

但回到家，架不住有这么个姐姐，再有耐心的人遇上她，耐心也都会被消磨殆尽。

“去不去？”

“不去。”

易青巍还没说什么呢，易槿拿起小沙发上的抱枕就要丢过去：“还真请不动您了？”

他稳稳地接住，又丢回去，抱枕在空中翻了个个儿，端端正正地落到了沙发上。

“我不想去，对这些事没兴趣，别逼我。”

“合着我是让你上刀山下火海啊？你去吃个饭、聊聊天怎么了？人家李叔这么大年纪了，还厚着脸皮对你这个小辈三催四请的。”

“对啊。”易青巍在床上翻了个身，摆了摆手，“让他别这么做了，不值当。”

易槿拿他没辙，态度软下来：“去吧。又不是让你和那些人应酬，是李叔的孙子。李源这孩子次次念叨你这个叔叔，就喜欢和你玩。”

“我知道，但我不喜欢和他玩。”

“你嫌人家什么？性格也乖，年纪也和小野还有欢儿他们差不多，他做什么事了让你不喜欢？”

“能比吗？”易青巍嘀咕，“别是个人就拿来和宋野枝还有赵欢与比，他什么也没做，但我又不是闲的，无亲无故的，凭什么浪费我的时间陪他玩？你自己的生意伙伴你自己搞定。”

他思索一下，问：“姐，你知道多利吗？刚实验成功的克隆羊，您努把力，接触一下这技术，克隆一个我出来，就不用守在我的卧室门口求我了。”

易槿要被他气疯：“你还知道你姐在求你啊？”

“不敢，求也没用，我下午还有约，不可能失约。”

“哟，赴别人的约这么爽快。”易槿干脆在沙发上坐下了，“怎么不看看亲姐姐我？”

易青巍一看这架势，从床上爬起来就往卫生间走，要去打理一下出门：“您慢慢待吧，我马上就滚。”

“这玩意儿是什么？你还肯往卧室摆这个？”易槿从沙发角上拿起一只紫色的小熊毛绒玩具，布料粗糙，做工不精细，歪鼻子歪眼的，质量低劣，送小女生玩的话，超过五岁的人都会嫌弃。

易青巍回头看了一眼，笑出声：“你不觉得眼熟吗？”

易槿以为易青巍要像小时候一样开始说“长得像你”的话。

“这是宋野枝送我的。”

易槿不信。

“真的，在王行赫的婚礼上顺手拿来就说送我。”

“我在婚礼上怎么没见到这么丑的东西？”

“门口摆的花篮上插着的。”

看到易槿一言难尽的样子，易青巍又很开心地笑起来：“没事，放心，孩子我已经打过了。”

那次宿醉后醒来，他头痛欲裂，手边放了个软绵绵的东西。他拿起来看，一阵无语，差点儿被丑精神了。

他随手就要丢，被从门外进来的宋野枝喝住了：“哎——小叔，这是我送你的礼物，别这么对它。”

易青巍再次低头打量那紫熊，问：“昨天晚上醉的到底是我还是你？脑子这么不清醒。”

宋野枝坦坦荡荡，假装听不懂弦外音：“你啊。”

“你是从哪儿弄来的？”

易青巍不信是花钱买来的，放在哪个店卖哪个店倒闭。

宋野枝往门边挪了几步：“是从迎宾花篮上扯下来的。”

易青巍抄起熊作势吓他。

宋野枝早有准备，溜到门边跑了，跑之前还喊：“十月底不是你的生日嘛！我提前祝你生日快乐！”

易青巍想起来就止不住地笑，一边笑一边换外套，不知道是安慰易槿还是安慰自己：“看久了还挺可爱的。”

易槿也忍着笑，轻轻地翻了个白眼：“也就是小野，要是换个人你得和人家绝交。”她拿在手里摆弄，“别说别人了，就是换成欢儿或者乐儿，敢送这个给你，他们就得在自己和这个熊之间选一个待垃圾桶。”

说者无心听者有意，他扭头观察易槿的表情，穿衣服的动作慢下来。

“有那么夸张吗？”易青巍系好纽扣，过来抢熊，“别老揉，它禁不住，一会儿给揉散架了。”

“你下午什么约？”

易青巍把熊放到窗户边，让它晒到阳光。

“宋野枝和赵欢与他们学校开运动会，我答应了要去看。”

“我还说是哪家姑娘，原来又是小野和欢儿的事。”

离和李家约的时间还早，易槿在沙发上放松下来，和他闲聊，拖着他不让出门。

“还说李源无亲无故呢，你和小野又有什么亲什么故？这孩子一来你就一直疼着。”

这次，易青巍抚熊的动作直接停下来。

易青巍从小到大没瞒过易槿任何事，没有必要，也瞒不过。

“等等。”易槿突然说。

易青巍回身看她。

易槿皱着眉，这是她想事情时一贯的表情。

易青巍安静地等着。

“李源那小子读的也是四中，小野他们的运动会是班级的还是年级的，还是校级？”

“校级。”

“那不正好？一起去吃个饭，吃完饭就和李源一起去学校。”易槿怕他拒绝，马上说，“就这一次，下次我就说你出家了，云游四海了，找不着人了。”

易青巍最后把熊摆正，妥协道：“走吧。”

开幕式结束，运动员进场检录。

“您好，您拨打的电话暂时无人接听，请稍后再拨。”

宋野枝在找易青巍，与此同时，体育委员在找他。

“宋野枝，快！”

他挂断电话，把手机递给体委：“麻烦你帮我保管一会儿。”

“放心，加油哦！”体育委员是个矮矮的女生，凭可爱当选的，有竞技活动时她只负责后勤工作。

宋野枝不死心，一边跨下楼梯，一边往四周的看台上扫视。

他跑了两步，突然折返，拿过体育委员手里的红色班旗，径直往看台最高处走去。

然后，“高三（6）班”几个大字飘在全场最显眼的位置。

体委没想到宋野枝同学的班级荣誉感这么强，惊叹一声“哇”，双手一举，更卖力地为他鼓劲加油。

天空阴沉，不一会儿飘起了小雨。

无人喊停，有雨加持，让运动会添一分壮阔感：看，就算下雨了我们也不放弃。

男子五千米开赛的枪声一响，看台上的同学都开始为各自班级的参赛者呐喊助威。渐渐地，喝彩的阵势变了，有更激动、更热情的声音穿插进来，接着，一片人传染另一片人，不过几秒，完全成了全场狂欢起哄。

易青巍和李源好不容易从堵死的车流中抽身，就迎上了四中学子如此激昂澎湃的场面。

易青巍悠闲地叉着腰看热闹，随着众人的目光往跑道上张望。

跑道内圈的足球场上，有一个穿白裙的女生也在随着男运动员们一起跑。

不同的是，她只跟着其中一个男孩儿。他快，她就快；他慢，她也慢。

赛场上，两个人毫无眼神和话语的交流，但就是像磁铁一样，死死地黏在一块儿。

李源个子矮，踮脚看了半天才搞懂了整个状况。

在他漫长枯燥的学生时代里，陪跑这等浪漫而嚣张的行为，是从未出现过的。

李源多看了几眼，突然兴奋地说：“我认识这个学长！他是个转学生，上学期期末考了年级第一，照片现在还贴在荣誉墙上！”

说完，李源马上发现易青巍不对劲。只见他紧绷着脸，神情并不明朗。

他小声地问：“易叔叔，你怎么了？”

易青巍缓慢地眨了一下眼，气质发生转变。

他说：“没什么。这样太危险了。”

果然，下一秒，广播响起，年级主任拖长声音警告道：“请跑道内场上的女同学停止陪跑，远离赛道。”

女生充耳不闻，没有回应。

观众的呼声更疯狂。

宋野枝目不斜视，看着前方同学的后脑勺，语气平稳地说：“你别跟着我了。”

主任再次拿起话筒：“再说一遍，最后一遍，那位穿白裙子的女生，停止陪跑，远离赛道！停止陪跑，远离赛道！”

宋野枝甩甩头，开始加速。

身旁的女生也随之加速。

全场的人失控地尖叫。

五千米，宋野枝拿出百米冲刺的速度跑，女生跟不上，用力过猛，头重脚轻，摔倒在赛道旁的绿茵地里。

宋野枝的脚步停了。

他原地缓冲几步，倒回去几米，蹲下去询问女生的情况：“能站起来吗？”

说着，他把女生掀至大腿处的裙摆下拉，随手脱了自己的运动外套递给她，说：“系着，暂时遮一下吧。”

她接过衣服，没动，余光瞥见有几位老师和校医室的医生正往这边走，迅速地问：“你记得我吗？”

女生摔得不严重，只是膝盖擦破了点儿皮。

宋野枝看她没什么大碍，才说：“记得。”想了想，他又说，“裙子真的不适合运动的时候穿。”

“我是（13）班的陈涵宇。”她笑着，“我知道，但我给你送信时穿这一身，你那次给我捡鞋时我也穿这一身，今天，我怕换了衣服你就没有印象了。”

宋野枝的语调不似方才轻松：“陈涵宇，是吗？你不该这么做的。”

宋野枝和陈涵宇被叫去了办公室，赵欢与和周也善还有陈涵宇的朋友站在门外等。

“这是谁想的主意？”周也善的肩靠在墙上，脚尖不规矩地点地，毫不掩饰自己的不爽和不耐烦之色。

赵欢与拉了他一下，对他摇头，示意他闭嘴。

周也善不爽地抿了抿嘴，把一句脏话吞下肚去，抱着胳膊不再出声。

宋野枝很快就出来了，陈涵宇的朋友马上凑上去问：“陈涵宇呢？老师说什么？”

周也善上前伸手把她和宋野枝隔开，指着办公室说：“要人就进去找老师，别烦他，行？”

说完他拽着宋野枝下楼。

估计从没有哪位男生对她这么不客气，那女生自觉受了天大的委屈，冲着他们的背影愤怒地大喊：“不是为了你她能这样吗？我就说，陈涵宇被猪油蒙了心，结果倒好，没人领情！”

听到这话，忍到现在的赵欢与不乐意了。她将矿泉水瓶一砸，上楼去，站到那女生面前。

“欣赏宋野枝的人多了去了，陈涵宇排队了吗？”她冷笑一声，“不谈其他，我倒还挺欣赏她这勇敢劲儿，但，您是哪位？”

宋野枝现下心情很差，准备了近一个月的五千米长跑比赛被搅得一团糟。若是易青巍来了，让他白跑一趟看一场闹剧；若是他没来……

若他没来。

“没什么大事，她写完一份检讨就能走。我可以离开了吗？”宋野枝淡淡地问。

“要我家宋野枝领你什么情？”赵欢与问女生，没得到回答。

赵欢与往旁边走几步，提脚踹开办公室的门，黄菊和另外几位老师齐刷刷地转头看她们。

她一脸正经的样子，看那人脸上有怯意，便礼貌地微笑：“老师，这位同学好像为陈涵宇同学很不平。”

趁大家都还处在惊愕中，赵欢与拍拍屁股溜下楼去了。

回到运动场上，宋野枝赶紧找体育委员要回手机。

当事人返到现场，又是一阵骚动，大家的目光都汇聚在他身上，个个都朝身边好友使眼色，露出意味不明的笑。

宋野枝低头专注地看手机，快一个小时过去了，没有未接来电，也没有未读消息。他再次拨通电话。

这次，有人接听电话。

“喂，小叔。”

“嗯。”

“我给你打了很多通电话。”

之前正值易青巍半道儿下车，和李源在排成长龙的车流里穿梭。错过开幕式无所谓，但他想赶上比赛发令枪响那一刻。

“手机静音了，没注意。”他却说。

易青巍那边很安静，像是在车上。宋野枝突然不敢问他是不是正往学校来的车。

“小叔，你别来了，运动会取消了。”

“怎么呢？”发问的声音很平，没有震惊或疑惑的语气，他是脱口而出的，像早有预料，更像事不关己。

空气猛地潮闷起来，罩住人们的口鼻，使呼吸变得艰难。

宋野枝盯着湿漉漉的地面，停留太久，引得看着他的人也一同去探究地面。

他的回答过于平静：“因为下雨了。”

李源是个尽职尽责的小跟班，一边走一边在易青巍身后试探道：“易叔叔，我们真要现在走吗？”

“你可以留下。”

李源连忙摇头：“我和你一起。”

他刚说完，易青巍又毫无预兆地停下。

“怎么了？”

“你们学校的光荣榜在哪儿？”

“什么？”

“哦，荣誉墙。你不是说，你们学校有荣誉墙吗？”

李源想不通，怎么又要去参观荣誉墙了？

易青巍被领到那一墙照片前，凝视着上面的照片，神情认真。

红底背景，蓝色校服，排在榜首的那张脸比很多人白上许多，灯光打得对，把他的好骨相拍出来了。大家或多或少都笑着，唯他象征性地略提嘴角，眼神平静，很端正。

雨细如发丝，但易青巍不知在想什么，一直站到衣领被雨沾湿，凝作水珠悬着，亦恍然未觉。

后来两个人坐上出租车，易青巍的电话响起来。才说了两句话，他就神色淡然地挂断电话，之后便看着黑掉的手机屏幕发呆。

李源继续不解，也是为了和他搭话：“运动会才刚开始——”

“我说了，你可以回去。”

“可为什么走呀？”

易青巍侧头去看窗外，自问：“因为下雨了？”

“你不是专门来看你侄子比赛的吗？我们也没看到啊。”

他的话好多。

“你知道赛道上被陪跑的那个男生叫什么名字吗？”易青巍问。

李源：“知道啊！宋野枝！我都说了嘛，你刚才站的位置，就是他的照……”

“宋野枝，他，就是我侄子。”

李源瞠目。

“所以，不走我还等着老师请我去办公室喝茶吗？”

李源咋舌。

是这样吗？

李源是被身边的人宠着长大的，没有察言观色的本事，更不会揣摩人的心思，但直觉告诉他，易青巍心情不佳。可这句玩笑话丢出来，又让他拿不准了。

“真走啊？”

“李源。”易青巍有些忍无可忍。

李源马上噤声。他就是想和易青巍多待一会儿。

“易叔叔，前面那条街口新开了一家麦当劳。”

“我们吃过饭了。”

“可以吃冰激凌。”

“有雨。”

“我们有雨伞！”李源转而拍了拍座位旁被裹成一团的塑料布，“还有雨衣！”

这些雨具是易青巍在学校门口的小店里买的。那时他们刚赶到学校，雨恰巧开始下。

当时，李源在一旁看他结账。

“为什么买三件雨衣、两把雨伞啊？”

“因为还有三个人要用。”易青巍不想同他废话，然后说了句废话。

“雨伞一把就够了。”李源把另一把伞放回货架上，“我们可以两个人撑一把，伞不方便拿。”

那时李源没有追问那三个人分别是谁，没想到，没过多久，在学校之外的地方，把他们全遇着了。

离开田径场，赵欢与提议去吃麦当劳，她上个周末在学校附近的一家麦当劳办了卡。

周也善知道她想安慰接二连三遇到破事的宋野枝。他低声说：“你以为谁都跟你一样，吃一顿肯德基就能好？”

赵欢与：“所以是去麦当劳啊！”

周也善：“……”

宋野枝看着他们笑：“走啊。”

那段路不远，出校门十五分钟就到。三个人直走，过马路，十字路口左转，进入一条长巷子，巷子尽头是另一个街口，街口第三家就是麦当劳。因为是新开的，赵欢与一边走，一边为他们导路。

但是，他们最后没能走出那条巷子。

巷子尽头也没有街口，只有易青巍和一个陌生男生。易青巍左手为那个男生撑伞，右手提着一个包装袋，上面有麦当劳的标志，里面是两杯饮料。

是李源最先出声。

他吃完冰激凌，不明白易青巍为什么突然不走了。他抬头看去，发现对面站着三个人，其中两个男生穿着运动衣混搭其他款式的衣服，另一个女生穿着四中校服。隔着有一段距离，他认出了宋野枝，挥着手大声地打招呼：“哎！学长！”

宋野枝早就看到了他们，不过神色茫然。

李源看见宋野枝转身望了一眼他们来时的路，似乎是想原路返回，被身旁的男生揽住肩膀，拦住了。

周也善问他：“怎么了？要去哪儿？”

宋野枝懵懂地摇头。

周也善看着他，这几十秒间，眼前这个人与周围的世界是隔开的。

“不知道。”

他不知道这个男生是谁。

他不知道对方怎么会认识自己。

他不知道小叔怎么会出现在这儿。

他不知道小叔怎么会和这个男生在一起。

他不知道，小叔为什么没来运动会现场。

哦，这个他知道。是自己叫他不要来了，然后他说“好”。

“我有点儿冷。”宋野枝说。

他的外套给了陈涵宇，没有要回来。

周也善立刻脱了自己的外套给他穿上，雨不大，他们没带伞，是一路淋着过来的。

赵欢与向对面的两个人招了招手：“你们也来吃麦当劳？”她走近，看向李源：“你好，我们见过吗？你刚才管小野叫什么？学长？”

雨依然在下，伞依旧撑着，撑出两个世界，一个干燥，一个湿冷。

易青巍看着他们，皱眉。周也善企图用他的外套为宋野枝留住体温，但效果甚微。宋野枝全身紧绷，肉眼可见地在发抖。

李源说自己是四中高一的学生，接着问他们要不要走到屋檐下去躲雨。他又想起什么，转头说：“易叔叔，早知道我们就不应该把雨衣丢……”

易青巍没让李源说下去，直接问赵欢与：“你们下雨天跑出来这么远干什么？”

“远吗？”赵欢与伸出手指点了点他手里的麦当劳袋子，淡淡地说，“雨不大，跑出来吃这个。小叔，你呢？离四中这么近，也不进来看看我们？”

小叔？

听到这个称呼，李源猛然觉得赵欢与看着有些眼熟，应该在某次饭局上见过。

李源说：“我们才……”

赵欢与的笑也淡了：“我问你了？”

话头两次都被截断，李源看看易青巍，再看看赵欢与他们三个，终于觉出几个人之间的气氛古怪。

身后，周也善在给宋野枝搓手哈气，问：“怎么突然冷成这样？”

易青巍往赵欢与身后看了几眼，递出饮料：“把这个给他，暖暖手。”他又把左臂伸出去，“还有伞。”

赵欢与去看宋野枝。

宋野枝摇头。

“他不要。”赵欢与说。

“宋野枝。”易青巍叫他的名字。

宋野枝这才走上前来，与赵欢与并肩，手握成拳藏在略长的袖子里，直面他：“真的不用了，谢谢小叔。”

“谢谢”一出口，易青巍的脸顿时冷下来，比深秋的风雨刺人。

宋野枝知道李源一直盯着自己看，把眼神转向他，稍一点头，算是打过招呼。

他接着就笑了：“小叔，我还以为今天见不到你了。”

他抬头看天，被面前的伞遮了视线，就改为看伞。伞是纯色的，没有花纹。他看了半天，毫无头绪，陷入新一轮的愁苦情绪中。

宋野枝默然地站了好一会儿，说：“走吧，一会儿雨下大了，就难走了。”

说完，他自顾自地向前走去，擦肩而过之际，欲言又止。

易青巍察觉到了，但没动，问他：“还有什么事吗？”

宋野枝愣住，随后摇头，这次摇得很彻底。

没事，他在心里说。

这里的天从未像这天这样，沉甸甸的，雾蒙蒙的，让人喘不过气，让人看不清远处。在这样一个感官被干扰，让人失去判断能力的白日里，有些事情就此沉没了。

道分两边时，有没有人回头？

话出唇齿后，有没有谁生悔？

有人在意，但无人再提起过。

冬天来了，不能再在院中的树下躺着赏月。

房间内没有灯，宋野枝坐在书桌前，冷冰冰的月光越过缝隙，照到他的下巴上。他合上书，打开窗帘，斜着肩膀，往天上看去。

月亮是会变的，它如今远远地躲在天上，泛着苍白的光，缥缈虚无。这一夜没有风，等了许久也不见有云遮月，他“唰”一下拉上窗帘。

胡同里有车驶来，车轮声、引擎声，这些动静让院子里的“翠凤凰”欢欣鼓舞地唱起来。

窗帘被再次打开，一根食指虚虚地撩起一角。

引擎停，车灯灭，院子的门开了，易青巍走了进来。这个冬天，他又穿上了那件铁灰色的及膝大衣。

宋野枝听到客厅里宋英军问易青巍有没有吃过饭。

“吃了。宋叔，他呢？”易青巍问。

“屋里呢。”

宋野枝离开椅子，爬到床上。

“灯怎么熄着，他吃过饭了？”

“没，他今天在家看了一天的书，现在应该是睡着了。”

“我去看看他。”

“行，也该叫他起来吃饭，一会儿菜搁凉了。”

易青巍打开灯，床上的人醒着，本来面向白墙的脸转过来，看着他。

“没睡？”

宋野枝把脚边的被子踢开，翻身坐起来，低着头跪在床沿寻拖鞋。

“好久没听到你的声音了。”

易青巍跟着他移动目光，不自觉地接话：“是吗？”

宋野枝换了个姿势，坐在床边，手臂垂直撑着床板，漂亮的锁骨线条凸出来，延至单薄的肩膀。

听到易青巍的话，宋野枝歪了歪头。

“一个多月？”

四十三天。

易青巍失语片刻，后来指了指他的脚：“穿上袜子，出来吃饭。”

宋野枝抬眼追着他的背影，然后埋头，不自在地蜷了一下脚趾。

宋英军和易伟功这个月要去一趟南方，次日启程，去参加战友的葬礼。

易青巍这晚来，是接宋野枝回自己家。

他们的归期不定，少则十多天，多则一个月，宋英军就把宋野枝寄养在易家了。

宋野枝有一下没一下地扒拉着碗里的饭，问："陶叔也要去？"

陶国生说："要去的，你爷爷一个人去那么远的地方可不方便。"

宋野枝喜欢和易青巍待在一起，宋英军知道，所以这次没和孙子商量，心想易青巍来了接走宋野枝不过几分钟的事，谁知一个笑脸都没讨到。

宋英军后知后觉地征询意见："行吗？这段时间你在易爷爷家住。"

宋野枝没说行，也没说不行，只顾夹菜，说："我能照顾自己。"

孙子的性格宋英军知道，独立，明事理，但敏感。他历来都尊重孩子的意愿，不强迫，只引导。

他说："放你一个人在家，我的心可得时时刻刻悬着。"

他们三个人坐在沙发上看电视，宋野枝一个人在餐桌边。这时，易青巍将腿一收，站起朝他走来，轻巧地拉开一张椅子，和他面对面地坐下。

"你不愿意去？"易青巍问道。

他眼睛里的情绪很干净。

上次在长巷里分开后，易青巍中午不再回学校附近那间出租房，宋野枝周末去送饭被他拒了，他的车也没再在四中门口出现过。

宋野枝没去问他为什么，孤零零地、安静地、按部就班地度过这一个多月。

宋野枝低头，保持吃饭的姿势，眼皮却抬起来，印出两道深深的痕，很用力，企图看透什么。

"小叔，你愿意我去吗？"宋野枝神情温顺，问出的话却尖锐。

一旁的宋英军一听这话才晓得宋野枝这是和他小叔闹脾气了，难怪这些天没见两个人有什么联系，亏他刚才还担心孙子是怨自己丢他一个人待在这里。

他和陶国生对视一眼，端着茶杯各自回房了。

易青巍错开视线：“我？有什么愿不愿意的？”

就是这样。

宋野枝感觉得到，月亮在变，易青巍看他的眼神也在变，多了几分犹疑，几分愁意，飘忽不定中，隐隐还有踌躇不前的烦躁感。

这些，宋野枝都读清楚了，却想不通，自问自己什么都没做错。

但宋野枝说：“是没什么，你愿意我就愿意。”

一锤定音。

任易青巍的眼神飘向何处，宋野枝始终只看他。

一些东西被轻易地击碎了。

易青巍回视他，眼神里复杂的东西不疾不徐地在融化。

“好啊。”他静静地看了宋野枝几秒，才接着说，“吃完就去向爷爷道别，然后跟我走。”

这年的雪来得迟，或是没雪。一月了，只有单调的风，单调的低温。

车窗摇至最低，宋野枝把围巾拉上鼻梁，坐在后座上，趴在右方的窗沿。他眯着眼睛看车外后视镜中渐行渐远的行人、车和树，忽而偏头，右耳压进两只手臂圈成的小窝里，看驾驶座上的人。

“宋野枝，别吹感冒了。”

沉默了一会儿，宋野枝直起腰来关上窗，说：“我没有行李，没有衣服穿。”

他用了“行李”二字，就像他们要去多远的地方一样。

宋野枝及时抿住嘴继续看向窗外，掩不下笑意。

“明天早上我来给你收拾，要拿些什么东西，回去之后列个清单。”

“好哦。”

易青巍专心注视周围的路况，却问：“笑什么？”

“什么？”

“你刚才笑了。”

“没有。”

“没有？”

“没。”

“绝对笑了。”

“真的没有。”

“宋野枝。”

“嗯？”

“嗯？”易青巍学他，加重语气。

“好嘛，小小地笑了一下。”他笑开了。

易青巍在前边没说话了，左手肘搭在车窗边沿，指腹抵着嘴角，喉结一滚，几不可闻的笑声轻轻地飘了出来。

到了斑马线，易青巍停车让行，一群刚补完课的学生嘻嘻哈哈、推推搡搡地过马路。

夜灯灯光闪烁，青春的脸庞张张朴素，也张张靓丽。

他突然想起那天跑道上的女孩儿。她不够幸运，需在宋野枝身后苦苦追逐才能靠近。

“宋野枝，想喝杏仁茶吗？”

“有一点儿。”

“那我们绕路去买了再回。”

“好啊。”

宋野枝的脸上还挂着满满的笑容，像破冰的湖面，只要给它一点儿风，它还你不绝涟漪。

易青巍这些天烦闷困扰，挑不出好看得体的姿态来面对宋野枝。

易青巍又在车内后视镜上瞟一眼宋野枝的面容，也淡淡地笑了。

第二天早上，两个人都起晚了。宋野枝站在卫生间里挤着牙膏，易青巍在他身后问：“你是不是又轻声轻气地叫我起床？”

宋野枝说：“我没有，昨晚忘记定闹钟了。”

易青巍上下扫了一眼宋野枝，看他穿着自己高中时的那套睡衣，目光停在裤脚处，说：“你长高了。”

宋野枝低头，顺便揉了一把头发，承认道：“是高了，也胖了。”

易青巍含着满嘴牙膏沫，无声地说了一句：“胖个屁。”

宋野枝敷衍地喝了几口粥，抓起书包要走。易青巍递了个剥好的鸡蛋过去拦他：“吃了，我开车送你去，不差这几分钟。”

上车扣上安全带，易青巍才发现：“你没有校服。”

“嗯，我打电话请周也善帮我带了一件。”

“周也善？什么时候？”

宋野枝看他一眼：“刚起床的时候，怎么了？”他解释道，“校服是每个人都有两套的。”

“哦，我知道。”

上午第二节课下课后，有个大课间，休息时间充裕。宋野枝站在走廊上透气，教室在三楼，操场上人群的一举一动他可以看得一清二楚。

周也善伸着懒腰从教室里走出来，问：“看什么呢？”

宋野枝没答。

周也善也不介意，顺着他的目光的方向寻过去，是绿茵茵的足球场，有几个人在上面踢半场。其中穿橙色球鞋那人跑得飞快，停下来时，待看清面目，他只觉得很眼熟。

“他叫李源。”周也善在旁边为他解说。

宋野枝侧过脸来看他：“你怎么知道？”

周也善耸了两下肩膀：“只许他知道你的名字？”想起那日的情景，

他替宋野枝颇为不爽，“还学长，嘁。”

周也善知道这号人，李源是足球校队里的新生力量，到了高三周也善退了队，还听之前队员谈起过。谁知道李源还能和易青巍扯上关系。

“你还放不下那天的事？”周也善断言。

“不重要。”宋野枝淡淡地说。

周也善笑他：“还真是一副不重要的样子。易青巍不是……啧，不是一直挺关心你的吗？你没问过他运动会那天到底怎么回事？”

周也善总时不时想起自己那套落了灰的邮票。

“怎么问？”

怎么问都是满腹牢骚、无理取闹、小题大做的姿态，他才不屑。

“就放在那儿不管了？”

“就放在那儿不管了。”宋野枝还调侃起他来，“替我操这份心做什么？”

“要不是看你整天闷闷不乐的样子，谁管你？”周也善正经地说，“我觉得你可以去问，总归是个疙瘩，放着不理是不可能消的，会发霉变质。”

宋野枝没说话。

“我不懂。”周也善小声地说，“谁爽约不得挨顿骂？这倒好，你还小心翼翼地护上了。”

宋野枝被他逗笑了：“你干吗啊？我真没事。”

周也善被他的笑晃了眼睛，火气撒腿跑得没影儿了。

赵欢与从卫生间回来，凑上去拍他们的肩，问：“想好中午吃什么没有？”

“咦？”赵欢与的手掌在周也善的肩上多停了一会儿，奇怪地问道，“周也善，你的校服怎么是湿的？”

闻言，宋野枝不笑了，看向他。

周也善朝着宋野枝，一脸支支吾吾的样子。

而宋野枝看着自己身上这套临时借的校服，心下了然。

“问你呢，傻啦？”赵欢与说。

“周也善……”宋野枝叫他。

周也善只好抢在宋野枝之前出声，苦笑道：“昨天刚洗，今天早上烘了一会儿，还是没干。”

他对宋野枝说：“换作是赵欢与，我也会把干的那件给她。”

站在中间的赵欢与倒吸一口冷气，原地凌乱。

三月是数学竞赛的决赛，赵欢与通过了选拔，得去参加集训，整个寒假都不能回家。

临走，她抓住周也善盘问一些事情。

宋野枝早就在门口等他们了，周也善把书包甩到后背上，推着她往外走：“快点儿吧，别让他等。”

宋野枝站在远处，双手揣在上衣兜里，低着头，时不时晃一晃转个圈儿，无聊又专注地等着人。赵欢与趁他张望时朝他招手，然后和周也善一同笑着迎上去。

高考也就是没几个月之后的事了，班里大多数人在学校附近报了补习班，所以大家寒假又聚在了一起，不过是换了个地方上课而已。

天气越来越冷了，一张嘴就是一连串白气。周也善在路边买了两个烤红薯，塞一个到宋野枝手里。

“我今天中午能不能和你回去吃饭？我妈出差了，家里没人做饭。”周也善啃着手里的红薯，含混不清地问道。

宋野枝听出周也善语气中的小心翼翼，干脆地点头答应：“可以啊。”

“易青巍在不在？”这句周也善倒说得很清晰。

“不在。”

他很久没去过那个房子了。

周也善私底下都叫易青巍的名字，宋野枝没纠正，因为他在周也善面前，也从未管易青巍叫过“小叔”。

但后来他们的午饭是在街边的小吃店里解决的，之后宋野枝领周也善到租的房里午休，正好空出赵欢与的屋来容他睡。

宋野枝拿出杯子，准备倒热水，就见周也善从赵欢与的房间里出来，嫌弃地喊：“什么啊？赵欢与还喜欢粉红色的床？一堆猫猫狗狗在上面，我不睡。”

他也不可能睡易青巍的床。

“那你要和我睡吗？”宋野枝从白茫茫的热气中抬眼，淡定地反问。

周也善呆了几秒，挠头折了回去：“粉红色就粉红色吧。”

易青巍下班回到家里，李姨在厨房忙活，后倾着身子向外喊：“回来啦？”李姨的声音喜滋滋的，“这段时间都回这么早，真好，汤马上好了，今天晚上吃炖猪蹄啊。”

易青巍弯腰脱鞋，应：“早吗？还去了一趟宋叔家帮宋野枝拿书呢。”他瞟一眼楼上的客房房门，接着问，“姨，宋野枝回来了没？”

李姨顿了一下，握着汤勺走出来，放低声音说：“回来啦，但我看着孩子心情不怎么好，问他怎么了，他闷头闷脑地说没事，把自己锁在屋里。”

没等李姨说完，易青巍脱了外套马上往楼上走去。他的步子越走越缓，半道儿停了下来，他一脸苦思表情地又下来，说：“等吃饭的时候再去叫他。”

李姨举着勺子指他一下，笑着回厨房去了。

盛满汤的大瓷碗被搁到玻璃餐桌上，房门应声被打开，宋野枝现身，乖巧地下楼来。

易青巍一边摆碗筷一边看他："学习累不累？紧张吗？"

"不累啊。"

宋野枝去厨房接菜盘子，一一摆上。

李姨摘了围裙，擦了擦手："小槿呢？她有没有说什么时候回？"

易青巍张罗道："姨，快坐下吃吧，我姐吃饭的地方多着呢。"说着易青巍又递筷子去宋野枝手里，等他快要碰到时收回一点儿，问，"冷吗？在家里还穿那么高领的衣服？"

衣领紧，宋野枝不适地活动两下脖子，再伸手松了松，才说："随手拿上穿的。"

易青巍多看了他一眼，才点头道："嗯，吃吧。"

晚上，易青巍早早就上了床，辗转反侧毫无睡意，翻来覆去几轮，最后下床来，开门，又返回去从桌上抱了一摞书，来到宋野枝的门前。

敲门，无人应，敲过六下后，他自发打开门。

房间里没人，易青巍放下书，去走廊探身往楼下看，浴室的灯亮着。

他气定神闲地坐到桌前等，没几分钟，宋野枝的脚步声响起来，传到耳朵里，有水声。

宋野枝一开门，第一眼看到正前方大叉着腿坐在转椅上的易青巍。而易青巍呢，第一眼看到他滴着水珠的发梢，水滴掉落，滚动，滑过脖颈。他的白，是健康的白，在灯光下亮得出奇，好看极了。

易青巍目光深沉，直直地盯着他，一言未发。

宋野枝正要出口问些什么，他却不打算听，突然把手里的书重重地丢去桌面上，然后起身，绕开宋野枝走出门去。

宋野枝注意到那本书，一下明白了，无力地跌坐到地上。

一声巨响，门重新被踹开。

李姨听见声音，吓得够呛，急急忙忙上楼来。

她站在门口，不敢走近，小心翼翼地问："小巍，怎么了呀？"看到坐在地上不声不响地红着眼睛的宋野枝，她又说，"小孩儿犯错了要好好教的呀，不能发脾气骂的呀。"

易青巍屈起一条腿，蹲在宋野枝面前，看着他说："没事，李姨，我问他几句话就走。他没犯错。"

等李姨蹙着眉头去楼下了，易青巍捡起宋野枝垂在地面上的手腕，抬高，轻轻地拢在掌心里端详着。

宋野枝戴着一个运动手环，是深绿色的，印有日文。

戴很久了，易青巍很早就注意过，一看就是尚在高中的男孩子喜欢的款式，洋溢着青春活力，充满蓬勃逼人的朝气。

"周也善送的？"

"是。"宋野枝有浓重的鼻音。

他洗澡也不肯摘。

"你记不记得，我送过你一个银镯？"

宋野枝当然记得，记得一清二楚。去年，临近除夕时，宋俊要来带他走的前一天易青巍送的。

"嗯，它在哪儿？"易青巍问。

宋野枝摇头："不在这儿。"

想起他一直以来光洁、空无一物的脖颈——生日项链也不在，易青巍再次松开他。

果然只有几句话，问完，易青巍双手捧起他的脸，纤长细腻的手指为他拭净干涸的泪痕。

宋野枝落过两滴泪。

"今晚好好睡一觉，明天再说。"易青巍站起来，离去的背影落寞仓促，"算了。明天宋叔回来，你放学直接回家去吧，你的东西我会早早送过去。”

桌上有易青巍刚搬来的书，不少，摞起来到膝盖那么高。补习班的课程进入全面复习阶段，宋野枝昨晚才提起说请易青巍去一趟胡同院里拿一些去年的课本，这天就全摆在眼前了。

他的目光掠过一本本复习册，最终落向崭新的、孤零零的那一本，在一众老旧蓬松的书页中显得格格不入。

书确实很新。宋野枝一共只翻开过两次，都是满心困惑地走进去，云里雾里地走出来，毫无起色。

他自己都忘了后来把书藏在房间里的哪个角落，而今被撞见——也不单纯是坏事。

宋野枝分析不出如今的局面到了哪个地步，是否还可以挽回。

不过，事已至此，他也没什么好在乎的。

他站起来，把练习册推倒，从桌面上挑出那一本攥在手里。

宋野枝来到易青巍的卧室门口，门紧紧地闭着。他敲，没回应。

“这本书确实是我的。”宋野枝径直对着那扇门说。

门里没有动静。

宋野枝又说了一遍，最后一遍，声音响亮，字句铿锵：“书是我的，但这件事里里外外和周也善没半点儿关系。”

说完他又盯着门看，害怕它下一秒就打开。宋野枝赶紧转身跑回房间，关门关灯。

他贴在门后缓神。

巨石终于落地，宋野枝没被砸得稀烂，反而觉得如释重负，仿佛劫后余生。

第二天宋野枝起得很早，免得和易青巍碰面，怕他追问，也怕他生气，更怕他不置一词。

夜晚。

楼下舞池里，群魔乱舞，摇来荡去。这个酒吧有两副面孔，凌晨钟声就是一个分界点。

易青巍掐着杯口，又往嘴里灌了一杯酒，垂着眼眸，看着一楼台上弹键盘的男生。

易青巍左手摸出手机，挨个儿拨了几通电话。等了一会儿，来的只有沈乐皆。人还未落座，易青巍先把空酒杯敲在桌面上，替他满上。

“明天没班？”

“没。”易青巍再要说话，腹中全是翻涌的酒气，闭嘴缓了缓，摇头，开口，“跟同事换班了。”

沈乐皆坐下后也没有要喝酒的意思，双手抱胸，问他：“换班？什么事能让你换班？”

易青巍将酒杯往前推了一寸。

“喝。”

“我只是来看你是怎么回事的。”沈乐皆木着脸。

“行。”易青巍挑眉，手腕一转，收回手，仰头自己干了酒，“看完您就回吧。”

三首曲目演唱完，换了支乐队上去，键盘手也换了，胡子拉碴，膘肥体壮。易青巍别开目光，不再看了，回头却撞上沈乐皆的眼睛。

“看什么？”他并非询问，而是对沈乐皆的打量表达不满。

“你到底怎么了？”

“我怎么了？”

“有事。”

“没事。”

“你告诉我。”

“啧，烦。”易青巍撑着扶手站起来，把钥匙丢到沈乐皆的怀里，

“你开，送我。”

喝完酒的身体很热，易青巍却把自己裹得很紧。他藏在臃肿的羽绒服里，乏力地窝在后座上，头靠车窗，昏昏欲睡。

“我们高中时是什么样的？”他的声音微弱。

“怎么了？”沈乐皆瞟一眼车内的后视镜，视线所及之处只有易青巍因死命抓紧衣领而泛白的手指。

“想回去。”他轻轻地说，闭上眼睛，已然在憧憬，“你有没有过这种感觉？”

“什么意思？”

易青巍的目光缓慢地转向驾驶座，身子也徐徐撑起来凑上前去。不耐烦到极致就是平和，他严肃地说：“沈乐皆，你能不能不要总是在我问出第一句话之后，用第二个问句来把问题反弹给我？”

“你刚才那句话是什么意思？”沈乐皆固执得很。

易青巍放弃了，软软地恢复原样：“字面意思。”

可自己已进不去意气风发的男孩子的队列中了。

“算了，没事。”

“你……”沈乐皆到底没再追问下去。

此后的一路，他们的对话就终结在这一个“你”上。两个人各怀心事，沉默无言。

“咔嗒——”

钥匙被转动。

“啪——”

灯被打开。

客厅的电视荧屏亮着，只有画面闪动，静音。过长的毛毯垂到地板上，有人蜷在沙发里，露出一颗毛茸茸的头。

“你在这儿干什么？”

毛毯拉得盖住鼻梁，露出眼睛，宋野枝默然地看着易青巍，说：“等你。”

易青巍的头在此刻昏沉起来，热气烘至每一根神经和血管。

“我记得昨天我说过让你回家。”易青巍状似平静地说。

“说过。”

“那你在这儿干什么？”

“解决问题。”

易青巍垂头，捋了一把头发，从额头到后脑勺。宋野枝缩了一下脚，让出空位来，然后易青巍顺势坐下了。

“小叔，你身上有酒味。”

“关于那天的事，我不会跟别人说。如果你担心的是这个，问题现在就解决了。”

易青巍自认为自己现下处于半投降的状态，虽然不知敌方是何物。

“我不担心这个。我的问题是，小叔，你是怎么想这件事、怎么想我的？”他是有些不敢听的，但必须听到。

宋野枝坐起来了，几缕头发微翘，有种凌乱的俏皮感。被那双水盈盈的眼睛直勾勾地望着，易青巍捻了捻手指，想抽烟。

香烟是他很久之前因为好奇而碰过的小玩意儿，仅仅是碰过，没有瘾。

从小到大，极少有事物能让他上瘾。

“你是还想来讨要几句我的点评？”易青巍啼笑皆非，近乎脱力，后颈仰靠在坚硬的沙发靠背上，“那是你的事，我没什么好说的。”

他说了也不会好听。

他突然侧头，转向宋野枝，但巧在电视剧突然结束，映在眼中的唯一亮光瞬时熄灭了。他板着脸，移开眼，不再看宋野枝。

易青巍的喉结滚了又滚，满嘴是话，却说不出。

半晌，易青巍只能说："宋野枝，以后，再乖一点儿好不好？"

易槿近几天忙得昏天暗地。

最近国外的经济动荡，国内也受牵连，她的外贸公司遭受到了巨大的影响。她昨天晚上没能合眼，二十四小时连轴转，这天忙到下午两点才得以喘口气。

易槿在回家的路上随便塞了几口面食，到了家连爬楼的力气都没有，直往客房的床上扑。她一觉睡到午夜，半梦半醒间觉出有点儿饿来，起床觅食。

她才将门拉开一条缝，客厅沙发上的两个人的谈话就在耳边。

易槿顶着通宵工作之后的脑袋，神志不清，脖子转了一圈儿，黑暗之中，左右前后地看了看，才掂量清楚事情。

易槿狠狠地抓了一下头发，又愣怔着。

她在原地站了半天，等门外的两个人都没了声音，才提着气把门不声不响地关上。

第二天，晨光熹微，宋野枝比李姨起得早，占领厨房和餐厅。

易槿在凌晨三四点睡了个回笼觉，六七点顶着一头鸡窝一样的头发从房间里走出来，到厨房找水喝。

"小野，起这么早，不是九点上课吗？"

宋野枝回头叫人："小姑。"

"睡不着就起床了。"他说道，"小姑，你想吃小米粥配鸡蛋还是面包配培根？"

"你吃什么我就吃什么。"

易槿多看了几眼，奇道："还有热牛奶和蜂蜜水？"

宋野枝多调了几杯，点头："小叔昨天晚上喝酒了，早上喝这些东西应该能好受些。"

"小巍？"易槿的脑子这才变清明，昨晚的记忆涌了进来。

宋野枝停下，转头不确定地问她："是会好些吧？我也是听说的。"

易槿看着宋野枝精心调试甜度的模样，再看看那排任人挑选的玻璃杯，笑了笑。

"是的。"她说。

不一会儿，易青巍下楼来，低着头，两只手忙系纽扣。他昨天是打算在酒吧里待一整晚的，可是后来被沈乐皆搅和了。早上醒来，即使和同事说过换班，想了想，他还是决定撑着起床去上班。

易槿和宋野枝坐在餐桌边，正一边聊天一边吃早餐，听见声音了，双双回头看去。

"收拾好了过来吃早餐。"易槿说。

"没胃口。"

"小米粥、蜂蜜水，治宿醉的——你也没醉，滚过来吃完再走。"易槿说完一连串话，眼睛也没抬。

易青巍将眼神给了一旁咬着叉子不吱声的宋野枝，走过去。

"为什么我的是粥，你们的是肉？"

"你好意思问为什么？晃晃你那胃，"哗啦啦"一片响，全是酒精，吃什么肉？"易槿说，"是小野特意给你熬的，闭嘴吃，吃了再喝杯热的东西。"

对面两个人手中的刀叉"叮叮当当"，易青巍也执着用调羹撞瓷碗，餐桌上很是热闹。粥煮得绵软黏稠，入口即化，易青巍多盛了一碗。

"小叔。"

"嗯？"

"我不想去上补习班了。"

易青巍看向他："为什么？"

"我可以自己学好。"

易青巍见宋野枝说不出理由，便接着说："你回去和宋叔商量一下。"

"我也不想回家。"

轮到易青巍无话可说。

他不似刚才那样追问为什么，怕问了之后宋野枝就不留了。

易青巍说："行，过完寒假再回去。"

宋野枝的眼睛亮了亮："中午我继续到医院去给你送饭。"他的声音低了点儿，但情绪没低，"可以吗？"

易青巍低着头，不停地喝粥："好啊。"

易槿默不作声地看着两个人你来我往地对话。作为局外人，她缓缓地咽下最后一口醇香的牛奶，呼出一口气。

宋野枝从来是不爱笑的，但因为易青巍脸上常常有笑，那么他也觉得笑很好；他从来是不爱和人打交道的，但因为易青巍人缘不错，那么他也觉得交际很好。

就像此时，段成从办公室出来碰上他，马上招手："小宋，这段时间来得这么勤呀？"

宋野枝："放假了，空闲时间多。"

段成往他手里看："今天小易吃什么？"

"回锅肉和炝冬笋，要不要尝一尝？"宋野枝说着，把其中一个饭盒捧给他。

说话间，段成已经将白大褂的一排纽扣扣好。

"我吃过啦。"他拍宋野枝的肩，跟宋野枝说悄悄话，"你小叔在抽屉里藏了巧克力，一会儿你走的时候一颗也别给他留。"

宋野枝笑起来。

走之前，段成不忘叮嘱："别告诉他是我说的哦！"

笑和交际并不是不好，只不过对宋野枝来说不是必需的。易青巍潜移默化地改变了他，那改变后的他所得到的欢愉就是额外的，附加的，是遇到易青巍的运气赠予的。

没有雪，没有雨，没有风，这个冬天是凝固的，干冷。

宋野枝含着巧克力站到窗边，窗户上有冰霜，他哈着气写字。

"青"字的下半部分他画了飘逸的一竖，占了半扇窗的长度。

"写那么嚣张做什么？"

易青巍的声音在身后响起，宋野枝一抖，第一个反应是要把字擦了。但易青巍看都看到了，他再做多余的动作就是欲盖弥彰。

他搓了搓食指，若无其事地回到椅子上："小叔，你真的每天都是最后一个吃饭的。"

闻言，易青巍披着白大褂向他作揖："久等。"

宋野枝慢慢掀开饭盒的盖子，问："又看金庸的小说了是不是？"

易青巍走近，问："偷吃我的巧克力了是不是？"

宋野枝闭紧了嘴，而后嘬了一下薄唇，张开浅浅一条缝说："你怎么知道？"

易青巍忍俊不禁，掐他的下巴。

"不关你的嘴的事，你把糖纸丢在桌上了。"宋野枝这模样实在过于可爱，易青巍又说了一句，"笨。"

宋野枝也笑，眼睛也成浅浅一条缝。

"今天有没有什么计划？"

"做了一早上的作业。"

"对，寒假作业写完了吗？马上开学了。"

“刚放假没多久的时候就写完了。”

宋野枝开饭盒时，没控好力，汁水溅到衣领上。他低头去看，完全浸透了，没有拯救的机会。

“完了，爷爷看到又要唠叨我。”

“爷爷看到？你今天就回家？”

“明天回，不过今天应该要在胡同睡。”宋野枝说，“下午爷爷和易爷爷约着去冬钓，非要带上我，让我去给他们画画。他们去年就想拉我，我今年没躲过。”

“自从放假就没出去玩过？”

“没有。”

离了赵欢与，宋野枝的发条就没人拧。

“那怪不得宋叔，谁遇着了都想拉你。”

易青巍想了想，问：“你是不是和周也善吵架了？”

宋野枝精神一振，问：“为什么？”

那就是了。

易青巍顿时觉得很奇怪，或者说，他一直觉得很奇怪。他难以相信，天天待在自己眼皮子底下的宋野枝，居然有了他连名字都没听过的新的密友。

“你不约朋友出去玩吗？”

他问了出来。

宋野枝呆住。

“不应该是想和好朋友待在一块儿吗？怎么都窝在家里？”易青巍埋着头一直夹菜，看似注意力全在于吃上。

“想啊。”

听到他这话，易青巍又摇头：“算了，不行，学习要紧，好吗？”

宋野枝：“哦。”

宋野枝走后没多久，段成进来了。

“小宋回了？”

“嗯，刚走。”

“他之前没来的那几个月怎么了？最近又续上了。”

“寒假有时间。”

“哦。”

听到这个回答，段成也才想起自己刚刚问过宋野枝同样的问题。

他好笑：“小侄子来一次，你的照片就得干净好一阵。”

易青巍抬头，不解：“什么意思？”

医院里每一个科都有医生的简介和照片，包括实习生，全放置在玻璃框内，摆在楼道口。

段成碰到过一次。

那天中午，走廊上空无一人，他从四楼下来，在阶梯的夹缝中，看见宋野枝站在照片墙前。

宋野枝在那里全神贯注地盯了一会儿，而后用衣袖去擦斑驳的透明玻璃窗。

然后，一整面玻璃窗，只有易青巍那一张证件照位置的玻璃变得崭新如初。

有过那一次，段成每天路过都会留意一下。

始终如此。

唯独宋野枝缺席的那些天那片玻璃窗沾过渍，蒙过灰。

“我刚才帮你看了，又变亮啦！”段成跟着穷开心。

易青巍没顾得上理他，站起来快步走了出去。

一堆蓝莹莹的职员照，人来人往，也没见能引得几个人驻足。

易青巍无声地站着，恍惚间，像站在四中的操场上。天空飘雨，红艳艳的光荣榜上，宋野枝不苟言笑的脸，被框在红底的背景里，悠远宁静地与他对视。

复杂的情绪从心底漾起来，路过胸膛，路过喉咙。

相同的举动，相同的傻。

宋野枝。

易青巍在心底叫这个名字。

番外
房

宋野枝从没对人说过，他是很喜欢当初在四中旁租住的那套房的。陈旧但简洁，宽敞且亮堂堂的。即使后来他被迫或主动地辗转过许多地方，最常入梦的竟也是停留最短暂的这一地。

他猜测其中最主要的原因——它是由易青巍带来的。彼时易青巍将两把钥匙变戏法一样捧他和赵欢与面前，笑得十分得意，眼睛亮晶晶的，一半像炫耀一半像等待被夸奖。

宋野枝每想起一次就后悔一次，悔那个时刻自己没出息地呆了，没有用力捧他的场。

紧接着是他们站在昏暗的走廊里，半分紧张、半分兴奋地等易青巍拧锁开门。光亮扑来脸上，赵欢与“哇”了一声跳到沙发上和卧室的床上打滚。

宋野枝落在后面，再次失语——这房子和他以为的太不一样了。他预想它是新朋友，见它前预备磨合和经营，却没料到它像熟悉的旧友，比家还像家。

易青巍给的东西和他本人别无二致。宋野枝这边还在惴惴地思考如何迈步，就先奇异地被容纳了。

房是三室两厅，两厅里有两张桌子，易青巍跑了几个家具城才挑到如意的。摆在客厅的那张大得很，很长，很宽，大到给宋野枝和赵欢与惯出了坏毛病。

宋野枝爱伏在上面画画，赵欢与爱伏在上面刷题，周末用惯了家里的桌子，再回到学校，画布和数学试卷就是巨人乍进小人国，憋屈。人也憋屈，赵欢与高三那年趴课桌上睡觉，睡迷糊了不知道摔过多少次。

摆在餐厅的那张桌子相反，短而窄。其实起初也大，用了几天，易青巍又专门去跑一趟换了尺寸。他嫌吃饭时离得太远。吃饭大家就得胳膊碰着胳膊、肘挨着肘，饭菜才有味儿，不然碗碟隔得十万八千里，跟拼桌似的。

其余的大件家具大多数是沿用房东原本的。

易青巍说家具既需要配房子，又需要配人，很不简单，所以只要用起来称手舒心，就不需要费心更换。不过小玩意儿不然。

这房子不大，倒容过不少人：沈乐皆、沈乐皆的好友、于施莹、于施莹的好友、周也善、二十二岁还离家出走的王行赫……人人都来过，每次来都像归鸟衔枝筑巢一样为房子添置零碎的东西。起初空荡的房间日渐被填满，甚至到放不下的程度，易青巍又挑出使用频率低的东西搬去天台闲置。

宋野枝觉得它好，有种秘密基地的意味，也知道它短暂，就更珍惜它。有时还住在这里，他就开始舍不得它。那年他不得已离开，其间掉过很多眼泪，其中一部分，就是为不能和赵欢与在这个房里住到毕业而掉的。

对此，他没想过有人和自己同样长情。

记不清是哪天，宋野枝到沈家找赵欢与玩，偶然发现那串挂着美猴王钥匙扣的钥匙里有一把十分眼熟，便拿来眼前不停地看。另一边的赵欢与已经换好出门吃饭的衣服，正去玄关拿包。她在宋野枝身后踮脚看了几眼，看清楚他为什么发呆，然后背着手绕去他面前，歪着头笑。

“什么啊，你是不是还记得它？你居然记得它？”

“许你挂得，不许我记得？”宋野枝一边说一边将那钥匙卸下来，学她笑，“没收。借我去再配一把。”

那天他们最终没能出门，因为后来赵欢与奔去房间里翻出来一则录像。

17：01

宋野枝在工作台备菜，沈乐皆挽着袖子站在旁边口头指导。他叽里咕噜地讲了几句，意识到很长时间没听到赵欢与这个闲人的动静了，于是立刻转头找人，一眼锁定扛着摄像机躲在客厅角落的赵欢与。

镜头摇晃，是她轻轻地“嘘”了一声。随后配着小心翼翼的脚步声，画面拉近，她来到灶台边。

“宋野枝同学，你好，打扰一下，听说你在学做沈乐皆先生的独家红烧肉，请问现在‘战况’怎么样？”

“一切都在我的严格控制下有序地进行着。”宋野枝切完肉放下刀，面向镜头展示他手里平平无奇的一次性手套，然后慢条斯理地戴上，“下一步，腌肉。”话锋一转，他又端着腔调说，“不过，请问你是哪家的记者？我们这个确实是独家秘方，采访结束后请自觉找沈先生算账结费。”

另一边的沈先生已经默默将浸了汁的五花肉用保鲜膜密封好。

此刻镜头无声无息地抬高，圈住沈乐皆的侧脸。

“啧，表情看起来很‘冻人’哪。希望一会儿见到寿星时你可以收敛一些。”赵欢与说。

还没等沈乐皆说什么，客厅里响起清晰的钥匙插锁孔的声音。宋野枝刚才歪过身子靠近赵欢与，本是想悄悄问她是如何惹到沈乐皆的，现下两个人只剩惊慌地对视。

“他今天怎么这么早下班？”赵欢与忙问。

“怎么下班这么早？”宋野枝复读结束，想到更严重的问题，“分给你布置的任务你开始做没？”

赵欢与心虚地点头：“开始了，但又……”

易青巍一进门，抬头看见客厅白墙上冷冷清清挂着几个气球，歪歪扭扭地贴着两个字母——HA。

“什么意思，要办派对？没人通知我啊，什么派对？”易青巍走到厨房那边吓一跳，看着沈乐皆问，“你怎么来了？你们全挤在那儿干吗？”

沈乐皆摘掉塑料手套，走去客厅，把桌上那堆五颜六色的东西一股脑儿地塞到易青巍怀里：“没什么，是你的‘HAPPY BIRTHDAY’派对。正好，主角来了，赶紧好好布置，在我们做好饭之前弄完吧。”

易青巍仰头笑：“乐皆哥，怎么回事啊？这么不友善？”他转头问身后两个看戏的人：“你们谁惹他了？”

赵欢与：“我是一架没有感情的摄像机，只会记录下他的恶行，不会问答。”

宋野枝在一旁，见他高兴得这么明显，便也眉眼弯弯地朝他笑了起来。

之后赵欢与暂收玩心，将摄像机固定到三脚架上，正儿八经地帮小叔的忙。宋野枝的学徒版红烧肉出锅，见沈乐皆还有别的硬菜要做，就留在厨房打下手。沈乐皆正给鱼身抹盐，扫了几眼乖乖坐在矮凳上剥蒜的宋野枝，突然笑着说：“去玩吧。”

“啊？”宋野枝抬头看他。

“我说，你跟他们玩去吧，可怜巴巴的。这儿交给我，事情也不多。”

思及沈乐皆之前的心情就不怎么好，宋野枝摇摇头，哄小孩儿似的说：“那怎么行？乐皆哥，你等着，等他们弄完了，我抓他们来给我们当帮手。”

话音刚落地，另一头的嬉闹声渐小，似乎已完工。宋野枝探头看了一下，易青巍和赵欢与在那道字母桥下击掌庆祝，头上本该是“BIRTH”的字母被替换成手写的金闪闪的“EVERY”。

沈乐皆催促：“嗯，抓去吧，赶快。”

看到这里，宋野枝笑倒在沙发上，要转头说点儿什么，才反应过来自己身旁一个人也没有。他只停顿一秒，便捂着肚子继续望向屏幕。

怪天色太晚，房里黑漆漆的，他笑着笑着眼睛红了，影像就模糊了。最后他熬到视线恢复清明时，录像已接近尾声：是赵欢与趁易青巍和宋野枝在收拾客厅里的剩饭时，独自潜入厨房，看沈乐皆洗碗。

“哥，要我帮你吗？”

沈乐皆不答。

赵欢与撸起袖子。

“不用。”他说。

赵欢与笑嘻嘻地凑上去：“不要吃醋啦，明年你的生日我们也斥巨资给你办一个‘HAPPY EVERY DAY’的派对，行不行？”

沈乐皆叹了一口气，撑着工作台直了直腰，不料头“砰”的一声撞到上边的吊柜——不到三个小时，这天的第三次。

赵欢与立刻抿住嘴，但憋不过两秒，就抱着沈乐皆的胳膊笑得前仰后合。

录像至此关闭，唯一的光源熄灭，宋野枝陷入纯粹的黑暗空间里。

他想起一些久远的，没被录到的场景——

那个生日蛋糕上的水果很多，但不应季的草莓和荔枝只有零星几颗，易青巍在拆盒的时候就拈了几回送到宋野枝的嘴里。

分完第一轮蛋糕，寿星指着每个人的鼻子朗声提醒了这次的蛋糕只能吃不能闹，不过话还没说完就被奶油糊了嘴，大战一触即发。战斗结束，人人都忙着打扫遍地残渣的战场，易青巍用碟子为宋野枝端来一块完好的蛋糕，对他说，最好是一口吃掉。

宋野枝当这天的易青巍是铁了心将“不能浪费粮食”的政策贯彻到底，摸了摸胃，苦着脸说：“小叔，吃不下了，问问乐皆哥和欢与。”

“不问，这个他们都有，只给你。”

宋野枝听不懂，低头看才知道——蛋糕上的“乐”字被人十分谨慎地切分了下来，白色奶油安安稳稳地把它圈在正中间。

他有一瞬间感觉喉咙收紧，鼻尖发酸，想哭。他立即转移视线去看在卫生间里斗嘴的“欢”和“乐”，定定地沉默了几秒，仰脸又是笑盈盈的：“难道易青巍也有？”

易青巍换了只手端碟子，伸出右手一把抹掉他眼边的东西，低声认真地说：“易青巍有啊，他这不是正在送给你，请你收下吗？”

宋野枝不再挣扎，顺从地一口吞完蛋糕。